초등학교 5학년 여름방학.
아이카와 리히토는 세계를 구했다.
소중한 무언가를 잃어버리는 대신.

# 영웅의 판도라

Other story of
Panatea

「……아이카와 군은 있잖아,
어떻게 보면 데키스기 군 같아서 신기해」

**미치바 쿄코**
Kyoko Michiba

고교 2학년.
밝고 천진난만.
도서위원이며 책과
게임과 애니메이션을
좋아함.

**아이카와 리히토**
Rihito Aikawa

열한 살 여름 방학에
이세계 파나케이아로 소환되어
세계를 구원했다.
현실 세계로 돌아와
고등학생으로 살아가고 있다.

# 파나티아 이담 1
# 영웅의 판도라

**타케오카 하즈키** 지음

루나 그림 **김성래** 옮김

굳센 의지가 느껴지는 눈동자가 그때와 같이 빛났다.
이봐, 리히토. 재미있는 거 해 볼까, 라고.

"부탁해도, 괜찮을까?"
"뭐라고? 안 들리는데?"
"가자, 같이!"
이슈안이 거들먹거리던 표정을 바꾸더니 갑자기
싱긋, 기쁜 기색으로 웃음 지었다.

동료와 함께라면 어디든지 갈 수 있어. 무엇이든 할 수 있어.
그런 마음으로 앞을 향해 계속 나아간다.
'그래. 줄곧 이러고 싶었어.'
그때부터 줄곧.

「……아아, 역시 못 알아보시네요. 오랜만입니다, 리히토」

이슈안 트롤
Isyuann Troll

재빠른 자, 《도적》으로
불리는 오영웅의 한 사람.
변덕이 많고 천재적. 걸핏하면
리히토를 놀린다.

하이달 웜
Highdaru Wamu

현명한 자, 《마술사》의 칭호를
지닌 오영웅의 한 사람. 마신
봉인 후 출세하여 왕국의 필두
마술사라는 지위에 이르렀다.

「오랜만이군. 여전히 꼬맹이……. 라고는 이제 못하겠는데」

「리토 씨,

「……뭐야, 형씨. 우리 엄마랑 아는 사이야?」

**티다 에룬**
Teda Elun

답변에 대찬 성격의 말썽꾸러기 소년. 벌판의 작은 개척촌, 그라리아의 고아원에서 생활하고 있다.

「그 검술、그 담력、틀림없이
리히토 아이카와 공이로군」

「용사 리히가 아니라고 생각했었는데……」

### 츠구노
#### Tsuguno
오영웅의 한 사람, 수호하는
자 〈승려〉 하기리 노사를
시중들었던 수행승. 현재는
화이트 사원의 주지.

### 아이네
#### Aine
왕도 출신의 온화한
여성. 딸아이 너나와
함께 화이트 사원
아래에 있는 카우라기
마을로 향한다.

ㅑ. '이번에야말로' 세계를 구하러 가는 거다.

파나티아 이담 1

# 영웅의 판도라

타케오카 하즈키 (竹岡 葉月)

**일러스트** 루나   **번역** 김성래   **편집** 오창성, 정성학   **마케팅** 이승우   **주간** 박관형

c o n t e n t s

# contents

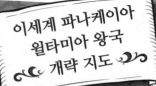

이세계 파나케이아
윌타미아 왕국
개략 지도

↑루갈리아 독립국

몽환성

벌레 구멍

아마트 산

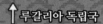
바룸
전이문

● 물의 신전

왕도
전이문

사간
전이문

톰캄
전이문

톰캄
전이문

● 그라리아 마을

● 화이트 사원
● 카우라기 마을

이엔마르드
수장국

시작은 끝.
끝은 시작.


이어져 있어.
아마도, 분명.
아무리 떨어져 있어도——.

**【0】**
**LAST**
**BATTLE**

모험의 끝이 가까워졌다

[보왕력 276년. 아마트 산 정상, 몽환성에서.]

마신 아르고스가 쏘아 낸 냉기 서린 브레스가 공격에 나선 《여검사》 라나 에른을 날려 보냈다.

"라나!"

리히토는 바닥을 구르는 그녀를 뒤쫓아 달렸다.

균열과 낙차가 산재한 석조 바닥은 어느 지점에서 뚝 끊어져 있는데, 그 너머로는 지면이 없다.

——이곳은 마신이 거하는 부유 요새, '몽환성'.

세간에서는 '벌레의 구멍'이라고 불리는 거대한 크레이터 위를 떠다니는 성이다.

먼 옛날 무수히 많은 날짐승이 서로서로 맞부딪치며 지금의 대륙을 만들어 냈던 그때, 미처 이어지지 못해서 생겨났다고 하는 세계에서도 유례가 없이 거대한 구멍. 그것이 아마트 산에 존재하는 '벌레의 구멍'이다. 저곳으로 떨어져 살아 돌아온 사람은 아무도 없다고 전해진다.

다행히도 라나는 두어 번 바닥을 구르는 동안에 의식을 되찾았는지 자력으로 자세를 바로잡았다.

"라나, 괜찮아?"

"……그래, 살아 있어. 빌어먹게도 말이야."

그녀는 한쪽 무릎을 바닥에 꿇고 찢긴 입가를 주먹으로 훔쳤다.

출중한 실력을 지닌 용병으로 명성이 높은 여검사는 야생 표범처럼 기민하며 강하고 아름답다.

날카로우면서도 시원스럽게 치켜 올라간 눈자위에 투지가 가득하지만, 안타깝게도 오른손잡이인 그녀의 오른팔이 아래로 축 늘어진 채 움직이지 않는다.

"혹시, 팔을……?"

"미안하게 됐어, 리히토. 하필 지금 이런 꼴이라니."

"큰일이야. 노, 노사! 하기리 노사! 라나가!"

리히토가 크게 외치는 소리를 듣고 곧바로 다른 동료들이 달려 왔다.

"맙소사! 아아, 이제 틀렸습니다. 끝장입니다, 어째서 이런 일이!"

벌써부터 죽는소리를 내뱉는 인물이 파티의 《마술사》 하이달 웜이다.

리히토가 너무하다며 울상을 지을 틈도 없이 《도적》 이슈안 트롤이 하이델의 오금을 하단차기로 후려갈겼다.

"재수 없는 소리 지껄일 거면 그냥 닥쳐, 하이달!"

"하지만."

"하지만이든 그지만이든 그지 새끼든 간에 다시는 그딴 말 하지 마! 알겠냐!"

몹시도 맹렬한 기세였다. 나이는 리히토와 똑같은 열한 살이지만 두둑한 배짱은 물론이고 입버릇마저 이슈안이 훨씬 더 험하다. 어디에 있어도 눈에 띄는 빨간 케이프가 저러한 개성을 대변해 주는 듯싶다.

"아무렴. 이슈안 공의 말씀대로요, 하이달 공. 소승이 있으니 부상쯤이야……."

"그만둬, 영감."

《승려》하기리 노사가 라나의 팔에 회복의 기도를 올리려 하는데, 라나 본인이 나서서 제지했다.

노사의 기다란 눈썹이 움찔 떨린다.

"어째서요."

"내가 보기에 어지간히 해 가지고는 어림도 없어. 마비인지 독인지……."

리히토는 숨을 멈췄다.

"영감, 당신이 아무리 대단해도 이제는 쓸데없이 짓을 할 체력이 없을 텐데."

"하지만 라나 공, 마신을 봉하기 위해서는 파마의 성검으로 일격을 가해야 하오."

"검 다룰 줄 아는 녀석은 나 말고도 있잖아."

라나는 팔에서 일어나는 통증을 견디며 시선을 움직였다.

마지막―― 리히토와 눈을 마주친다. 설마 싶었다.

"리히토, 네가 해라."

"뭐?"

리히토는 비명을 지르고 말았다.

"내, 내가? 내가 하라고?"

"그래. 너밖에 없으니까 하는 거다."

"난 못 해!"

울고 싶었다.

"그러니까, 나는 그냥 초등학생인걸. 체육도 겨우 '미'란 말이야. 6학년한테 괴롭힘이나 당하고 피망도 못 먹어. 야구를 해도 주전은 엄두를 못 내고. 그리고. 그리고, 그리고, 그리고."

"그래도 용사다."

라나가 오른손을 움직여 리히토의 손에 '파마의 성검'을 쥐여 주었다. 받고 싶지 않았는데도 칼자루는 리히토의 손안으로 달라붙듯 안착했다.

"초등학생이든 체육 점수가 '미'든 6학년이 얼마나 심술궂든 피망을 먹지 못하든 그건 아무래도 좋아. 야구 이야기도 질릴 만큼 들었어. 내가 아는 건 네가 하면 되는 녀석이란 사실뿐이야."

역시 눈물이 치밀어 오른다. 하지만 슬픔 때문이 아니었다.

이곳으로 오기까지의 여정을 떠올렸다. 멀고도 험한 길이었다.

나 같은 어린애가 라나에게 인정받을 만한 사람이 되었다는 말인가? 용기라는 마음을 품어 낼 수 있다는 말인가……?

"좋았어!"

이슈안이 분위기를 바꾸려는 듯 양손을 마주쳤다.

"나중에 울든지 웃든지 어차피 마지막 싸움이잖아? 그럼 쓸 만한 아이템 모조리 이 녀석한테 줘 버리자고. 다들 이의 없지?"

"그러지."

"알겠소이다."

"물론입니다!"

동료들의 목소리가 메아리친다.

그곳에 있던 전원이 이것저것 장비를 풀어서 모두 리히토에게 안겨 준다.

"자, 리히토. 이걸 써."

검사 라나로부터 앵무새 모양의 '흉내 내기 귀걸이'를. 착용하면 목격했던 기술을 따라 할 수 있다고 한다.

"내 검법을 흉내 내서 파고들면 돼."

"아, 알았어."

"리히토 공. 이걸 드시도록 하시오. 소승의 마지막 비방, 화이트 사원의 비보라오."

"응."

"드시면 용의 가호가 함께할 거요. 부상을 두려워 않는 신체가 된 다오."

하기리 노사로부터 '성룡(星龍)의 간'을. 그 자리에서 삼키고 보니 피망보다 몇 배나 씁쓰름했다.

"……부탁합니다, 리히토. 실패는 용납되지 않으니까요. 맡기겠습니다."

하이달은 새파란 얼굴로 '신체 능력 향상'에 도움이 되는 보조 주문을 마구 걸어 주었다.

"고마워, 하이달. 힘낼게……."

"아무쪼록 부탁드리겠습니다. 으으음."

"이봐, 리히토. 이것도 쓰겠어?"

이슈안이 차고 있던 팔찌를 풀어내려고 하기에 허둥지둥 고개를 저었다.

"그건 안 돼. '그리움의 수호'잖아!"

"엑, 어째서?"

"그러니까, 소중한 물건이니까."

저 팔찌는 다른 매직 아이템과 다르다. 이슈안의 부모가 생전에 남긴 소중한 유품이다. '그리움의 수호'라는 이름으로, 치명상에 이르는 위기를 높은 확률로 회피시켜 준다.

확실히 쓸모 있는 고레벨의 방어구이긴 하지만 역시 좀처럼 빌릴 기분이 들지 않았다.

"그건 됐어. 괜찮으니까 이슈안이 차고 있어."

"정말로? 영감이 준 약이랑 더하면 상당히 편해질 텐데?"

"그렇겠지만, 애당초 이슈안이 아니면 효과가 없으니까."

"그런가?"

"이제 됐어. 충분해. 괜찮아."

거짓이 아니었다. 이렇게 모두가 전해 주는 마음만으로도 무엇이든 해낼 수 있을 것 같았다.

몽환성의 가장자리에서 중심부를 올려다보니 거대한 마신이 여전히 리히토 일행의 앞을 가로막고 있었다.

──마신, 아르고스.

마신의 본성을 억누르고 있었던 대성당은 무너져 내렸고 새카만 안

개와 같은, 차가운 불꽃과도 같은 사악한 의념의 집합체가 훤히 드러나 있다.

파나케이아에 마신이 강림한 것은 이번이 두 번째이다. 첫 번째는 66년 전. 그리고 지금.

세계에 파탄과 혼란을 불러일으키는 괴물 중의 괴물. 마수의 발생원이자 혼돈의 패왕. 그것이 마신 아르고스다.

지금 다시 성검으로 봉인하지 못한다면, 미래는 없다——.

그렇기에 리히토와 동료들은 이곳까지 이르렀다. 파나케이아의 내일을 만들기 위해서. 미래를 그리기 위해서.

"——갈게."

라나에게서 이어받은 성검을 고쳐 쥐고 리히토는 각오를 다졌다.

"잠깐 기다려, 리히토. 녀석의 핵이 또 움직였어."

옆에서 이슈안이 《도적》의 스킬, '분석'을 발동시키고 말했다.

"오른쪽 아래를 노려."

"알았어."

"너만 믿는다, 꼬맹이."

누가 꼬맹이야.

속으로 투덜거렸더니 조금은 기분이 편해졌다.

——괜찮아. 무섭지 않아. 조금도 무섭지 않아. 전혀 무섭지 않아.

모두가 함께 있어 주니까. 여기까지 다 같이 왔으니까.

"우와아아아앗————!"

스타트!

리히토는 달려 나갔다. 조그마한 몸에 어울리지 않는 커다란 검을 손에 들고. 마지막 적을 향해서.

마신의 윤곽이 격하게 일그러진다. 몸을 감싸는 새카만 안개가 부풀어 오르더니 무수히 많은 박쥐가 되어 리히토에게 덮쳐든다.

저것은 마신이 만들어 내는 사기(邪氣)의 산물이자 마수라 불리는 흉악한 괴물이다. 이 세계의 인간에게는 스치기만 해도 치명상을 입히는 독으로 작용한다.

하지만 리히토만은 사기의 영향을 받지 않았다. 왜냐하면 리히토는 이세계 파나케이아에서 나고 자란 주민이 아니라 지구의 5학년 초등학생이기 때문이다.

"비켜!"

두려워하지 않고 성검을 휘둘러 박쥐 떼를 베어 넘긴다. 그 즉시 마신이 다음 공격에 나섰다.

마신의 주변 공간이 잇따라 일그러지더니 안쪽으로부터 얼음으로 이루어진 거대한 창이 출현한다. 리히토를 노리고 일제히 날아든다.

'에잇.'

리히토는 배트를 풀 스윙하는 요령으로 닥쳐오는 창을 후려쳤다.

"불꽃이여, 화살이 되어 작열의 의지를 보여라!"

이에 더하여 후방에 있던 하이달이 주문을 외어 원호한다. 불꽃의 화살이 피어올라 나머지 얼음 창에 맞부딪쳤다.

"고마워, 하이달!"

"후방은 맡겨 주시길!"

리히토는 엄호를 받으며 달렸다.

가속하는 리히토를 붙잡으려는지 또다시 균열이 발생한다. 안쪽에서 거대한 촉수가 뻗어 나와 추격에 나섰다. 이쪽의 발목을 옭아매려고 끝도 없이 뻗어 온다.

"성가시네, 정말!"

농구의 피벗 턴. 라나의 검술을 흉내 내서 연달아 성검을 휘둘러 베었다.

하지만 그렇게 동강 내자마자 단면이 변화했다. 위턱과 아래턱으로 나뉘어 이빨이 돋아나고 화염을 뿜었다.

"―――윽!"

머리로부터 화염을 뒤집어쓴다. 허둥지둥 피해 보지만 대미지는 확실히 전해졌다. ――하지만, 움직이지 못할 정도는 아니다. 괜찮아. 아직 달릴 수 있어.

'하기리 노사가 준 약이 듣고 있어.'

목표는 단 하나. 이 거대한 안개의 어딘가에 숨어 있는 마신의 핵이다.

리히토의 맹공 때문인지 마신이 성의 기반과 함께 도피하려는 것처럼 천천히 이동을 개시했다. 땅울림 소리와 함께 석조 바닥을 깨트리고 파편을 날려 보내며 더더욱 높은 곳으로 솟구친다.

"놓칠까 보냐!"

리히토는 강하게 염원했다. 성검의 칼자루에 끼워진 보주(寶珠)가 빛나며 주변으로 바람이 모여들었다. 곧이어 신체가 붕 떠오른다. 그대로 비상해서 도망치는 마신을 쫓아간다.

핵은 이슈안이 말했던 대로 마신 본체의 중앙으로부터 오른쪽 아래로 이동해 있었다.

무수히 솟아 나오는 촉수마를 헤치고 나아가며 리히토는 성검을 휘둘렀다.

"가랏!"

충격과 함께 본체의 안개가 일순간 흩어지며 빨간 심장과도 같은 장기가 노출되었다. 고동에 맞춰서 강한 빛이 맥박친다.

'찾았다. 마신의 핵!'

저것만 물리친다면.

——키이이이이익!

그 순간, 등 뒤에서 날카로운 울음 소리가 울려 퍼졌다. 리히토는 뒤쪽을 돌아봤다. 마신으로부터 생겨난 거대 마수가 예리한 이빨을 드러내고 있었다.

날개를 펄럭이는—— 드래곤이다.

핵을 파괴해야 하는가, 자신의 몸을 지켜야 하는가. 어느 쪽을 우선해야 할지 망설이는 자신이 있었다. 얼간이다. 그러한 망설임이 곧 치명상으로 이어짐을 알면서도 어째서.

하지만 주저하는 리히토의 눈앞에서 드래곤의 거대한 몸체가 단검 한 자루에 베어 갈라진다.

"정말이지, 네 녀석은 손이 많이 간다니까!"

이슈안 트롤이었다.

부유하는 성의 파편에 와이어를 휘감아 이곳까지 접근해 온 것이다. 최고 레벨의 스킬을 사용하지 않으면 불가능한 기예였다.

　저쪽에서 가볍게 한쪽 눈을 찡긋하는 모습이 보였다. 그대로 파편을 건너 건너 빨간 케이프가 멀어져 간다.

　'이슈안, 역시 굉장해.'

　이 기회를 놓칠 순 없었다.

　리히토는 노출된 붉은 핵을 향해서 모든 힘을 끌어모아 성검을 내리쳤다.

　"우오오오오리야아아아앗!"

　가.

　가 버려.

　이곳으로부터 떠나가.


──싫어. 나는 죽고 싶지 않아.


　어딘가로부터 천진난만한 아이의 울먹임이 들려오는 듯한 기분이 들었다.


　"있어야 할 곳으로 돌아가라, 혼돈의 마신이여──!"


　그 울음소리를 무시하고 검을 휘둘러 내려친다.

　지잉! 온몸이 저려 올 정도의 충격이 느껴졌다. '파마의 성검'에 의해 갈라진 핵이 급속도로 오그라든다. 마치 격벽을 잃어버린 제트기

같았다. 주변의 어둠과 부정한 것들을 맹렬한 속도로 빨아들인다.

'위험해, 빨려 들어가겠어……!'


거칠게 불어닥치는 광풍 속에서 리히토 역시 핵의 안쪽으로 빨려 들어가려 했지만 부유하는 성검에 의지해서 필사적으로 버텼다.

주인을 잃은 몽환성이 바깥쪽부터 무너져 내린다. 잡동사니와 식물 여럿이 아래쪽에 위치한 '벌레의 구멍'으로 떨어져 가는 모습이 보였다.



──그리고.

퍼뜩 정신을 차리고 보니 리히토는 바닥에 쓰러져 있었다.

주변에는 살풍경한 화산암이 가득할 뿐. 급경사의 빗면에 꽂힌 성검 덕분에 간신히 '벌레의 구멍' 아래로 떨어지지 않고 살아남은 모양이었다.

아마도 아마트 산 정상의 분화구 '벌레의 구멍' 부근이다.

하늘이 몹시도 맑게 개어 있었다. 사투를 벌였던 '몽환성'의 모습은 사라졌고, 이미 몇 년이나 보이지 않았다고 하는 구름 한 점 없이 푸르른 하늘만 펼쳐져 있다.

'그렇다면.'

리히토가 해냈음을 의미한다.

"정말로……?"

중얼거리며 몸을 일으킨다. 몸을 뒤덮고 있던 자갈이 우수수 소리를 내며 아래로 떨어졌다.

"위험……."

"──으아아, 리히토! 거기 계십니까!"

하이달이 마술사의 지팡이를 한 손에 들고 경사면을 내려온다.

"무사합니까. 다친 데는 없으십니까!"

"으, 응……. 괜찮아."

"정말 다행입니다. 참으로 장하십니다!"

그는 눈을 붉히고 있었다. 그리고 훌쩍훌쩍 울먹이는 얼굴로 (저 얼굴 자체는 낯이 익었다.) 손을 뻗어서 리히토의 몸을 굳게 끌어안았다.

"……그럼, 하이달. 마신은 정말로."

"예. 봉인되었습니다. 리히토, 당신 덕분입니다!"

말만 들어서는 아직 실감이 나지 않았다. 그럼에도 경사면의 위쪽으로부터 하기리 노사를 비롯하여 라나가 내려오는 모습이 눈에 들어오면서 가슴속 깊숙한 곳이 뜨거워졌다.

"나, 이겼구나……."

"그래요."

"해냈어……."

"그럼요, 해냈습니다."

아아. 리히토는 눈을 감고, 곧이어 마음속 깊이 온힘을 다해 엉엉 울음을 터트렸다.

언제까지고 눈물이 마르지 않았다.

♋

──이리하여, 어둠의 마신 아르고스를 봉인하고 월타미아 시민들의 환성을 받으며 돌아온 파티에게 왕국은 '오영웅(五英雄)'의 칭호를 하사했다.

이곳에 위대한 영웅의 이름을 다시 한 번 적는다.

이름 없는 자, 《용사》 리히토 아이카와.
재빠른 자, 《도적》 이슈안 트롤.
베어 내는 자, 《여검사》 라나 에른.
현명한 자, 《마술사》 하이달 웜.
수호하는 자, 《승려》 하기리 노사.

이들 중 한 사람이라도 없었더라면 모험은 성공하지 못했을 터이고, 이세계 파나케이아는 틀림없이 절망의 어둠에 휩싸인 그대로였을 것이다. 그것만은 확실하다.

초등학교 5학년의 여름 방학.
아이카와 리히토는 세계를 구원했다.

소중한 무언가를 잃어버리는 대신.

**【1】**
**NEW**
**GAME**

"아이카와 군~."

방과 후, 미치바 쿄코의 애교 섞인 목소리가 들려왔을 때 살짝 안 좋은 예감이 들기는 했다.

"있잖아, 오늘 혹시 약속 있어?"

"……딱히 없지만."

"어머, 잘됐다! 다행이야! 고마워, 아이카와 군."

나는 약속이 있는지 없는지를 대답했을 뿐인데 말이지.

리히토가 당혹스러워하든 말든 쿄코는 뛰어오를 듯이 기뻐했다. (아니, 실제로 뛰어올랐다. 5센티미터 정도.)

시내의 남학생들 사이에서 절대적인 인기를 자랑하는 타탄체크 무늬 미니스커트가 살짝 흔들린다.

리히토는 현재 고교 2학년. 미치바 쿄코는 1학년 때 같은 위원회에 소속했던 사이였다. 참고로 도서위원이다.

입학 당시 위원을 결정하는 가위바위보에서 지는 바람에 억지로 1년간 임기를 수행했었던 리히토는 학년이 바뀌자 당연하다는 듯이 위원회 업무로부터 손을 뗐다. 그런데 미치바 쿄코는 무슨 까닭인지 스스로 도서위원에 다시 입후보하더

니, 2학년을 보내면서 부위원장이라는 직위를 맡기까지 했다. 리히토
와는 바탕이 근본적으로 다르다.

"……뭘 하면 되는데?"

쿄코는 번쩍 눈을 빛냈다.

"그게, 있잖아. 도서 소개문 만들기야. 복사해서 접어 놔야 되거든.
손이 너무너무 모자라. 아이카와 군, 부탁할게!"

다만 이 아이의 산뜻한 단발머리와 휙휙 표정이 바뀌는 얼굴빛은
그리 싫지 않았다.

그래서가 아니었을까.

이러니저러니 해도 이 애의 '부탁'을 들어주고 마는 까닭은.


리히토가 다니는 학교는 도쿄시에 소재한 도립 고등학교다.

그곳에서도 극히 평범한 시설을 자랑하는 도서실은 정년이 가까운
사서 교사와 별로 의욕을 보이지 않는 위원회 멤버에 의해 운영되고
있다. 예산도 없고 사람도 부족한 탓에 이래저래 일거리가 쌓이는 모
양이었다.

리히토는 교무실과 이웃한 인쇄실에서 윙윙 소리를 울리며 '서고등
학교 도서 소개문'을 출력했다.

'어쨌든 간에, 거르지도 않고 매달 내고 있으니 참 대단해.'

도서 소개문의 내용은 입고된 신간의 안내와 그 외의 작품 리뷰다.
글은 거의 대부분을 쿄코가 쓰고 있다. 직접 들려주기는 좀 뭣하지
만 보는 사람도 얼마 없는데 정말 열심이구나, 말고는 달리 해줄 말이

없다.

뜨끈뜨끈 아직도 열기가 식지 않은 종이 다발을 간추려 들고는 별
동에 위치한 도서실로 돌아갔다.

"미치바. 다 됐어."

안쪽의 자료실에 쿄코가 있었다.

대단하다고 감탄했던 방금 전의 자신, 잠시 이리로 오도록.

쿄코는 파이프 의자 위에 무릎을 끌어안고 앉아서 휴대용 게임기
를 붙잡은 채로 한창 레벨업에 열중하고 있었다.

"미치바 쿄코?"

"엄마야!"

쿄코는 깜짝 놀라서 허둥대다가 게임기를 떨어트릴 뻔했다. 코팅돼
서 반짝이는 하얀 기기가 공깃돌처럼 손 위를 굴렀지만 가까스로 바
닥을 구르는 꼴은 면했다.

"……일손이 부족한 거 아니었어?"

"그, 그건 진짜야. 원고도 밤새서 썼단 말이야. 그래서 잠깐만 숨
좀 돌리려고, 필드가 나를 부르고 있달까. 그러니까……."

머리에 토끼 귀가 달려 있었더라면 아마도 풀썩 수그러졌을 상황
이다.

"미앙합니닷."

리히토는 거참, 하고 한숨을 내쉴 수밖에 없었다.

"괜찮아. 이제 접기만 하면 되니까 내가 혼자서 할게. 미치바는 그
거 계속해."

"정말로?"

"응, 괜찮아."

"으으. 참으로 은혜롭소이다……."

별난 인사말이 돌아왔다.

리히토는 큰 책상 앞으로 의자를 꺼내 앉고 소개문을 접어 나간다.

쿄코가 다시 게임기를 작동시키는 기적이 났다.

시계 초침 움직이는 소리마저 울려 퍼지는 고요한 시간이 좁은 방 안에 내려앉는다.

"그거 액션 게임이야?"

"아니염. 나 반사 신경 필요한 게임은 못해."

"그렇구나."

"주로 RPG를 해. 『퀘드』라든지, 『라판』이라든지."

『퀘이사 드래곤』에 『라스트 판타지』. 모두 『퀘드』, 『라판』이라는 약칭으로 자리매김했으며 국민적 게임이라는 평을 받을 정도로 인기 많은 RPG다. 형식을 바꿔서 몇 작품이나 시리즈를 출시했다.

"그리고 말야, 뻔한 모험물이 좋아. 파티 짜서 모두 다 같이 퀘스트도 깨고."

"흐음……."

쿄코는 지금 하는 게임의 화면을 살짝 보여 줬다.

푸른 필드에 배 비슷한 것이 비치고 있다. 유명한 게임인지는 모르겠지만 리히토는 알아보지 못했다.

"퀘이사 드래곤 얘기가 나와서 그런데, 아이카와 군."

게임 안의 적과 전투를 벌이며 쿄코가 말했다.

"이런 종류의 게임 세계를 입체 모형으로 만들면 상당히 이상해진다는 거 알아?"

"응? 무슨 뜻이야?"

"음. 예를 들면, 있잖아. 필드 화면상에서 서쪽을 향해 배를 타고 가는 거야. 그렇게 쭉쭉 나아가다 보면 어느새 다시 동쪽으로부터 원래 지점으로 돌아오게 돼."

"……당연하지 않아? 공 모양이니까."

"그럴 것 같지?"

아마 지구에서도 똑같지 않을까 싶다. 서쪽과 동쪽은 이어져 있으며 북쪽과 남쪽 또한 이어져 있다.

"여기까지는 어렵지 않게 상상할 수 있겠지? 그야 지구도 동그라니까. 하지만 봐 봐. 도서 소개문을 지도 화면이라고 본다면 오른쪽이랑 왼쪽이 이어진 상태를 요렇게 나타낼 수 있어."

쿄코는 말을 마치고 책상 위에서 '서고등학교 도서 소개문'을 한 장 집어 들었다.

이어서 종이의 오른쪽과 왼쪽 가장자리를 이어서 스테이플러로 딸깍 고정시킨다.

그러자 대롱 모양의 '서고등학교 도서 소개문'이 만들어졌다.

"알겠어? 지구에서는 북쪽으로 향하면 어디에서 출발하든지 반드시 북극점이라는 한곳을 통과하게 되어 있잖아. 남쪽이라면 남극점이고. 이런 느낌이랄까?"

말하는 도중 대롱의 상단을 잡아서 꼰다. 아래쪽도, 같은 방식으로 잡아서 꼬았다.

상당히 볼품없긴 해도 저대로 부풀린다면 지구—— 구형이라고 말하지 못할 이유도 없는 '서고등학교 도서 소개문'이 만들어졌다.

꼬아서 만든 가장 위쪽과 아래쪽이 지구로 치면 북극점과 남극점에 해당하는 모양이다.

"그런데 말야, 퀘드의 세계에서는 이런 북극점이랑 남극점에 해당하는 지점이 없는 거야. 북쪽과 남쪽이 이어지긴 했지만, 한 점으로 집중되는 게 아니라 뿔뿔이 흩어져 있다는 뜻."

"자, 잠깐만. 미치바, 모르겠어. 너무 헷갈려. 무슨 말이야?"

"그러니까, 입체 모양으로 나타낸다면 저런 느낌이야."

미치바가 다음으로 가리킨 것은 책상 가장자리에 놓아두었던 미스터도넛의 상자였다. 상자의 뚜껑을 열자 안쪽에 옅은 갈색빛을 띤 올드 패션이 들어 있었다.

구멍이 뚫린, 무척 맛있어 보이는.

"……도넛?"

"맞아! 서쪽이랑 동쪽이 이어져 있고, 북쪽이랑 남쪽이 무수한 점으로 연결돼 있는 세계. ——다시 말해서 구멍이 난 도넛 모양이야말로 퀘스트 드래곤 월드를 가장 정확하게 나타내는 형태랍니다! 얼렁뚱땅이긴 해도 그러니까 판타지겠지?"

문제의 도넛을 쿄코가 주저 없이 덥석 집어 먹는 모습을 자신도 모르게 말똥말똥 쳐다보고 말았다. 쿄코가 얼굴을 확 붉힌다.

"우왓! 미안, 나도 참. 일반인한테 또 쓸데없는 해설이나 하고. 미안해, 귀찮았지?"

"아, 아니야. 괜찮아."

"괜찮긴. 말이라도 고마워."

쿄코는 입가의 도넛 부스러기를 닦아 낸다.

"······아이카와 군은 있잖아. 어떻게 보면 데키스기 군(역주: 데키스기 히데토시, 『도라에몽』의 등장인물. 여느 작품이라면 비중 있는 역할을 맡았을 다재다능하고 온화한 모범생 캐릭터지만 등장 횟수도 적고 존재감 자체가 희미하다.) 같아서 신기해."

갑자기 딸꾹질이 날 것 같은 기분이었다.

"뭐야, 그게. 도라에몽?"

"넵. 작년부터 그렇게 생각했거든. 언뜻 얌전해 보이니까 오해할 뻔했지만 별로 오타쿠 낌새는 없었다고 할까. 도서위원도 사다리게임에서 진 거나 마찬가지니까 어쩔 수 없이 맡아 준다는 느낌이었고 말이야. 성실해서 땡땡이도 안 치고, 지금도 이렇게 도와주고 있지만, 그렇지만."

뭐라고 대답하면 될까. 이럴 때에는.

"책이나 게임이나 애니메이션에도 전혀 관심 없지?"

말을 건네는 쿄코의 목소리가 같은 공간에 있는데도 왠지 멀리 떨어진 사람에게 하는 말 같아서 쓸쓸하게 들렸다.

──사실은 더 많이 이야기 나누고 싶었는데.

그렇게 소리 없이 말하는 것 같아서.

리히토도 무언가 대꾸를 하려 했지만 목이 메여서 눌러 삼켰다.

언제나 이렇다. 이런 종류의 화제가 나오면 목소리가 좀처럼 나오지 않는다.

"······그렇지도, 않아. 예전에는 게임도 엄청나게 많이 했었어."

"그랬어?"

"퀘스트 드래곤도 라스트 판타지도 했어. 그거 말고 던전 탐사물이라든지 시뮬레이션 게임도."

란도셀을 집에다 내려놓는 동시에 게임기의 전원을 켜고는 했었다. 적과 미로를 공략하는 데 열중했다.

"그러니까 미치바가 해 주는 얘기도…… 굉장히 재미있게 들었어."

하지만 이제는 두 번 다시 게임을 하지 않을 것만 같았다.

맞부딪쳤던 검날의 무거움. 사람을 베는 감촉. 석조 성채의 싸늘함. 말 울음소리. 나락으로 떨어져 내리는 파편. 기억나 버리니까.

진심은 좀처럼 입 밖으로 내기 어렵다. 그럼에도 눈앞의 미치바 교코는 기쁜 빛을 띠었다.

"고마워."

리히토는 안도했다.


초등학교 5학년의 여름 방학. 극히 평범한 소년이었던 아이카와 리히토에게 당시는 유일하게 특별한 사건이 벌어졌던 여름이라 말할 수 있겠다.

이세계 파나케이아라는 지구와 다른 차원에 존재하는 판타지 세계, 그곳으로 갑작스럽게 소환되었던 것이다.

긴 세월 봉인되었던 어둠의 마신 아르고스가 부활함으로써 파나케이아 대륙은 혼돈에 빠져들었고, 마수라 불리는 괴물이 발호하여 고통을 맛봤다.

리히토를 소환한 인물은 월타미아라는 왕국에 소속된 수습 마술사다. 이름은 하이달 웜이라고 했다.

위기에 처한 왕국을 구원해 달라는 하이달의 요청에 초등학생이었던 리히토는 기절해 버리고만 싶었다.

평범한 어린애였던 리히토의 모험은 물론 결단코 수월하지 않았다. 그럼에도 하이달을 비롯하여 여행 도중 만난 동료들의 도움으로 수많은 고난을 뛰어넘고 마신 아르고스를 또다시 봉인하는 데 성공했다.

마신 토벌을 명한 월타미아 왕국은 평화를 되찾았고 리히토는 영웅의 한 사람으로 등극했다. 지금 생각해도 꿈만 같다.

용사 리히토의 모험은 6년 전에 끝났다. 뒤바뀌지 않는 사실이다.

마신을 무찌르기 위해 여행했던 3개월 동안과 그 이후의 식전 및 축하연에 쫓겼던 1주일. 다시금 현실 세계로 돌아온 아이카와 리히토의 시간은 소환 전으로부터 1초도 흐르지 않았었지만, 그럼에도 불구하고 백 일의 기억과 경험이 사라지는 일은 없었다. 그 때문에 리히토는 두 세계의 너무나도 커다란 괴리감으로 인해 정신을 차리지 못했다.

무엇보다 등 뒤로 언제나 지니고 있었던 검이 없어졌다. 마법이 없다. 드래곤도 없다. 이보다 큰일이 없었다.

왕이 없을뿐더러 영웅의 칭호도 없다. 그런 것보다 시험 점수를 올리는 일이 더 중요하다. 뜀틀을 넘지 못한다니 당치도 않다. 일요일 야구 시합은 어쩌지?

파나케이아로 돌아가고 싶다는 둥, 우는소리를 할 수도 없었다.

그런 짓을 했다가는 함께 싸웠던 동료들이 웃어 버린다. 이쪽 세계에서도 씩씩하게 살아가겠다고 약속하고 헤어졌었다. 유일하게 내세울 수 있는 자랑거리마저 잃어버리고 싶지는 않았다.

그래서 리히토는 매사에 신중해졌다.

사람들의 이야기를 잘 들어서 대꾸하고 분위기를 살피며 삐져나오지 않도록, 뒤처지지 않도록.

그렇게 애쓰고 또 애쓰는 동안 만들어진 인물이 누군가의 말을 빌리면 '성실한 데키스기 군'이다. 뭐, 나쁘진 않다.

도서 소개문 준비를 모두 마치고 나니 어느덧 도서실 문을 닫을 시간이었다.

"아이카와 군. 나는 문 잠그고 갈 테니까 먼저 신발장에 가 있을래?"

"그럴게."

"오늘 정말 고마웠어."

쿄코와 잠시 헤어진 리히토는 숄더백을 둘러메고 도서실을 나섰다.

오늘 노동의 보수로 도넛 한 개에 더해서 하굣길에는 주스를 하나 사 주기로 이야기가 되어 있다. 아마 이대로 함께 역까지 돌아가겠지.

미치바 쿄코가 재잘거리면 자신은 가만히 들을 것이다. 책이라든지 게임이라든지 좋아하는 밴드나 가수라든지.

누가 혹시 사귀는 사이냐고 묻는다면 대답은 틀림없이 아니요다. 그럼 3개월 뒤에는 어떻게 되어 있을까? 앞일이야 아무도 모른다.

본교사로 이어지는 통로를 걷고 있으려니 축구부원들의 기합 소리가 들려왔다.

아직 연습을 끝내지 않은 학생들이 운동장 구석구석을 내달린다. 위쪽으로 보이는 하늘이 무서우리만큼 붉었다.

'내일도 맑으려나.'

이대로도 좋다고 생각한다. 이렇게 가끔씩 멈춰 서서 내일 날씨나 저녁 식사 메뉴 등등 아무래도 좋은 일을 짐작해 본다. 리히토의 눈앞에 건네진 보이지 않는 밧줄로부터 떨어지지 않을 정도로.

아마도 그것이 일본의 고교생 아이카와 리히토가 지녀야 하는 태도라고 생각한다.

계속해서 하늘을 올려다보자니 목이 뻐근해져서 다시 걸음을 내디디려고 했던── 순간이었다.

──쏴아아…….

마치 파도치는 소리가 들려오는 듯한 기분이었다.

리히토는 언뜻 잘못 들었겠거니 넘겨 보냈다.

뒤이어 주변을 살펴봤지만 아무도 없을뿐더러 아무것도 없었다. 또다시 걸음을 내디디려고 한 순간.

──쏴아아…….

또 들린다.

리히토는 그 대신 터무니없는 광경을 목격하고 말았다.

부 활동이 한창인 운동장 반대편── 교사 뒤편의 수영장으로부터 폭포수 같은 기세로 물이 넘쳐흐르고 있었다.

"뭐, 뭐야, 이게……!"

리히토는 퍼뜩 놀라 수영장 펜스로 가까이 다가갔다.

지금은 10월이며 수영을 할 계절은 한참 전에 지나갔다. 지상과 수영장의 높이 차는 대략 1미터 반. 아무도 없는 수영장 안에서 넘쳐흐른 물이 풀사이드를 넘어서 이쪽으로까지 흘러들고 있다.

'누가 밸브 가지고 장난쳤나?'

그렇다 해도 물살이 지나치게 강하다. 이러는 동안에도 철썩철썩 수면이 커다랗게 물결치고 거품을 일으키면서, 그때마다 대량의 물이 넘쳐흘러 펜스 바깥으로 흘러들어 온다. 순식간에 리히토의 교복까지 적셔 버렸다.

"──꺅. 무슨 일이야, 아이카와 군!"

미치바 쿄코였다.

통로 끝에서 얼굴을 굳히고 있다.

"고장? 누가 장난친 거야?"

"오지 마, 미치바!"

리히토는 소리쳤다.

"일단 교무실로 가서 아무나 불러와!"

"으, 응!"

불길한 물소리에 귀가 따갑다. 더더욱 커다란 종소리가 두 사람 사이에서 울려 퍼진다.


──디잉·도옹, 디잉·도옹, 디잉·도옹──


마치 대성당의 종소리 같았다.

게다가 리히토는 알아차리고 말았다. 이토록 많은 양의 물이 흘러넘치는데도 불구하고 정작 주수구에서는 물방울 하나도 떨어지지 않는다는 사실을.

"아, 알았어! 잠깐만 기다려!"

쿄코가 가까이 오지 않고 달려 나간다. 다행이다 싶었다.

그럼에도 불길한 예감을 떨치지 못했다. 리히토는 이런 감각을 몸소 경험했었다. 이것은 징조다. '그 나라'로 통하는 문이 현실 세계에 열리는 종소리——.

풀사이드를 지나 흘러드는 물이 살아 있는 것처럼 넘실거렸다.

——리히토.

아아, 어쩌면 이리도 아름다운 운디네란 말인가. 비산하는 물거품이 붉디붉은 하늘에서 빛난다.

다음 순간, 리히토는 물속으로 휩쓸렸다. 깊고 깊이, 깊숙히 가라앉는다——.

♋

6년 전에는 시민 수영장에서 돌아오는 길이었다.

느긋하게 자전거를 타고 다리를 건너던 도중에 갑자기 범람하는 강물에 삼켜져 의식을 잃었다.

'떨어진다…….'

그때와 마찬가지로 오로지 물속으로 가라앉아만 가는 신체가 어느 지점을 통과하면서 부력을 되찾는다. 리히토는 이때다 싶어 수면으로 헤엄쳐 나갔다.

흔들흔들 일렁이는 수면의 저편으로 어렴풋이 빛이 보인다. 저곳을 향해 나아가면 되는데 좀처럼 거리가 좁혀지지 않는다.

무언가 커다란 그림자가 시야에 들어왔다.

매끄러운 곡선 형태의 몸체, 거무칙칙한 생물 종류 같았다. 커다란 비늘 비슷한 문양이 수면 위쪽으로부터 내려오는 빛줄기를 반사해서 적동색으로 빛났다. 물고기다.

리히토보다 세 배는 더 커다란 거대 물고기가 눈앞에.

"……흡!"

입에서 커다란 공기 방울이 뽀글뽀글 새어 나온다. 이쪽을 알아차린 물고기가 빙그르 선회해서 커다랗게 입을 벌리고 다가왔다.

리히토는 필사적으로 물살을 헤치고 나아갔다.

'조금만 더…….'

다행히도 거대 물고기는 쫓아오는 도중 리히토에게서 흥미를 잃어버린 듯 또다시 물속 깊이 잠겨 들어갔다. 하지만 서둘러야 했다. 이쪽의 호흡도 한계에 이르렀다.

'버티면 돼……!'

다 왔어.

수면까지 앞으로 3미터. 2미터. 5센티미터. 한 걸음.

"푸핫!"

아슬아슬한 시점에서 물 위로 얼굴을 내밀었다.

하늘이다. 하늘이 보였다.

학교에서 바라봤던 저녁놀이 아니었다. 맑고 푸른 하늘이다. 그리고 쌍둥이처럼 나란히 달라붙어 있는 태양도 보였다.

눈을 비벼 봐도 풍경은 변하지 않는다.

'하······.'

악몽이라고밖에 여겨지지 않았다. 리히토는 수면에 얼굴을 내민 채로 손을 뻗어 두 눈을 덮었다.

'지구가 아니야.'

정답.

의심의 여지 없이 이세계 파나케이아의 하늘이었다. '그 세계'다. 그곳에서는 당연하다는 것처럼 태양이 둘이나 존재하니까.

리히토가 헤엄쳐 나온 곳은 커다란 석조 인공 연못이었다.

아마도 예전에는 지붕도 있지 않았을까. 수면에는 동강 난 돌기둥이 몇 개나 솟아올라 있었고, 옅은 빛깔의 수련꽃이 떠다닌다. 위쪽으로부터 낯선 새 울음소리가 들려왔다.

연못 주변은 울창한 나무로 둘러싸여 있다. 나뭇잎과 물 냄새 때문에 숨이 콱콱 막히는 것 같았다.

물가를 향해 헤엄친다.

기둥 사이에 놓인, 조각나서 목 위가 보이지 않는 여신상은 본 기억이 있었다. 이세계 파나케이아의 창조신 파나티아다. 이끼가 잔뜩 끼어 있다.

리히토의 기억이 분명하다면 이곳은 왕국 윌타미아의 영지다. 왕도의 변두리에 위치한 오래된 유적으로, '물의 신전'이라 불렸던 듯싶다.

예전에도 이곳을 통해 파나케이아로 넘어왔었다.

얼마 남지 않은 힘을 쥐어짜서 물가까지 헤엄쳐 도달하고 나니 일어서지도 못할 만큼 몸이 무거웠다.

"……하아, 하아."

물이 차가워도 너무나 차가웠다. 그렇지 않아도 긴소매 교복 차림이었는데, 거기에 교과서를 가득 넣은 숄더백이라고 하는 가혹한 바닥짐까지 딸려 있었던 거다.

리히토는 놀라지도 못하고 이런 고약한 일도 있구나 싶어서 웃음마저 치밀어 올랐다.

온몸에서 뚝뚝 물방울을 떨어트리며 추위와 불합리한 상황에 몸을 떨었다.

어처구니없다. 정말이지 너무나도 어처구니가 없다. 6년 전에 필사적으로 클리어했었고, 겨우겨우 원래 세계에 익숙해졌는데 왜 하필 이제 와서?

흠뻑 젖은 운동화를 벗어 던지고 리히토는 나일론제 가방을 지면에 내려놓았다. 그 자리에서 이를 덜덜 떨고 있자니 머리 위쪽에서 사람의 기척이 났다.

"——웜 님. 계십니다. 성공했습니다. '이름 없는 자', 용사인 듯합니다!"

우거진 수풀을 밀어제치고 병사로 보이는 남자가 나타났다.

전혀 일본인으로 보이지 않는 붉은 머리의 남자는 검끝을 노골적으로 이쪽을 향해 겨누고 있다.

언어 면에서는, 듣고 이해하는 정도라면 문제없다. 소환 시에 자동적으로 조정되는 모양이라고 들었었다.

그리고 밀림에서 신종 원숭이라도 발견한 듯한 말투이기는 했지만 '이름 없는 자', '용사'라는 단어를 사용하는 모습을 보면 월타미아의 주민임이 틀림없었다. 그것 말고는—— 전혀 모르겠다.

칼집에서 빼낸 도검이 아무래도 신경 쓰인다. 이쪽은 맨몸. 과연 적인가, 아군인가——.

"웜 님! 빨리! 움직입니다, 도망칩니다!"

"어허, 무슨 말버릇입니까. 나라를 구한 영웅에게 어찌."

이어서 들려온 말은 온화한, 자칫하면 연약하다는 인상마저 느껴지는 목소리였다.

병사의 뒤쪽에서 키가 큰 장발의 남자가 나타난다.

"너무 무례를 저질렀다간 그의 분노를 살 겁니다."

"히익."

"조심하자고요."

나이는—— 서른 전후일까. 튀어나온 광대뼈가 두드러지는 말라빠진 남자다.

윤기 나는 검정색 로브에다가 금실과 은실로 호사스러운 자수를 놓았다.

남자는 흠뻑 젖은 채로 우두커니 서 있는 리히토를 바라보더니 그렇지 않아도 좁다란 눈매를 더욱더 좁혔다.

"……아아, 역시 못 알아보시는군요. 오랜만입니다, 리히토."

"…………누구?"

"접니다. 하이달입니다. 하이달 웜."

리히토는 눈을 부릅떴다.

"하이달? 설마, 자, 잠깐만. 지금 몇 년도지? 그때부터 몇 년이 지난 거야?"

"보왕력 282년입니다. 그때 이후로 6년이 흘렀지요."

"6년⋯⋯."

그렇다면 시간의 흐름이 어긋나지는 않았다는 의미다. 동일한 시간이 이쪽 세계에서도 흐르고 있었다는 말이 된다.

하이달 윌.

그가 바로 6년 전 리히토를 파나케이아라는 세계로 소환했던 장본인이다. 그리고 나서는 여행의 동료로서 파티를 만들어 마신 아르고스에 대항했던 오영웅의 한 사람이다.

새삼스럽게 눈에 들어오는 하이달의 모습은 단적으로 말해서 6년분—— 아니, 그 이상으로 나이 들어 보였다.

입고 있는 로브는 그에 반비례하듯이 화려하고 호화스러워졌는데도.

"건강해 보여서 다행입니다. 그대로 돌려보내도 되는 걸까 모두 걱정했었답니다."

이제 와서 무슨 소리냐고 말해 주고 싶었다.

그 대신 리히토는 시선을 돌린다.

"별로, 지금은 아무렇지도 않아."

"그렇습니까. 그건 불행한 사고였습니다."

"이제 됐다니까."

이 이상 괜한 대화를 계속했다가는 어떻게 될지 모르겠다.

"그쪽에서 멋대로 불러올 거면 말이야, 멀리서 구경만 하지 말고 재까닥 와야 되지 않겠어?"

"그건 면목 없습니다. 일전의 경험으로 미루어 봐서 '차원 이동'의 충격이 보다 더 격렬하리라고 짐작했습니다. 그래서 경과를 관찰하고 있었지요."

"실력이 늘었구나. 축하해야겠네."

"이런 경우에는 다른 곳까지 피해가 발생할 가능성이 있습니다. 조사할 필요가 있겠지요."

이쪽이 빈정대거나 말거나 개의치 않고 주변이 어찌 될지만 신경 쓴다. 이런 구석은 걱정 많은 예전의 모습 그대로였다.

"다른 피해라니?"

"여러 가지가 있습니다. 자연재해 같은 형태로 발생하거나, 상상도 못 한 것이 출현하기도 하고…… 어찌 됐든 간에 당신을 다시 만나 기쁩니다, 리히토. ……리히토?"

"──에취!"

물에 빠진 생쥐가 된 리히토는 성대한 재채기를 터트렸다.

"…………뭐 수건 같은 건 없어? 춥단 말야……."


──그리하여, 리히토는 실로 6년 만에 다시 방문한 이세계 파나케이아를 모포를 빌려 머리 꼭대기부터 뒤집어쓴 채 덜컹이는 짐마차에 앉아 덜덜 떠는 모습으로 맞이하게 되었다.

"미안합니다. 갈아입을 옷을 준비해 놓아야 했는데. 제 불찰입니다."

"……상관없어. 괜찮아."

"저희 집으로 가면 바로 조치를 취해 드리겠습니다. 금방이에요."

아무리 생각해도 볼품이 없고 얼간이 같아서 마음이 살짝 불편할 뿐이다.

부루퉁해서 시종일관 말이 없는 리히토를 배려해서 마차 안의 하이달이 이런저런 이야기를 해 주었지만 그다지 머리에 들어오지 않았다.

마차가 숲 속을 가로지르는 외길을 나아간다.

대면식 좌석은 딱 적당한 만큼 푹신푹신해서 수레바퀴의 진동이 거의 느껴지지 않는다. 벨벳이 사용된 집물 하나를 봐도 상당히 값비싼 마차임을 알 수 있었다.

"그건 그렇고."

리히토는 가만히 중얼거렸다.

"출세했구나, 하이달."

하이달이 말없이 낯빛을 흐렸다.

"……그래요. 왕성에 연구용 공간을 마련할 정도는 되었습니다."

"필두 마술사가 되겠다고 하지 않았던가?"

"네. 원탁회의에도 나가고 있습니다."

경사롭기도 하셔라. 식전을 치른 이후로 한층 더 지위가 올라갔나 보다.

6년 전만 해도 햇병아리 수습 마술였다는 것이 거짓말 같다.

반쯤 자포자기해서 시도했다는 소환 의식으로 그의 운명도 크게 변화했다. 지금은 왕국에서도 신망이 두터운 오영웅의 한 사람. 이 나라의 마술사 중에서도 정점에 이르렀다는 의미다. 보잘것없었던 평민 치고는 이례적인 발탁이리라.

언뜻 벼락부자가 되지 않았나 싶을 정도로 고급스러운 마차와 화려하기 짝이 없는 로브를 보고 있자니 리히토는 마음속으로 싸늘한 응어리가 맺히는 것을 멈출 수 없었다.

그 무렵에는 숙박비와 마술서의 대금을 치르는 데도 급급했고 걱정 많은 성격으로 인해서 위통에 시달리지 않았던가.

"그만큼 책임이니 뭐니 해서 속박받는 부분도 많아졌습니다. 출세도 동전의 양면과 같다고 할까요. 좀 더 마음 편안한 지위였으면 좋았을 텐데 말입니다……."

"그런데도 하이달은 또다시 나를 불러왔다는 거지. 목적이 뭐야?"

쓴웃음을 머금고 말을 늘어놓던 하이달의 얼굴이 살짝 그늘졌다.

"한가해서 추억 이야기나 나누자고 부르진 않았을 거야. 목적이 있는 거지?"

리히토는 하이달에게 시선을 고정시킨 채 꿈쩍도 않는다. 가만히 그를 주시할 뿐이다.

하이달은 잠시 사이를 두더니 "곤란하군요" 하고 한숨을 내쉬었다.

"가능하면 조금만 더 즐거운 이야기를 나누고 싶었습니다만. 당신을 다시 만나 기뻤던 마음은 정말입니다."

"분위기 파악하라고? 교실도 아닌데 그럴 필요 없잖아."

"당신을 저희 세계로 소환한 이유는, 다름이 아니라……."

그는 천천히 입을 움직였다.

"봉인이, 약해지고 있습니다."

리히토는 귀를 의심했다.

자신도 모르게 좁은 마차 안에서 일어섰다.

"……그럴 수가."

"정찰대가 얼마간의 '징조'를 확인했습니다. 북부의 국경 지대에서 가축이 괴물로 짐작되는 집단에게 잡아먹혔다는 보고도 올라와 있습니다."

"들개나 늑대일지도 모르잖아."

"이백 마리나 되는 소가 하룻밤 사이에 내장이 뜯겨 나갔는데도 말입니까? 건너편 마을에서는 우물이 사기에 오염되었습니다."

"…………"

"파견한 신관이 사기를 정화해서 큰일이 벌어지진 않았습니다만, 아마도 틀림없이—— 아르고스의 마수가 저지른 짓입니다."

눈앞이 캄캄해진다.

하이달 또한 리히토에게서 눈을 돌리지 않았다.

공연히 거짓말을 할 사람이 아니다. 그건 누구보다도 리히토가 잘 안다. 하물며 마신 아르고스와 관련된 거짓말이라니.

마신 아르고스가 두려운 까닭은 세계의 균형을 깨트리는 일그러짐을 만들어 내면서, 그곳으로부터 '마수'라 불리는 괴물을 내보낸다는 점이다.

마수는 흉폭한 기세로 뜨거운 피를 찾아다닐 뿐 아니라 일반인은 접촉하지도 못하는 사악한 기운으로 가득 차 있다. 오랫동안 머무른

땅은 오염되어 버리는데, 경우에 따라선 그들의 사기를 직접 주입당한 끝에 마수로 탈바꿈하는 사례까지 있다.

마신이 봉인을 풀고 부활할 때마다 파나케이아는 저러한 균열과 마수를 감당하느라 고통에 신음해야 했다.

리히토는 망연자실해서 좌석에 주저앉았다.

하이달의 미간 깊숙이 주름이 파였다. 무릎 위에 올려둔 주먹이 파르르 떨린다.

"……'벌레의 구멍'으로 가야 합니다."

그렇다. 우선은 그리로 가야 한다.

"구멍의 상공에 또다시 몽환성이 출현했는가. 그렇지 않다면 봉인을 살펴서 균열이 발생했을 경우 다시 한 번 성검을 사용해 봉인을. 이번에야말로 피해가 확대되기 전에 조치를 취해야만 합니다."

"당연한 소리! 뭘 꾸물대는 거야, 하이달. 지금 당장 출발해야지!"

"다만, 저는 이곳을 떠날 수 없습니다."

리히토가 눈을 동그랗게 뜨자 하이달은 힘없이 웃었다.

"상층부, 원탁의 의견입니다. 오영웅의 한 사람 '현명한 자' 하이달 월의 이름은 너무나도 무거워졌습니다. 제가 왕성을 떠나 '벌레의 구멍'으로 향한다면 불필요한 혼란이 발생하고 사람들이 불안에 사로잡힌다, 그런 사태는 피해야 한다고."

"불필요한 혼란……? 그게 대체 무슨 말이야? 마신이 부활할지도 모른다면서!"

"아직 확정되진 않았기 때문이랍니다. 궁전에서 벌어지는 수 싸움, '정치'라는 논리가 이런 상황에서도 유효하다고 여기나 봅니다. 그들은."

더없이 싸늘한 목소리였다.

"말씀드렸었지요, 리히토. 출세는 동전의 양면과 같다고요. 기사도 귀족도 아닌 인간이 더 이상 공훈을 쌓는 꼴을 용납하지 못하겠다는 무리가 있는 겁니다. 그들은 지금 예산을 편성하여 기사단을 파견할 준비로 여념이 없습니다. 봄이 되기 전에 재가가 떨어진다면 다행입니다만."

그래서는 분명 늦어 버린다.

하이달의 얼굴에 피로가 역력했다. 상급 마술사의 사치스러운 복식으로도 가려지지 않을 만큼. 아니, 그렇기에 더더욱 정신이 피폐해진다고 말 없이 토로하듯.

"물론 이건 그나마 괜찮은 바보의 의견입니다."

"더한 바보들도 있어?"

"그러게 말입니다. 신의 은총인지, 여러 종류로 잔뜩 있답니다. 은퇴하면 바보 도감이라도 만들어 볼까 합니다."

리히토는 처음으로 하이달의 처지를 동정했다.

"게다가, 리히토. 방금 말씀드린 '괜찮지 않은 바보들'이 무작정 내칠 수만도 없는 의견을 내기도 합니다."

"응?"

"백성들이야 어쨌든 간에, 나라의 빈틈을 노출시켜선 안 된다던가요. 이엔마르드와 루갈리아가 힘을 키우고 있으니까요."

하이달은 윌타미아와 인접한 이웃 나라의 이름을 거론했다. 북쪽의 루갈리아 독립국, 남쪽의 이엔마르드 수장국. 양쪽 모두 6년 전에는 윌타미아의 발끝에도 미치지 못하는 작은 나라였다.

"마수가 줄어들면서 대륙의 유통 양상이 제법 변했습니다. 이런 때 마신이 부활할 가능성이 있다는 낌새를 내비친다면, 과거 조약에서 체결했던 관세도 기사단 주둔 건도 모두 비상 사태를 구실 삼아 뒤집어엎을까 우려됩니다."

"그럴지도 몰라. 하지만!"

그럼에도 불구하고 그때의 여정을 경험했었던 하이달이라면 이렇게 손을 놓고 방관하는 것이 얼마나 위험한지 알고 있으리라.

정말로 마신이 부활해 버린다면 어느 정도의 희생이 발생할지, 조금 전 언급한 조건과 비교도 되지 않는다.

"네, 알고 있습니다, 리히토. 저는 어리석고 뻔뻔한 사람입니다. 6년 전, 스스로의 무력함을 외면하고 당신을 이곳으로 소환했었습니다. 지금 다시 그 죄를 더하겠습니다. 제 도움 없이 다시 한 번 마신을 봉인해 주십시오. 다른 왕족과 귀족들에게 알려지지 않도록, 비밀리에. 부탁드립니다."

하이달은 6년 전보다 두터워진 로브를 입고 예전처럼 고개를 숙였다.

"달리 부탁드릴 사람이 없습니다. 당신밖에……"

비겁하다고밖에 달리 할 말이 없었다.

리히토는 말문이 막혔다. 곧이어 가슴속으로부터 뜨거운 기운이 솟구친 까닭은 분해서도 화가 나서도 아니었다.

하이달은 하이달이었다. 단지 그뿐이었다.

네 사정 따위 알 바 아니다. 돌아가고 싶으면 시키는 대로 따라라.

겁박하는 방법도 있었다. 그때도 역시 마음만 먹었다면 그리할 수 있었으리라.

하지만 이토록 해를 거듭하고 높은 지위에 이르렀는데도, 그럼에도 불구하고 여전히 술수를 모르며 고지식하다. 목적을 달성하기 위해서는 어린애를 상대할 때도 가진 수단을 모조리 털어놓고 진심을 보이는 방법으로밖에 대처하지 못한다. 하이달 웜은 그런 사람이었다.

이토록 순순히 고개를 수그리다니, 바보 도감을 만들어도 되는 왕궁 생활이 얼마나 숨 막혔을까. 바보 같은 하이달.

정말로 바보다——.

"……됐어, 하이달. 고개 들어. 마신은 내가 마무리 짓고 올 테니까."

리히토는 말하고 말았다.

하이달이 퍼뜩 얼굴을 들어 올린다.

"리히토."

"애당초 내가 봉인했었잖아. 6년 만에 풀리는 거니까 애프터서비스로 처리해 줄게."

"애프터…… 서비?"

"당사가 책임지고 수습하겠습니다, 이런 뜻."

리히토는 장난스럽게 웃어 보였다.

이렇게 된 이상 각오를 다질 수밖에 없다. 자신은 이른바 애프터서비스 담당 용사다. 찾는 사람이 있다면 전화 한 통만 걸려와도 어디든지 달려간다. 공구 상자에 성검을 담아서.

"고맙습니다……. 정말 고맙습니다!"

마차 안에서 하이달은 몇 번이고 감사 인사를 했다. 6년 전 그때의 감각을, 리히토는 다시 떠올리고 있었다.

호화로운 마차가 왕도의 시가지로 들어왔다.

중앙의 왕궁을 기점으로 해서 사방팔방으로 뻗어 나온 대로, 묵직한 분위기의 석조 건물이 처마를 맞대고 있다. 수많은 사람들이 길가를 걸어 다닌다. 마차가 거리를 나아가는 동안, 리히토는 기시감에 휩싸였다.

"하이달……. 이 길 분명히……."

"기억하십니까? 개선 퍼레이드 때도 지난 길입니다. 방향은 반대였습니다만."

그랬다. 아르고스를 봉인한 뒤 국왕 폐하로부터 메달과 보상금을 받은 다음, 성에서 마차를 타고 퍼레이드까지 벌였었다.

마치 메이저 리그의 우승 퍼레이드 같았다. 아니, 훨씬 굉장했었던 것 같다. 거리를 가득 메운 사람, 사람, 사람들. 만세 삼창 소리. 건물마다 창문이란 창문은 모두 다 활짝 열어서 손을 흔들어 주었고, 하늘에서 색종이 조각이 흩날렸다.

"그때는 라나 님이 마차에서 내리겠다고 고집을 부려서 말리느라참 힘들었습니다."

"그랬었지……."

"노사께서 설득해 주셔서 다행이었지요."

거리낌 없이 그때를 떠올리는 하이달은 역시 아무것도 눈치채지 못한 모양이었다. 이쪽은 지금도 손바닥에 진땀이 배어나올 지경인데.

그렇다면 바뀌어야 하는 사람은 리히토 자신인지도 모르겠다.

이제까지도 그렇게 살아왔다. 어떤 아픔도 괴로움도 '조정'해라. 주위 사람들에게 맞춰서 적응해라.

"어째서 웃는 겁니까, 리히토?"

"……아니야, 아무것도."

그래, 웃으면 되는 거야.

최종적으로 도착한 장소는 퍼레이드의 골이었던 왕궁이 아닌, 하이달의 자택 쪽이었다.

귀족들이 잔뜩 거주하는 고급 주택지를 굳이 벗어나서, 수습 마술사와 학생이 주로 생활하는 상업 지역에 자택을 마련한 점은 출신을 잊지 않으려 하는 하이달다웠다. 하지만 그럼에도 불구하고 넓은 뜰에 연못과 분수까지 딸려 있는 실로 훌륭한 저택이었다.

"우왓, 크다……."

"그렇게 크진 않아요. 나름 고민해서 검소한 주택을 고른 겁니다."

"아, 미안. 나도 모르게 일본에서 살던 기준으로 생각했어."

"오영웅이자 필두 마술사의 품위를 지키라며 주변에서 이래저래 시끄럽거든요."

묘하게 부끄러워하는 하이달에게 뭐라 해 줄 말이 없었다.

"……그러고 보니 하이달, 결혼은 했어?"

"그럴 시간은 없어요."

"아, 그러셔."

그런가 보다.

하지만 혼자 산다는 저택 안에는 집안일을 거들어 주는 집사와 메이드가 여럿 있었다.

주인과 함께 흠뻑 젖은 채로 나타난 리히토를 보고는 야단법석 난리를 피웠다.

"마아아아아압소사앗, 주인님! 손님을 어쩜 이렇게!"

"바로 목욕물 준비해 줘. 갈아입을 옷도 빨리."

"정말 주인님은 정신이 없으시다니까요!"

부들부들 화를 내면서 재빠르게 움직이는 메이드들에게 둘러싸여 있는 주인 = 하이달 웜은 한층 더 작아 보였다.

"……소란스럽지요?"

웃어도 괜찮을까? 괜찮겠지? 하하하.

그래도 하이달이 이 집에서 따뜻한 생활을 보내고 있다는 느낌이 들어 안심되기도 했다.

리히토는 즉시 욕실로 안내되었다. 그곳에서 따뜻한 물에 푹 잠겨 한숨을 돌리고 마른 수건으로 몸을 닦았다.

'시원하다…….'

정말로. 마음속 깊이.

준비해 준 옷으로 갈아입고 단추를 채우려는데 갑자기 문이 열려서 흠칫 놀랐다.

조금 전 봤던 젊은 메이드다.

허둥지둥 리히토가 옷차림을 갖추거나 말거나, 그녀는 말없이 안으로 들어와서 리히토가 벗어 놓은 교복과 가방을 바구니에 담아 나가려고 한다.

"저기!"

"……하실 말씀이라도?"

메이드는 눈을 끔뻑거렸다.

"어쩌려고요? 그거."

"……세탁하려고 합니다만."

당연하다는 듯이 대답한다.

과연 파나케이아에도 드라이클리닝 마크에 대응 가능한 세제와 세탁기가 존재하는 걸까? 뭐랬더라, 어머니가 교복을 세탁할 때마다 이래저래 잔소리를 늘어놓았던 것 같은데…….

하지만 눈앞에 서 있는 메이드의 의복도 일단은 비슷한 느낌의 옷감이다.

뭐, 어때. 귀찮아. 그대로 맡겨야겠다고 마음먹었다.

"부탁합니다."

"아래층에서 주인님이 기다리고 계십니다. 가볍게 드실 만한 음식을 준비해 두었습니다."

"아, 고맙습니다."

메이드는 뜻밖의 말을 들었다는 듯이 주근깨 박힌 얼굴로 웃음 지었다.

"저야말로요. 용사님."


──이놈, 하이달. 메이드 아가씨 완전 부럽다.


갑작스럽게 솟구치는 거무칙칙한 감정을 눌러 삼키며 리히토는 계단을 내려갔다.

하이달은 식당에 있었다.

"상쾌해 보이는군요. 기분은 좀 어떠십니까?"

"……일종의 하렘 같은 거지?"

"예?"

아니, 하이달은 이 느낌을 모른다. 젊은 여자애들에게 둘러싸여서 시중을 받는 독신 남자 놈 따위, 현대 일본에서는 꿈속에서나 나올 법한 폭거니까.

테이블에는 모락모락 김이 솟아 오르는 따뜻한 식사가 마련되어 있었다. 거참, '가볍게 먹을 만한 음식'이라니 겸손도 하셔라. 메뉴는 두툼한 고기가 담긴 스튜에 신선한 샐러드와 과일. 바구니에 막 구운 빵이 산더미처럼 쌓여 있다.

저쪽 세계에서도 저녁 식사 전이어서 그런지 맛있는 음식을 보자 갑자기 허기가 느껴졌다. 꼬르륵하고.

"──우선은 파마의 성검을 회수하러 가야 합니다."

고기를 위에 채워 넣는 데 열중하고 있으려니 건너편에서 하이달이 입을 열었다.

"성검?"

"네. 마신을 봉인하려면 성검이 필요하잖습니까."

마신과 성검.

확실히 어느 쪽도 떼려야 뗄 수 없는 사이다.

"성검이라니……. 어라, 지금 여기에 없는 거야? 내가 여길 떠날 때 어떻게 했더라?"

"리히토. 당신이 원래 세계로 돌아갈 때, 당신은 지니고 있었던 장비를 모두 제게 남겼습니다."

"아, 그랬었지. 분명히."

기억이 상당히 흐릿하긴 하지만.

"다만 성검은 아이템 중에서도 특별하니까요. 파마의 성검 본체는 하기리 노사가 계시는 화이트 사원에서 관리하고, 칼자루의 보주는 따로 라나 님께서 보관하기로 했습니다."

"헤에. 그랬구나……."

"지금 다시 두 분께 사정을 설명드리면 분명 당신에게 힘을 빌려주실 겁니다. 저와 달리 왕궁의 굴레에서 벗어나 계신 분들이니까요."

자조하는 모습이 안타까웠다.

오영웅의 한 사람, 《여검사》 라나 에른은 몽환성에서 돌아와 개선한 이후, 기사단에서 등용한다는 이야기도 있었고 귀족에게 구혼받았다는 이야기도 있었는데 결국은 모두 물리치고 용병으로 돌아갔다는 모양이었다.

그리고 수년 전, 변경의 개척촌에 정착했다고 연락이 왔다고 한다.

"헤에. 뭔가 라나답다고 할까……. 그러면 우선 노사가 있는 사원으로 가면 되겠네."

"그러면 될 겁니다. 두 분께 안부 전해 주십시오. 저도 좀처럼 연락을 드릴 수가 없는 형편인지라."

"알았어. 소식 전해 줄게."

오랜만에 동료와 만날 수 있다고 생각하니 조금이지만 즐거워졌다.

화이트 사원에서 성검의 본체를 돌려받고, 그러고 나선 라나가 있는 개척지의 마을로 이동. 그녀에게서 보주를 받아 성검을 완성시키면 세 사람이서 아마트 산의 정상에 있는 '벌레의 구멍'으로 향한다. ——이것이 가장 효율적인 루트로 여겨진다.

　그날은 저택의 손님방에서 신세를 지고 다음 날 아침 출발하기로 했다.

　그리고—— 이세계의 밤이 깊어진다.

　리히토는 그치지 않는 바람 소리 때문에 좀처럼 잠들지 못했다.

　'……나뭇잎 부딪히는 소리가 이렇게 시끄러워도 되는 거야? 도시 한가운데잖아.'

　내일 일정을 궁리하다가 머릿속이 괜히 예민해졌는지도 모르겠다.

　리히토는 잠들기를 단념하고 침상 아래로 내려섰다.

　신발을 신고 복도로 나와 보니 이웃한 건너편 방에서 빛이 흘러나오고 있었다.

　"——하이달?"

　안쪽을 들여다봤다. 그의 서재 같았다.

　수많은, 그야말로 햇병아리 시절부터 수집한 갖가지 고서들이 벽을 메우고 있으며 중앙의 커다란 탁자 위에는 무언가 경찰의 압수품처럼 보이는 자질구레한 물건들이 놓여 있다.

　테이블 앞에서 하이달이 고개를 돌렸다. 손에는 마술사의 지팡이를 쥐고 있었다.

　"저 때문에 깨셨나 보군요."

　"아니, 내가 혼자 일어난 거야. 뭐하고 있었어?"

"당신의 소지품을 마술을 사용해서 원래대로 돌려놓으려 했습니다. 망가지지 않았으면 좋겠군요."

듣고 다시 살펴보니 리히토의 필기구와 교과서였다. 놀랍게도 모두 바짝 말라 있다. 젖었던 자국도 없이 새것 같다.

걱정했었던 스마트폰과 음악 플레이어도 조작해 보니 제대로 작동했다. 먹다 만 칼로리메이트까지 말려 놓다니 경의를 표할 수밖에 없었다.

"고마워, 하이달. 멀쩡한 것 같아."

"다행입니다. 저는 이쪽 세계의 문명을 잘 모르는지라……."

하이달은 말을 하면서 가장 가까운 곳에 있던 '세계사B' 교과서를 집어 들어 페이지를 넘겼다.

"읽을 수 있어?"

"아니요."

"그렇겠지."

이세계의 사람과 의사소통할 수 있는 방법이 지금으로서는 대화뿐인 것 같았다.

"하지만……. 일전에 보여 주셨던 책과 비교하면 문자가 작아졌군요. 페이지 수도 상당히 늘었습니다. 다시 말해서 리히토 아이카와는 이곳이 아닌 세계에서도 노력을 거듭했다는 뜻입니다. 여러 가지 면에서."

기쁘게 웃음 지으며 그렇게 칭찬을 해 주는 하이달을 보고 있자니 리히토는 울컥 눈물이 솟아오르는 기분이었다.

그런 말 하지 마. 메워지지 않는 이질감을 메우기 위해서 눈치를 살피는 데 급급했던 6년간. '성실한 데키스기 군'으로 보낸 나날을 그런 식으로 말해 주는 사람은 아무도 없었어.

♋

"——아니, 아니. 잠깐, 잠깐만. 이건 좀 아니지……."

그리고 다음 날 아침, 리히토는 침대 앞에서 끙끙거리는 신세가 되고 말았다.

여로에 오르기 전, 6년 전 사용했던 장비를 다시 받아 살펴봤는데…….

난처하게도 무엇 하나 착용하기에는 너무 작았다. 꽉 끼는 정도가 아니다.

몽환성에 도착하기까지 사용했었던 무기 '레드 라이징 소드'는 애매하게 짧았고, 방어구 '풍신의 로브'는 어린애 옷이나 마찬가지다. 장난감 가게에 아동복 매장이다.

'……정말로 어린애였지만…….'

아무리 당시의 최강 장비라 해도 지금 시점에서 다시 착용하고 바깥을 다닌다고 상상하면 정신적으로 몹시 괴로울 것 같다.

"정말로 이걸 입고 다녔었나……. 그랬었나……."

"성장기는 무섭군요."

하이달이 문을 열고 들어왔다.

"어떻게 좀 해 봐, 하이달. 콩트 아니면 벌칙 게임이잖아, 이래선."

"그럴 줄 알고 따로 준비를 해 왔습니다."

하이달의 손에 한 자루 검과 방어구가 들려 있었다.

검을 받아 든다. 휘어짐 없이 올곧은 형태의 장검이었다.

검집은 선뜩한 흑색, 가느다란 나선 문양이 별처럼 새겨져 있다. 칼자루를 붙잡고 손을 움직이자 반투명한 도신이 드러나면서 은은한 빛이 새어 나온다.

"검명은 '달의 물방울'이라 합니다."

"이거……. 휘두르면 아예 보이지도 않겠는데?"

"그렇습니다. 성검의 신력에 비할 바는 아닙니다만 당분간 쓰기에는 나쁘지 않을 겁니다."

"──응. 굉장히 마음에 들어. 잘 쓸게. 고마워."

방어구는 갑옷이 아니라 흑색에다가 살짝 청색을 곁들인 코트였다. 소매에 팔을 넣어 본다. 두툼한 두께의 재질인데도 놀랄 만큼 가볍고 잘 움직여진다.

"이거 혹시 마법이 걸려 있는 거야?"

"조금요."

그렇게 대답하는 하이달의 얼굴은 상당히 자신만만했다. 어지간히도 고레벨의 매직 아이템인 모양이다.

검을 검대에 장착시킴으로써 여행 준비가 일단 마무리된다.

리히토는 잠시 고민하다가 옛 장비품을 다시 한 번 뒤적거렸다.

"리히토?"

"이거라면 지금도 쓸 수 있겠어."

라나에게 받았던 '흉내 내기 귀걸이'다.

당시의 여행과 공통점은 이 귀걸이뿐이지만 아무것도 없이 떠나기보다는 낫겠지.

하이달은 웃었다.

"잘 어울립니다."

"좋아."

양쪽 귀에 달고 다니기로 했다.

그리고 출발 시각이 문제였는데, 역시 주변에서 알아차리지 못하도록 살그머니 빠져나갈 필요가 있었다. 그래서 아직 안개도 걷히지 않은 이른 아침에 저택의 부엌문을 통해 나가기로 결정했다.

나이가 가장 많은 메이드장은 이 이야기를 전해 듣더니 가장 벌컥 벌컥 역정을 냈다.

"정말이지 우리 주인님은 어째서 이 모양인지, 참! 이렇게 젊은 손님께 얼마나 더 실례를 저지르려고!"

"아뇨, 신경 안 쓰이니까 괜찮아요…… 으음."

아무래도 리히토가 오영웅의 한 사람이라서가 아니라 아들 같은 나이의 소년이 푸대접을 받아서 저러는 것 같은데. 기분 탓일까.

그녀의 뒤쪽으로 어제 그 메이드도 있었다.

"이건 가시다가 드세요. 용사님."

"아, 고맙습니다."

"부디 월타미아를 지켜 주시길. 무운을 빌어요."

마음이 담긴 도시락까지 받고 말았다. 리히토는 쑥스러움을 감추기 위해서 살짝 고개를 끄덕였다. 메이드장은 아직도 부글부글 심기가 편치 않은 모양이다.

그대로 부엌문을 나와 뒷문 쪽으로 향했다.

퍼뜩 뒤쪽을 돌아다보니 2층의 창문에 저택의 주인, 하이달 윔의 모습이 보였다.

그의 얇은 입술이 살며시 움직이고, 들어 올린 손끝에 마술의 빛이 어린다.

──부디 당신의 앞길에 빛이 함께하기를.

파나케이아에서 마술사가 곧잘 하는 전별의 신호다.

그 이후로는 더 이상 뒤를 돌아보지 않았다. 아마도 하이달을 비롯한 모든 사람들이 언제까지고 줄곧 자신을 배웅하고 있었을 테니까. 그것을 알기에 더더욱 저택 바깥으로 빨리 나가고 싶었다.

제일 먼저 향할 목적지는…….

"화이트 사원인가……."

그곳에서 하기리 노사를 만나 성검의 본체를 받아야 한다.

리히토는 코트 안주머니에서 지도책을 꺼냈다.

얇은 종이지만 펼치면 지도상에 빨간 점이 몇 개인가 떠오른다. 리히토가 있는 월타미아 왕도는 지도의 중앙으로부터 조금 서쪽에 위치해 있다. 고저 차가 적은 평야 지대에 자리 잡은 하나의 도시로서 유난히 하얗게 점멸하고 있었다.

이건 6년 전 모험에서 얻었던 매직 아이템 '여행의 이정표'다.

과거에 자신이 찾았던 마을과 던전이 대부분 여기에 기록되어 있다. 화이트 사원은 이미 방문을 마친 마을로서 지도상에 기록되었다.

리히토도 똑똑히 기억한다. 화이트파의 총본산인 화이트 사원은 파나케이아에서도 상당히 유명한 산악 사원 중 하나다.

월타미아 남부의 산속에서 성채와도 같은 건물을 세우고 수많은 수행승이 자급자족으로 생활하는 곳이었다. 사원의 아래쪽에 위치한 마을 카우라기도 신자의 순례지로서 나름대로 활기찬 분위기였다고 기억한다.

월타미아 국교회에 소속되어 전국으로 파견된 정식 신관과 달리, 화이트파의 승려는 자주 자립을 근간으로 삼는다. 똑같이 창조신 파나티아를 숭상하면서 어느 권력자의 비호도 받지 않으며 독립된 지위를 지키고 있다. 사람들은 여신을 섬기며 고된 수행에 매진하는 승려들을 화이트의 수행승으로서 존경했다.

하기리 노사는 화이트파의 주지이면서, 당시에도 인망이 두터운 비범한 인물이었다. 무엇보다도 72년 전 마신이 처음으로 파나케이아에 강림했을 때에도 토벌대에 참가했을 만큼, 전설에나 등장할 법한 승려다.

'동료가 되어 줄 때까지 정말 힘들었었지……'

마음속 깊이 그리워진다.

왕도에서 남부로 곧장 이동하면 보름 정도의 여정이 되려나.

분명 도중에 고개를 몇이나 넘어야 했다. 체력 관리가 승부처다.

"…………"

하지만 곰곰이 생각해 보면 조금 걸리는 점이 있다. 저렇게 긴 기간을 혼자서 여행한 적이 있었던가? 지구에서든 파나케이아에서든.

처음 여행을 시작했을 때에는 하이달이 곁에 있었고, 그 이후로 이슈안이 합류해서 화이트 사원을 향했었다. 다시 그다음에는 하기리 및 라나가 더해졌기에 여행도 이러쿵저러쿵 떠들썩했었다.

이봐, 너 말야. 냉큼 떠맡긴 했는데 정말 혼자서 해낼 수 있겠어?

"……아냐, 괜찮아. 응. 문제없어. 아마도. 분명히 반드시 괜찮아."

꾸물꾸물 솟구치는 불안감을 억지로 눌러 삼킨다.

이래 봬도 자신은 오영웅의 한 사람이다. 혼자 힘은 아니었지만 세계 최고 난이도의 미션을 클리어한 몸이기도 하다. 이제 와서 혼자는 싫다는 둥 약한 소리를 늘어놓을 입장이 아니다.

"어이, 거기 얼빠진 놈. 제자리에 서도록."

리히토는 퍼뜩 고개를 들었다.

"이런 꼭두새벽부터 살금살금 우왕좌왕, 야반도주냐? 아니면 도둑놈인가? 이 집 주인은 구두쇠에 마술 바보라서 걸리면 큰일 난다고."

문기둥 앞에 작은 몸집의 인영이 서 있었다.

후드가 달린 빨간 케이프를 깊숙이 눌러쓴 차림새를 보고는 잠깐이나마 동냥 나온 어린애인가 생각할 정도였다. 하지만 상대가 후드를 벗은 순간, 리히토는 너무나도 놀라 들고 있던 지도책을 떨어트렸다.

어스레한 하늘 아래로 떠오른 것은 밝은 금발과 오기가 엿보이는 푸른 눈동자.

불퉁불퉁 변덕쟁이 고양이를 떠올리게 하는 얼굴 생김새는 얼핏 성별을 착각할 정도로 단정하다.

저 얼굴. 6년이라는 시간이 흘렀지만 아무리 봐도——.

"……이슈안 트롤……."

리히토는 멍하니 중얼거렸다.

틀림없었다. 《도적》이슈안 트롤이다.

"하핫, 오랜만이군. 여전히 꼬맹이……. 음, 이 말은 이제 못하겠네. 제길."

가까이 다가가 보니 눈높이가 머리 하나 가깝게 달라져 있었다. 리히토가 더 높다. 그 사실을 알아차린 이슈안이 쳇, 혀를 찼다.

"뭐야, 이게. 완전 사기 아니야? 뭘 먹었길래 그렇게 쑥쑥 자랐어? 거인 콩? 변신 지팡이? 신발에다가 깔창이라도 덧대 놓은 건 아니겠지? 범죄만은 저지르지 말라고."

"아니, 평범하게 자랐을 뿐인데……."

"어디서 구라질이야."

그보다 어째서 여기에 있는 거지?

그렇잖아. 이슈안은, 이슈안 트롤은──.

"아, 뭐야. 설마 너 하이달한테 아무 말도 못 들었어? 이쪽은 너를 소환한다는 이야기, 진작부터 들었었는데."

가벼운 두통이 일어나 머리가 지끈거리는데 이슈안이 어이없어하며 말했다.

리히토는 고개를 옆으로 저었다. 전혀 아무것도. 처음 듣는다, 금시초문이다.

"하아, 그 녀석, 이 몸께서……. 으흠, 내가 생업으로 바쁘겠거니 싶어서 괜히 신경 써 줬구나. 쓸데없는 짓이나 하고."

"생업?"

"뭘 모르는 척이야? 돈벌이 말이야. 금전, 돈."

이슈안은 소녀로 착각할 정도의 수려한 용모와 어울리지 않는 동작── 엄지와 집게손가락을 둥글게 말아서 '돈' 모양을 만들었다.

"돈, 벌이……?"

"그래. 봉인을 마치고 이리로 돌아왔을 때 국왕이랑 시장한테 제법 큰돈을 받았잖아? 귀족 신분은 별로 관심도 없었고, 그 돈을 굴려서 이것저것 시작했거든."

요컨대 토벌의 보상금을 사용해서 고향 마을을 사들이고 농원을 정비해서 농장주 노릇을 하며 척척 벌어들이고 있다는 얘기다.

"……굉장한데, 그건."

"그치? 뭐, 계속 들어 봐, 리히토. 지금은 트롤 상회의 연금술을 모르는 사람이 없을 정도라고. 얼마 전에는 치즈랑 햄을 세트로 팔아먹었더니 이게 또 완전 히트 쳤지 뭐야. 인기가 인기를 모으면서 돈이 왕창왕창. 경영진 모두 입가에서 웃음이 떠나질 않는다는 말씀!"

실제로 이슈안은 웃고 있었다.

그러고 보니 6년 전 모험이 끝났을 때 무엇을 할지 이야기를 나눈 적이 있다.

하이달은 아니나 다를까 연구. 라나는 무정하게도 보류. 하기리 노사는 즉시 수행이라고 대답. 돈이 모이면 장사라도 해 볼까 말했던 쪽이 이슈안이다.

정말로 꿈을 이룬 모양이다.

"……그럼, 잘 풀리고 있구나? 어렵다거나, 그러진 않고?"

"물론! 경영 상태는 매우 안정적이야. 그래서 너를 도와줄 시간도 충분해, 리히토."

가볍게 이쪽의 팔을 두드린다.

굳센 의지가 느껴지는 눈동자가 그때와 같이 밝게 빛났다.

이봐, 리히토. 재밌는 거 해 볼까, 하고.

"혼자라서 불안하다면 여기 이슈안 브릴리언트 트롤 님께서 동행을 못 해줄 것도 없지. 지금이라면 멋진 마차도 덤이라고."

언제 또 성이 길어진 거냐.

뒤쪽에 대기 중인 덮개 씌운 마차가 보인다. 아마도 이슈안이 경영한다는 '트롤 상회'의 마차이리라. 측면에 포도 그림이 그려져 있었다.

역시 못 당하겠군 싶었다.

어째서 항상 도움이 필요하다고 바랄 때마다 나타나 주는 걸까.

이러면 뒷걸음질도 못 치잖아.

"……부탁해도, 괜찮을까?"

"뭐라고? 안 들리는데?"

"가자, 같이!"

이슈안이 거들먹거리는 표정을 바꿔서 갑자기 싱긋, 기쁜 기색으로 웃음 지었다.

날개라도 돋친 듯 가벼운 몸놀림으로 마차의 짐받이 위로 뛰어오른다.

"전속, 전진!"

"음? 내가 몰아야 돼?"

"당연하지! 그럼 나 이슈안 님이, 으흠, 내 마차잖아!"

네, 알겠습니다.

마차가 고삐를 당기는 데로 안개 낀 거리를 달려 나간다. 어제 오면서 느꼈던 답답함은 이미 사라졌다.

동료가 함께해 준다면 어디든지 갈 수 있다. 무엇이든 할 수 있다.

그런 마음으로 전방을 향해 계속 나아간다.

'그래, 줄곧 이러고 싶었어.'

그때부터 줄곧.

자, 이제부터가 새로운 게임. '이번에야말로' 세계를 구하러 가는 거다.

모험의 시작이다.

## 【2】
## NEW
## ROAD

그 당시에는 마을을 나와 근처의 도시로 이동하는 데에도 용기를 내야 했다.

사람이 사는 마을에서 떨어진 산과 숲 속이면 마수가 돌아다녔기에, 상품을 운송하는 상인들은 화물보다 더한 용병을 고용해서 마수의 위협으로부터 자신의 몸과 재화를 지켰다.

귀족들은 수많은 위병들과 함께 성벽 안에 틀어박히든가, 혹은 모든 업무를 대관에게 떠맡기고 도심에서 사교 생활을 누리곤 했었다. 실권을 틀어잡은 대관에 의해서 악정이 횡행하기도 했다.

도시 바깥에서 살아가는 사람들의 세계는 좁았다. 멀리서 전해지는 편지는 존재 자체가 기적과 같았다.

보왕력 276년.

마신 아르고스가 봉인됨으로써 사람들은 마수의 공포로부터 해방되었고, 동시에 이동의 자유를 얻었다고 볼 수 있다.

──어쨌거나 리히토가 들었던 대로 여행길은 정말로 평화로웠다.

마신이 강림한 시대였다면 마수의 먹잇감이 되었을 텐데, 마을로부터 제법 떨어진 평원의 외길 주변으로 소와 양이 한가롭게 거닐며 풀을 뜯고 있다. 마을에서 마을로 이동하는 인마와 우편 마차하고도 몇 번인가 마주쳤다.

무엇보다도 월타미아의 내부 구조가 상당히 변화했다.

"——헤에, 전이문?"

"뭐야, 리히토는 몰랐어?"

마차로 가도를 나아가면서 조금 시간이 지난 무렵이었다.

도중 갈림길 앞까지 도달했을 때 리히토는 '여행의 이정표'를 따라서 마차를 돌리려 했다. 한쪽 길은 월타미아 서부, 다른 한쪽은 남부로 이어지는 길이다. 화이트 사원은 남부에 있으니 당연히 후자를 선택할 작정이었는데, 이슈안이 뭐하러 빙 돌아가냐는 말을 꺼냈다. 그러고 나서 전이문이 화제에 오른 거다.

"으음, 모르겠는데. 그게 뭐야?"

"전이문이 뭐냐면 말이야."

이슈안은 마차의 덮개 안에서 편할 대로 누워 있다. 마치 도도한 고양이, 혹은 왕후 귀족 같다.

목제 난간에 걸쳐서 포개진 다리가 위아래로 흔들린다.

"요컨대 마술사가 상주하면서 사람이나 화물을 날려 주는 곳이야. 지금 월타미아에는 네 군데 있어. 돈은 좀 들지만 시간이 단축되지."

"잠깐만, 잠깐만. 그런 게 있었어? 왜 나만 모르는 거야?"

"당연하지. 네가 돌아간 다음 생겼는걸."

"끙……."

마부석에 앉아 있던 리히토는 어안이 벙벙해서 '여행의 이정표'를 다시 들여다봤다.

'……안 실려 있어…….'

어지간한 사항은 모두 검토를 마쳤다고 생각했었는데, 나중에 바뀐 부분까지 반영되진 않는 모양이다.

"웬일로 나라에서 보물 창고에 들어 있었던 전이용 보주를 일반인들한테 공개하더라고. 마수가 사라진 덕에 사람들도 활발하게 이동했고 말야. 화이트 사원에 가려면 이대로 서쪽으로 쭉 간 다음, 중간에 전이문을 이용해서 톰캄까지 가는 길이 제일 빠를 거야."

리히토는 의기소침했다. 너무하다. 정말 너무하다. 이래도 되는 건가. 톰캄까지만 가면 된다니, 일정이 계산보다 절반 이하로 단축되지 않는가.

그토록 고생하며 여행했었는데. 산을 넘고 강을 지나 마수의 위협에도 지지 않고, 바람을 맞으며 눈이 내려도 여름의 무더위에도 지지 않는 굳센 체력을 길러서, 욕심을 버리고 결코 화내지 않으며 언제나 가만히 웃어넘기고, 하루에 현미 두 홉과 된장에 야채만 조금씩 먹으며—— 아니, 아니다. 그게 아니라.

"……미안. 잠깐만 혼자서 생각 좀 할게."

"하? 갑자기 무슨 소리야, 리히토!"

마수가 없어진 건 좋은 일이지만. 워프! 워프존이라고!

자신만 원시인이 된 것 같아 침울해진 기분을 달래느라 한나절은 말도 없이 끙끙거렸다.

그리고, 원시인 얘기가 나왔으니 하나 더.

"——이봐, 도대체 언제까지 툴툴댈 건데? 기분 좀 풀어."

"별로 아무렇지도 않아."

"움직이는 시체 같은 얼굴이라고."

"그냥 전이 때문에 어지러워서 그래."

"까다로운 녀석이네……"

새로운 이동 수단으로 자리한 전이문은 마치 기차역과 비슷한 느낌이었다. '물건'을 보내려는 사람, 받으려는 사람이 접수처에 줄지어 서 있고, '사람'이 함께 이동하고 싶은 경우에는 다른 티켓을 구입해서 줄을 선다. 이용자 수도 제법 많다.

잠시 차례를 기다린 다음, 먼저 마차를 전이시켰다.

석조 건물 안에 상설된 마법진이 조명도 없는데 빛을 발한다. 담당자의 지시를 따라서 말의 코끝부터 짐마차의 뒤바퀴까지 모두 마법진 안쪽으로 움직였다.

제복을 입은 마술사가 전이 주문을 영창한다.

부웅 하고 공기가 진동하는 듯한 소리가 울리더니 눈 깜짝할 사이에 시야에서 사라졌다. 이걸로 마차의 전이는 완료다.

그다음은 리히토와 이슈안, 사람의 차례였다. 같은 수순대로 마법진 위에 올라선다.

조금 뒤 무사히 톰캄 측 마법진으로 전이를 마쳤지만, 뭐랄까. 두 번 이용하고 싶진 않을 만큼 기분이 안 좋아졌다.

"저거 말야, 사람이 쓸 만한 게 아니라고 봐……"

"사람마다 많이 다른가 보네? 이 몸께서는……. 아니, 나는 별로 아무렇지도 않더만."

흥, 그거 잘됐군. 이슈안의 옆얼굴이 너무나도 상쾌해 보여서 이유도 없이 심통을 부리고 싶어지지만 꾹 참는 리히토였다.

듣자하니 화물 운반용으로는 이용하지만 정작 자신은 이용을 피하는 사람도 많다는 모양이다. 서민으로선 선뜻 이용하지 못하는 값비싼 요금이 난점이라고들 하는데, 전이 후 느껴지는 메슥거림도 한몫을 하지 않을까 싶다. 리히토는 원시인도 그리 나쁘진 않겠다고 생각했다.

마차는 나중에 다시 와서 찾아가도 된다고 하기에 우산 바깥으로 나가 보았다.

"우와……. 이거……."

왕도 주변의, 어디를 봐도 평탄한 전원 풍경에서 기복이 심한 산간 지역으로.

갑자기 눈앞에 산이 나타나서 리히토는 흠칫 놀랐다.

'정말 톰캄으로 와 버렸네…….'

톰캄은 숲과 산으로 둘러싸인 월타미아 남서부 지역이다. 콧속으로 들어오는 냄새부터 완전히 다른 느낌이다.

벌써 가장 험난한 고비를 넘은 셈이다. 이대로 동쪽을 향해 쭉 나아가면 목적지인 화이트 사원도 그리 멀지 않다.

사람들의 복장도 도시풍 옷차림과 산간 지역의 민족 의상을 입은 주민들이 뒤섞여 있다. 용병 차림으로 무장을 갖춘 사람의 수가 일전에 왔을 때보다 눈에 띄게 적어졌다.

예전에는 사원을 방문하는 순례자와 여행자가 장비를 점검하는 중간 지점이라는 인상이 짙었었는데, 선물 가게까지 생긴 모습을 보니 정말 평화로워졌구나 하는 마음도 든다.

"밥이나 먹으러 가자. 출출할 때 됐지?"

"윽……."

"왜 또 우거지상이야? 돈 걱정이들랑 집어치, ……으흠, 내가 살 테니까 걱정 마. 좋아, 딱 눈에 들어오네. 저기서 먹자."

"끙."

식사를 하거나 휴식을 취할 수 있는 장소가 늘어선 거리를 터벅터벅 걸어 나간다. 솔직히 식욕이 전혀 돋지 않았다.

"──엇차, 죄송합니다."

"아앙?"

지나치면서 어깨를 부딪혔나 싶었는데 남자가 곧장 거친 동작으로 뒤돌아섰다. 본능적으로 낭패구나, 싶었다.

"뭐야, 이놈. 어디다 정신 팔고 다니냐!"

"죄, 죄송합니다."

"죄송하면 다 끝나냐? 한판 붙을까? 앙?"

"그럴 리가요. 정말 죄송합니다."

"똑바로 보고 다녀! 눈은 뭐하러 달고 다니냐!"

"앞으로 조심하겠습니다."

"멍청한 놈 같으니라고!"

윽박지르는 남자에게 한결같이 저자세로 사죄한다. 처음부터 이쪽의 얼굴빛이 좋지 않았던 이유도 있어서인지 마냥 소리치기도 뭣하다고 여긴 모양이었다.

"이딴 겁쟁이도 있군."

혀를 차면서 동료들 쪽으로 걸어가 합류한다.

얼굴을 보니 그쪽도 별로 상태가 좋아 보이진 않는데, 역시 받아

치지 않기를 잘한 듯싶다.

이슈안이 이쪽을 돌아봤다.

"괜찮아?"

"……괜찮다고 생각할래……."

"너도 참 골 때리는 평화주의자구나."

"내버려 둬……."

리히토는 살짝 그들을 쳐다봤다.

음식점이 늘어선 부근에서 어슬렁거리는 모습이 마치 굶주린 들개 같았다.

그리고 이슈안이 고른 가게는 '은빛 늑대'라는 이름의 비교적 아담한 식장이었다. 내부로 들어가 보니 점심시간의 활기가 가득했다. 이제부터 왕도 방면으로 떠나려는 자, 반대로 왕도에서 이쪽으로 온 자, 여러 사람들이 식사를 즐기고 있으리라. 손님들의 모양새가 상당히 다채롭다.

빈자리에 앉자 손님을 끌어모으려고 고용했구나 싶은 웨이트리스가 두 사람의 앞으로 다가왔다.

"어서 오세요! 은빛 늑대입니다!"

분홍빛을 띤 금발 보브 커트. '풍만'이라는 말이 무척 어울리는 몸매였는데 화장기 없는 소박한 얼굴 덕분에 거북함은 들지 않는다.

이슈안이 메뉴판을 펼치고 먼저 말했다.

"추천 메뉴 있어?"

"전부 다! 이러면 좀 그렇지? 양고기 구이를 추천할게. 귀염둥이."

"그럼 그거하고 미모사 샐러드에 딸기 푸딩 추가. 요즘 여기 경기는 어때?"

"음, 뭐라고 해야 되나……."

주문받은 메뉴를 받아 적으면서 웨이트리스가 생각에 잠긴다.

"오면서 봤겠지만 사람이 한가득이라 장사도 잘돼. 바빠서 정신이 없다니까. 쭈글탱이 영감님들은 옛날이 조용해서 좋았다고 투덜거리는데, 진심인가 설마? 아니겠지?"

어쩐지 노인네 취급을 당하는 것 같아서 마음이 쓰리다.

이슈안은 "오호, 그렇군" 하고 중얼거렸다.

"확실히 좋아지기만 한 건 아니겠지."

"그래도 하루 세 끼 먹을 수 있는 게 어디야? 전부 오영웅님들 덕분이지, 뭐. 너희들도 전이문으로 왔어?"

"잘도 알았네."

"알고말고. 실은 옷 상태만 훑어보면 바로 알 수 있어. 자기 다리로 산을 넘어서 온 사람은 먼지투성이야. 누레, 척 봐도."

"아, 그렇군. 우리는 화이트 사원으로 갈 예정이야."

"순례? 좋겠다. 그런 사람 많더라. 봐 봐, 저기 아주머니도 같은 방향이야."

웨이트리스는 두 사람의 옆 테이블로 시선을 돌렸다.

그러자 온화한 느낌의 부인 한 명과 대여섯 살쯤으로 보이는 여자아이가 보였다.

6년 전이었다면 저런 구성으로 여행을 나온 사람이 톰캄에 있다는 사실 자체가 얼토당토않았겠지. 정말 격세지감이 느껴진다.

리히토와 눈을 마주치자 부인이 살짝 고개를 꾸벅였다. 여자아이는 머뭇거리며 포크를 움켜쥐었다.

"안녕, 반가워."

"……녕 ……세요."

여자아이는 점점 더 새빨개졌다. 아무래도 부끄러움을 무척 많이 타는 모양이다.

"죄송해요. 낯을 가리는 아이라."

부인이 사과를 했다.

"옛날부터 몸이 약해서 한 번 참배를 드리려고 했었답니다. 사원 아래쪽 카우라기 마을에 친척이 있거든요. 산속의 본사까지 올라가기는 어렵겠지만 하다못해 멀리서라도 보고 싶어요."

"좋은 생각이세요."

리히토와 이슈안의 입가에서도 미소가 흘러나왔다.

"그래그래, 그·러·니·까! 아까도 얘기했었는데 여기서 화이트 사원으로 가려면 강가에 난 길은 저얼대로 가면 안 돼. 알았지?"

"엥?"

리히토도 의외라는 생각이 들었다.

그쪽은 굴곡이 적고 잘 정비되어 있어서 가장 안전한 길일 텐데.

'……하아.'

설마 '여행의 이정표'에 또다시 빈틈이 생긴 건가?

"그게 말야, 일전에 큰비가 내려서 다리가 떠내려갔거든. 그것도 모르고 괜히 빙 돌아간 사람도 있으니까 번거로워도 숲길로 가는 편이 좋을 거야."

"그렇군. 정보 고마워."

"별말씀을, 귀염둥이."

대화를 이어 가는 이슈안의 곁에서 리히토는 가만히 안도했다.

"……그래서, 거기 도련님은? 주문은 뭐로 할래?"

"아, 저도 같은 걸로 부탁해요."

"알았어. 그럼 잠깐만 기다려."

웨이트리스가 허리를 흔들거리며 이쪽으로부터 멀어져 갔다.

허벅지 중간까지 다리가 들여다보이는 짧은 스커트 차림이다.

"……흐음. 뭐, 엉덩이가 제법 탱탱하긴 하네."

"아, 아니, 별로."

이슈안은 뚱한 얼굴로 흘겨보며 말했다.

"그나저나, 어때? 리히토. 이게 바로 현지에서만 얻을 수 있는 귀중한 정보라는 거야. 온 보람이 있지?"

"그래, 대단하다."

아마도 이슈안도 같은 사실을 알아차렸으리라. 정말이지 '좋아지기만' 한 건 아니다.

다만 가설을 검증해 보려고 해도 이곳에서 입에 담기는 너무 위험하다.

잠시 시간이 지나고, 잘 구워진 양고기와 샐러드가 테이블 위에 놓였다. 리히토와 이슈안은 마음을 가다듬고 바구니에 들어 있는 포크와 나이프를 집어 들었다.

'헤에.'

이런 때에도 의외라고 여겨지는 것은 뜻밖에도 능숙한 솜씨로 나이프를 다루는 이슈안 트롤의 식사 모습이었다.

예전에는 산속에서 내려온 아기 곰이 아닌가 싶을 만큼 굉장히 와일드한 기세로 식사를 했었다만. 지금은 어떤가. 목 아래쪽만 본다면 완벽한 테이블 매너다.

물끄러미 보고 있으니 저쪽에서도 시선을 알아차린 모양이었다.

"뭐야. 너한텐 안 줄 거야. 네 거부터 먹어."

"……아니, 그게 아니라. 이슈안도 근사해졌구나 싶어서."

"앗, 뜨거!"

뜨거운 고기를 곧장 입속으로 넣어버린 듯 황급히 유리잔을 들이켠다.

"가, 갑자기 뭔 소리야."

"말투도 다소곳해졌고. 가끔씩 험한 말이 튀어나오긴 하지만."

그러고 보니 이것 또한 6년 동안 바뀐 점이라고 하면 그렇게 볼 수도 있을 듯싶다.

야생아에서 한 사람의 인간으로. 지나치게 거친 말은 쓰지 않으려고 주의한다는 느낌이랄까.

그저 솔직한 감상을 들려주었을 뿐인데 이슈안은 거북한 얼굴로 눈을 피했다.

"……별로, 특별히 의미는 없어. 장사를 시작하고 보니까 신용을 쌓으려면 노력을 해야 한다면서 우리 경영진이 이래저래 시끄럽다고."

"헤에. 그래도 기특하네."

고개 숙인 얼굴이 살짝 불그스레하다.

"아직 실수투성이지만 말이야."

"응. 잘못하면 여자애인 줄 알겠어."

농담조로 말하며 웃었다.

마주 웃어 주리라고 여겼는데 이슈안은 웃지 않았다.

대신 자기 포크를 갑자기 거꾸로 고쳐 쥐더니 리히토의 접시에 놓인 고기에다가 찔러 넣고는 모두 자신의 입으로 집어넣었다.

"우왓!"

"마싯써."

"아깐 자기 몫부터 먹으라면서!?"

"먹으면 되잖아, 콜록."

"삼켰어. 지금 씹지도 않고 삼켰지?"

"자, 사양 말고 먹어."

"먹긴 뭘 먹어. 입가심하라고 곁들여 나온 당근밖에 없다고. 으아아."

"다 너 때문이야."

갑자기 정색하는 이슈안. 리히토는 빈 접시를 바라보면서 망연자실했다. 어휴, 괜한 소리 하는 게 아니었어.

♋

은빛 늑대에서 식사를 마친 다음 마차를 회수하고 톰캄에서 나왔다.

도로 저편으로 녹음이 우거진 산이 시야 한가득 들어온다. 다른 길과 마찬가지로 잘 정비된 덕에 이전보다 널찍한 모습이었다.

이슈안은 '체력 보존'을 구실로 짐칸에서 낮잠만 자고 있다.

마부석에 앉아 말고삐를 잡아야 하는 리히토는 물론 눈을 붙일 수도 없는 노릇.

하늘에는 조각구름이 점점이 흘러가고 있었다.

구름 사이로 보이는 태양은 여느 때처럼 둘이 함께 떠올라 있는데, 그렇다고 지구보다 두 배 뜨겁지도 않다.

이쪽 세계의 사람들은 한 쌍으로 떠올라 있는 태양의 거리감과 각도를 보고 놀랄 만큼 정확하게 날짜와 시간을 가늠한다. 하다못해 골목길에서 뛰어노는 아이들마저도 '서쪽에서 태양이 똑바로 늘어설 무렵', '세로로 멀리 늘어설 무렵' 따위의 말을 여상스럽게 주고받으니 놀라울 따름이다.

리히토는 당연히 저런 달인의 경지에 이르진 못했다. 하지만 머리 위에 항상 달력 겸 시계가 딸려 있는 듯한 감각이겠거니 상상은 된다.

파나케이아가 어떤 구조로 만들어져 있는 세계인가, 6년 전부터 알 듯 말 듯 아리송하다.

어디 한번 학교에서 배웠던 물리 지식이 통용되는지 시험해 볼까 하는 생각도 들었었지만 교과서를 두고 와 버렸다. 심심풀이는 되었을 텐데, 유감이다.

이윽고, 길이 도중에서 두 갈래로 나뉘어졌다.

"이슈안, 이슈안. 어떡할까? 길이 갈라졌는데."

"……지도상으로는 어떤데?"

"오른쪽이지."

"웨이트리스가 알려 준 길은?"

"왼쪽이려나."

"그럼 왼쪽."

"알았어. 왼쪽으로 갈게."

은빛 늑대의 웨이트리스가 추천한 길은 강을 따라 이어지는 대로가 아니라 숲을 가로지르는 작은 길이었다.

이쪽 길은 가면 갈수록 꼬불꼬불 꾸부러져서 시야가 그리 좋지 못하다. 마차 바퀴에서 전해지는 충격도 눈에 띄게 커졌다.

이윽고 두 개의 태양이 차례차례 저물었다.

길의 한가운데, 리히토는 마차를 멈춰 세웠다.

"······리히토."

"······응. 알고 있어, 이슈안."

어느새 다수의 인물이 나타나 주변을 둘러싸고 있었다.

수풀 틈으로부터 무기를 손에 쥔 남자들이 나타난다.

조잡한 검과 도끼다. 그리 훌륭한 장비는 아니었다.

아마도 일거리를 찾지 못한 용병이 돈에 급급해 노상 강도로 전락한 무리인 듯하다. 설마 이런 식으로 마신 봉인의 여파를 목격하게 될 줄은 몰랐다.

'좋아지기만 하진 않았다는 거지.'

강도와 도적의 차이는 우선 도적 길드에 소속되어 있는지 여부가 관건이다.

이슈안 트롤을 비롯하여 직업을 도적이라고 자처하는 자들은 이런 종류의 약탈 행위를 '가게에서 물고기를 사 오는 낚시꾼'이라며 경멸하고, 규칙으로도 엄하게 금하고 있다.

그들 도적의 본분은 누구도 발을 들이지 못한 미궁의 탐색과 희귀

한 재보를 발견하는 데 있다. 그러한 목적을 위해서라면 필드를 돌아다니는 마수를 마주쳐도 두려워 않고 물리쳐 온 역사가 있다.

선두에 선 남자는 기억에 있는 얼굴이었다.

"여어. 또 만났군, 겁쟁이 형씨."

점심때 부딪혀서 시비를 걸어온 건달 패거리다. 도신이 조금 휘어진 모양의 칼을 손에 들고 있었다.

"당신은……"

"다시 만나서 반가워."

칼자국이 새겨진 입술 한쪽 끝을 남자가 히죽 끌어올린다.

"……여기까지 계속 따라온 거군요."

"하, 그 말대로다. 너희들 정도면 딱 좋은 봉이거든. 전이문으로 마차씩이나 끌고 나온 꼴을 보니 주머니도 제법 두둑하겠지?"

"은빛 늑대의 종업원도 한패였고."

"정답! 자, 험한 꼴 보고 싶지 않으면 있는 돈 다 꺼내 놔!"

리히토는 한숨을 쉬었다.

아마도 '돈줄'이다 싶으면 거짓 정보를 흘려서 인적이 없는 습격 포인트로 유인해 내는 모양이다. 무시무시한 식당이다.

이곳은 지름길은커녕 굶주린 늑대들의 사냥터였다.

"……그 웨이트리스, 허벅지에 새겨진 문신이 당신하고 같은 문양이었으니까 아마 그러지 않을까 싶긴 했어요."

"크하하하하! 그런데도 어슬렁어슬렁 이리로 왔다는 거냐? 바보가 따로 없군!"

남자들이 시끄럽게 웃었다.

"좋아, 잘됐군. 머리 모자란 불쌍한 도련님, 무서우면 거기서 얌전히 있어. 우리가 정중하게 털어 주도록 하지."

칼자국이 새겨진 남자는 뽑아 든 칼을 드러내 보이면서 히죽히죽 웃는 얼굴로 마차에 올라타려 했다.

그 대답은 발을 들이민 덮개 안에서 나왔다.

"으헉!"

남자가 비명을 지르며 덮개 바깥으로 튕겨 나갔다. 커다랗게 호를 그리며 지면으로 떨어진다.

장내가 갑자기 고요해졌다.

"──어디서 감히 이슈안 트롤 님의 마차에다가 더러운 발을 들일 셈이야. 멍청한 잡놈 주제에."

이슈안이 짐칸에서 얼굴을 내밀었다.

오른손에 찬 팔찌가 경고하는 것처럼 붉게 빛나고 있었다.

사라진 트롤 가문이 이슈안에게 남긴 유산, '그리움의 수호'.

소유자에게 닥치는 생명의 위기를 높은 확률로 회피시켜 주는 매직 아이템이다. 튕겨 나갔다 함은 주인에게 무언가 좋지 않은 짓을 하려 했다고 판단한 듯하다.

당한 쪽에서 보면 여우에게 홀린 기분밖에 들지 않을 것이다.

"마차 청소비하고 소독비로 2백 갈. 정신적 고통으로 인한 위자료로 5백 20갈. 합계 7백 20갈 정도 청구하면 되겠군."

"우, 웃기지 마라! 갑자기 무슨 헛소리냐! 빌어먹을 꼬맹이가!"

"오호, 꼬맹이에다가 빌어먹을? 액수가 또 올랐어."

이슈안은 왼손을 들어 올린다. 이번에는 소맷자락 안에서 와이어를 매달고 고속으로 쏘아져 나온 갈고리가 이쪽으로 덤벼드는 남자의 신체를 직접 날려 버렸다.

"크헉!"

더욱더 멀리 날아가 버린다.

이슈안이 뻗어 나간 와이어를 감아 돌리면서 지면으로 뛰어내렸다.

트레이드마크인 붉은 케이프의 옷자락을 젖히고 가느다란 허리춤에서 단검을 뽑는다. 그대로 남자를 향해서 칼끝을 들이밀었다.

"이, 이게."

이슈안의 말이 이어졌다.

"너희들의 속셈 정도는 진작에 눈치챘다 이거야. 그런데 어째서 여기까지 왔느냐면 말이다!"

"우리보다 먼저 이 길로 온 모녀 여행자가 있었을 겁니다. 그분들은 어떻게 됐지요?"

"이봐, 리히토! 인마, 사람 말 끊어 먹지 마!"

항의가 들려오지만 너무 느긋하게 여유를 부릴 수도 없었다.

"어떻게 됐습니까."

"하! 뭘 어떻게 돼! 너희들이 뭔데 참견질이야!"

"참견하면 안 됩니까?"

"머리 이상한 거 아니냐? 무슨 이딴 바보가 있어!"

강도들은 정말로 이해가 되지 않는 모양이었다.

"네놈들이 굳이 걱정할 필요 없어. 저 앞에서 감사히 털어먹고 있을 테니까. 돈 꺼내더니 싹싹 빌면서 살려 달라고 한마디 겨우 하더라니까?"

입을 크게 벌리고 웃어 젖힌다.

그렇게 웃던 남자의 몸이, 곧바로 비명 소리와 함께 허물어졌다.

주변에 있던 일당들도 차례차례 무기를 떨어뜨리고 신음을 흘린다.

리히토가 허리의 검을 뽑아 든 채, 그들의 뒤쪽으로 착지한다. 검은 칼집에 감싸여 있던 반투명한 검신이 전원을 베어 넘긴 이후도 핏방울 하나 없이 빛을 발하고 있다.

"……네, 녀석, 검사였나……?"

"그렇게 안 보이겠지만, 일단은."

줄곧 검을 차고 있었건만 장난감이나 호신부 정도로 치부했었나 보다.

"말도 안 돼……. 이, 이렇게 빠를 수가."

"그 실력, 검은 머리카락의 검사, 리히토—— 서, 설마 네 녀석."

두 번째 검격이 남자의 목덜미를 노린다.

예리한 검날을 목젖 바로 앞에 두고서 남자가 쉰 목소리로 중얼거렸다.

"……'이름 없는 자', 용사……!"

"리히토! 이놈들은 내가 알아서 처리할게! 빨리 가!"

"알았어."

리히토는 검을 들고 달렸다. 이슈안의 입에서 처리한다는 말이 나오자 남겨진 노상 강도들이 비명을 질렀다.

해가 뉘엿뉘엿 떨어지는 어두컴컴한 숲 속, 꾸불꾸불 앞이 잘 보이지 않는 숲길을 나아간다.

부디 늦지 않기를 기원하며 완만한 오르막길을 뛰어 올라간다.

──그때였다.

"꺄아아아악!"

리히토가 달려가는 방향으로부터 찢어지는 듯한 비명 소리가 들렸다.

절대로 잘못 듣지 않았다. 늦어 버린 건가. 리히토는 혀를 차고 싶어졌다.

다리에 더욱 힘을 주어 달려가 보니 지면에 사람이 쓰러져 있었다. 일순간 최악의 상황을 각오했지만 거무칙칙한 피 웅덩이 속에 쓰러져 있는 자는 얼마 전 만났던 모녀가 아니었다.

'어떻게 된 거지……?'

강도의 일당으로 짐작되는 무장한 남자다.

그자의 몸은 예리한 발톱, 혹은 어금니 따위로 방어구째 뜯겨 나간 상태였다.

남자로부터 눈을 뗀 리히토는 다시금 숨을 삼켰다.

고작 20미터 앞쪽에서 리히토의 상상을 뛰어넘는 참극이 벌어지고 있었다.

괴물이다. 거대한 머리를 둘이나 지닌 늑대가 반 토막 난 강도의 상반신과 하반신을 제각기 씹어 먹는 중이었다.

늑대의 윤곽이 계속해서 아지랑이처럼 일렁거리며 발 디딘 지면을 잿빛으로 물들인다.

조금 떨어진 나무 아래에서는 흐트러진 옷차림의 여인이 아이에게만은 참상을 보여 주지 않으려고 필사적으로 얼굴을 가린다.

──틀림없다. 마신이 만들어 내는 균열 안에서 생겨나는 권속. 아

르고스의 마수다.

지금까지는 안전했다. 평범한 사람도 여행길에 오를 수 있었다. 그런데 이제 와서 또다시 마수와 맞닥뜨려야 하는가.

"도, 도와……."

상처 입은 강도가 피투성이 몸으로 기어온다. 저자의 몸은 직접적인 부상보다도 마수의 사기에 오염된 것이 치명적이었다. 꺼져 들어가는 목소리다. 몇 분 지나면 죽을 것이다.

여인이 소리쳤다.

"빨리 도망치세요! 여긴 위험해요! 제발!"

그런 짓, 할 수 있을 리 없다.

리히토는 '달의 물방울'을 뽑아 들었다.

마수가 이쪽을 알아차렸다. 먹다 만 시체를 내뱉고 이쪽을 향했다. 타액에 젖은 입에서 새카만 사악한 기운이 흘러나온다.

"……나는 싸우는 자로다. 적을 쓰러트릴 때까지 멈추지 않으리라. 나아간다, 달려라. 베어 넘겨라."

일찍이 친구가 가르쳐 주었던, 전투를 개시할 적에 외는 노래다.

약한 자신을 고무시키고, 몸속의 피를 끓게 하는 주문이다. 오랜만에 소리 내 읊어 보았는데 몸은 제대로 기억하고 있었다.

맥박이 바짝 빨라짐이 느껴진다. 반면에 의식은 분명하고 또렷해진다.

마수를 향해서 질주한다.

정면에서 거대한 몸집의 마수가 뛰어들었다. 리히토는 검을 일섬해 두 머리의 사이로 칼날을 찔러 넣었다.

무거운 충격과 함께 마수의 몸체가 중간에서 멈춘다. 뒤이어 맹독을 품은 체액이 뿜어져 나와 리히토의 머리 위쪽으로 쏟아졌다.

"안 돼엣!"

여인이 비명을 지른다.

무리도 아니다. 마수의 체액은 사기의 집합체다. 하지만 리히토는 쓰러지지 않았다. 온몸으로 독소를 뒤집어썼으면서도 찔러 넣은 검에다 힘을 주고 있다. 마수가 괴로워하며 발버둥 친다.

"──나한테 사기는 통하지 않아."

그렇다면 순수한 기술과 힘의 대결이다. 귀에 매달린 귀걸이가 빛났다.

"강(剛)·압(壓)·열(熱)·파(破). ──부서져라!"

그 순간, 검에 꿰뚫린 마수의 몸체가 진홍빛으로 바뀌더니 안쪽으로부터 부풀어 오르다 산산이 터져 나간다.

원래는 여검사 라나가 특기로 삼았던 기술이다. 흉내 내기 귀걸이로 따라 익혔다.

조각난 마수는 풀 위에 작은 보석을 떨어트렸다.

이것은 지금까지 마수가 먹어 온 인간의 물건이다. 뼈와 살점은 소화되어도 금과 보석 따위는 녹지 않고 체내에 남는 듯, 가끔씩 이렇게 지상으로 물건을 남기고 사라지기도 한다.

'하이달한테도 고마워해야겠구나……. 충분히 쓸 만한 검이야.'

가녀린 외견에 비해서 군센 경도를 지녔다. 마수에게도 통용된다.

리히토는 검을 거두고 보석을 주웠다. 이번에는 상당히 고급 에메랄드였다.

"리히토! 무사해?"

이슈안이 이쪽으로 달려온다.

"나는 괜찮아. ……나는."

그렇게 말한 이유는 염려되는 사람이 있어서였다.

리히토는 뒤를 돌아봤다.

강도의 모습은 없고, 조금 떨어진 나무 아래에서 멍하니 앉아 있는 모녀의 모습이 보였다.


어머니는 아이네, 딸아이는 니나라고 이름을 밝혔다.

숲 속에서 불을 피우고 짐마차에 넣어 두었던 모포도 꺼내서 둘에게 건네주었다.

"주변에 몬스터가 다가오지 못하도록 함정을 설치해 놨어. 여긴 안전하니까 걱정 마."

이어서 이슈안은 불안해하는 모녀를 달래 주려고 애썼다.

따뜻한 모포로 몸을 감싸자 니나가 조금 안심했는지, 얼마 지나지 않아서 아이네의 무릎을 베고 잠에 빠져들었다. 뺨에는 애처로운 눈물 자국이 남아 있었지만.

"……구해 주셔서 정말 감사드려요."

아이네가 말했다.

작은 목소리다. 하지만 처음으로 먼저 입을 열고 건넨 한마디였다.

불에 비추인 얼굴이 너무나도 창백하고 핼쑥하다. 무리도 아니리라. 그토록 끔찍한 일을 겪었으니.

"저야말로, 늦게 도착해서 미안해요."

"무슨 말씀이세요. 아 아이를 살려 주셔서 얼마나 감사한지 몰라요. 정말 다행이에요……."

아이네는 그대로 몇 번이고 딸아이의 머리카락을 쓰다듬어 주고 있다.

지금은 좀처럼 다른 생각을 하지 못하는 듯 보인다.

두 사람은 왕도 출신으로, 화이트 사원 아래의 카우라기에 있는 집은 아이네의 어머니 쪽 생가라고 한다.

아이네는 니나를 바라보며 미소 지었다.

"……이 아이는 말이죠. ……날 때부터 아버지의 얼굴을 몰라요. 이 아이가 태어나기 전에 세상을 떠나고 말았거든요. 그래도 전란이 끝난 다음에 태어난 아이잖아요. 마수의 공포도 바깥을 다니지 못하는 불편함도 아무것도 모르고 살아왔어요. 시집가고 나서 한 번도 고향을 찾지 못한 제 어머니에 비하면 이 아이는 축복받았다고 생각해요. 가능하면 이대로 두려움도 괴로움도 모르고 살아 주기를, 그래 주기를 바랐어요."

가운데에 피워 놓았던 모닥불이 문득 후드득후드득 소리를 내며 갈라졌다.

"헛된 꿈이었나 봐요."

아니라고 말해 주고 싶었다.

아이의 행복을 바라지 않는 어머니가 어디에 있을까. 사람이 가질 수 있는 극히 평범한 바람이었다. 어느 누구든 상처 받아도 되는 사람은 없다.

"저는 모르겠어요. 이 세계는 원래대로 돌아가 버린 걸까요? 마신은 훌륭하신 오영웅님들이 토벌하셨다고 들었어요. 하지만 실은 아니었던 걸까요?"

리히토는 말없이 주먹을 움켜쥐었다.

분명히 쓰러트렸었고 봉인했었다. 하지만 그런 말은 더 이상 할 수 없다. 실제로 마수가 나타나서 두 모녀의 목숨을 위협하지 않았던가.

그래서 아이네의 독백에 가까운 물음은 그대로 독백으로서 끝났다.

"……주무세요. 그냥 누워만 계셔도 좋아요."

간신히 건넨 한마디. 그날은 짐마차의 안쪽을 모녀의 잠자리로 내어주고, 리히토와 이슈안은 바깥에서 휴식을 취하기로 했다.

"──리히토."

그리고── 심야.

리히토의 귓가로 작은 속삭임이 들려왔다.

"너, 안 자지?"

옆에 누워 있던 이슈안의 목소리였다.

적당히 쪽잠을 잘 생각이었지만 역시 잠들지 못했다.

마수가 부활했다. 더구나 마을에서 가까운 숲 속에서.

불꽃이 사그라든 모닥불이 숲의 나무로 복잡한 그림자를 만들어낸다.

"……안 자."

마지못해 대답했다.

"그렇겠지. 너라면 그럴 줄 알았어. 머릿속에다가 이것저것 가득 넣고 고민만 하다가 거위 밥통이 돼 버렸겠지."

인정머리 없는 말투였다. 리히토는 발끈해서 몸을 일으켰다.

그렇게 내려다본 이슈안의 얼굴은 이쪽을 질책하는 기색도 없이, 오히려 담담하게 보이기까지 했다.

"너 때문이 아니잖아. 뭐든지 네 탓으로 돌리는 태도는 잘못됐어."

"하지만, 내가 제대로 해냈더라면 어땠을까? 오늘 일을 보니 봉인이 완전히 풀렸어. 전번에 아르고스를 봉인했을 때는 몇십 년이나 봉인이 유지됐었잖아. 내가 마신을 완전히 봉인했더라면, 그러면 아이네 씨도, 나나도……."

"그럼 우리라고 말해. 이 멍텅구리야."

리히토는 말문이 막혔다.

"리히토, 알겠어? 귓구멍 뚫어 놓고 잘 들어. 우리는 파티야. 하이달도 하기리 영감도 라나도. 모두가 함께 아르고스를 봉인한 거야. 그야 해치운 건 너지. 하지만 너한테 해 달라고 모두가 부탁했었어. 이슈안 트롤의 기술도 눈도 나이프도, 모두 너를 돕는 데 썼지만 말이야. 책임은 함께 지는 거라고 생각했었어. 다른 녀석들도 마찬가지야. 우리가 '일'영웅이 아니라 '오'영웅인 이유를 잊지 마."

어지간히도 거들먹거리는 말투였지만 반발할 마음이 들진 않았다.

그래. ──다 함께.

"일어난 일은 일어난 일이지. 지금은 봉인을 위해서 성검을 돌려받으러 가는 게 먼저야. 틀려?"

"……아니야. 미안……."

"하이달도 바보가 아니라고. 뭔가 대책을 세워 놨을 거야."

"응. 그렇겠지……."

"알았으면 자. 잠깐이라도."

"알았어."

"잠깐, 너 어디서 자려는 거야!"

리히토는 열한 살 그때처럼, 장난 삼아 이슈안의 배 위에다 머리를 누였다.

"편하네."

"적당히 해라, 이 변태 자식. 간지럽잖아. ……으아악, 정말!"

날뛰려 하다가 마차에서 잠들어 있는 모녀를 떠올렸는지 이슈안이 저항을 멈췄다. 얌전히 리히토에게 배를 내어 준다. 옛날 생각이 났다.

"옛날에도 자주 이렇게 잤었지. 숲에서도 산에서도 던전 안에서도 말야."

"그러게, 너는 툭하면 훌쩍훌쩍했었고."

"잠깐, 그건 처음에만 잠깐 그랬던 거고."

"그랬던가?"

이슈안이 심술맞게 웃었다.

"이봐, 리히토."

"응?"

"너 말야, 실은……."

계속 기다려 봐도 그다음 말이 들려오지 않았다.

꿈인가, 현실인가, 환상인가. 수마가 덮쳐드는 탓에 전부가 애매해진다.

"……그것참, 너도 정말 바보 같은 녀석이구나."

그렇게 중얼거리는 목소리가 들려온 것도 같았다. 오랜만에 깊숙이 잠들 수 있을 것 같았다.


　　그때부터 성검을 되찾는 여행은 이슈안과 두 사람에서 모녀를 더해 네 명이 되었다.

　　사건이 일어난 다음 날 아침부터 리히토 일행은 화이트 사원을 목표로 출발했다. 톰캄으로 되돌아갈까 고민했지만 모녀에게도 의향을 묻고 곧장 이동하기로 했다.

　　섣불리 끔찍한 기억을 상기시키는 은빛 늑대로 가까이 가기보다는 사원을 향해서 카우라기 마을의 친척 집으로 가는 편이 안전하다고 판단했기 때문이다.

　　이쪽의 본명을 알려 주기는 조금 그랬기에 살짝 발음을 바꿔서 '리토', '이슈아'라고 소개했다. 이 정도면 적당히 서로의 이름을 불러도 별명 정도로 여기고 넘어갈 테니까.

　　그리고 함께 여행하는 사이에 부끄럼쟁이 니나도 점점 마음을 터놓게 되었다.

　　"리토. 이거 꽃이야. 봐 봐."

　　마차의 덮개 안에서 얼굴을 내밀고 니나가 싱글벙글 웃는다.

　　"응. 예뻐, 니나."

　　"후후후. 줄게."

　　그렇게 말하고 다시 쏙 들어간다.

　　리히토는 마부석에 앉아서 건네받은 꽃송이를 물끄러미 바라봤다.

"……받아 버렸어, 이슈안."

이슈안은 리히토의 머리 위, 마차 지붕에서 뒹굴거리고 있다.

"이거 어떡하지?"

"좋을 대로 하지 그래?"

"좋을 대로 어떻게……?"

"먹든가, 코에 꽂든가."

꽃이다. 삶든 굽든 간에 못 먹는다. 작은 들꽃이다. 코에 넣는 건 더더욱 사양이다. 꺾어 온 지 얼마 되지도 않았는데 벌써 시드는 중이다.

'뭐랄까, 여자아이는 꽃이라든가 인형이라든가 좋아하지. 왜 그럴까.'

짐칸 안에선 니나와 아이네가 꺾어 온 꽃으로 연극놀이를 하고 있다.

리히토는 다시 한 반 하늘을 올려다봤다. 날씨는 비교적 고른 편이고, 좌우로 가득 들어찬 나무들의 가지에도 꽃이 활짝 피어 있다. 천엽벚나무였던가, 조금 닮은 듯싶다.

한 가지 생각이 떠올랐기에 길이 한동안 똑바로 이어지는 기회를 노려 말고삐에서 손을 떼고 일어섰다.

"엇차."

그리고는 목표를 정해서 도약. 검으로 나뭇가지를 잘라 떨어트린다.

떨어지는 나뭇가지를 붙잡아 보니 생각보다 커다랬다. 1미터 이상은 되어 보였다.

"저기……."

리히토는 덮개 안쪽으로 말을 건넸다.

"이거, 쓰실래요?"

곧이어 나뭇가지 일부를 보여 준다.

"어머."

"우와아!"

모녀가 탄성을 질렀다. 안으로 넣고 보니 정말로 커다래서, 덮개를 씌워 어두컴컴한 짐칸 안쪽이 갑자기 꽃이 가득한 화원이라도 된 듯 느껴졌다.

"예뻐라."

"고마워, 리토!"

"하하."

이렇게까지 뛸 듯이 기뻐하는 모습을 보니 쑥스러워진다.

"어머니. 이건 여신님 꽃이야. 제일 예쁘니까."

"그렇네, 그러면 되겠구나."

"여기요, 여신님. 꽃 받으세요! 어머, 예쁘기도 하지."

니나는 즐거워하면서 꽃송이를 꺾고는 다시 연극놀이를 시작했다.

"리토 씨. 이슈아 씨에게도 드리면 어때요?"

아이네가 말했다.

"네? 이슈안한테요? 정말로요?"

"꽃을 받고 기쁘지 않은 사람은 없을 거예요."

과연 기뻐할까? 저 현금주의자가?

이쪽은 망설이고 있는데, 아이네는 무언가를 확신하는지 줄곧 미소 짓는 모습이다.

"……그렇지만."

코에다 꽂으라던데요?

"속는 셈 치고 드려 보세요. 얼른요."

아이네는 잎사귀가 달려 있는 작은 꽃을 한 송이, 억지로 손에 쥐여 주었다. 의외로 강단 있는 사람이었나 보다.

리히토는 결국 이기지 못하고 꼼지락꼼지락 뒤돌아서서 지붕 위로 얼굴을 내밀었다.

"저기, 이슈안. 혹시 이런 거 예쁘다거나……."

그런데 정작 이슈안 트롤은 지붕 위에서 쿨쿨 잠들어 있었다.

나무에서 날아온 꽃잎이 몇 장 머리카락과 오뚝한 콧날에 내려앉아서 잠결에 손을 움직여 떼어내기도 한다.

리히토는 작게 한숨지었다.

그러면 그렇지. 이렇게 될 줄 알았어. 여자애도 아니고. 마음을 가다듬고 다시 마부석에 앉았다.

뒤쪽에서는 모녀가 부르는 동요 소리가 들려온다.


똥~그란 구멍, 똥~그란 구멍, 무얼 버릴까?

버렸다, 버렸다. 낡은 신발 버렸다.

구멍 뚫린 양말도 같이 버렸다.

시끌시끌 아버지도 버렸다.

찡얼찡얼 어머니도 버렸다.

말끔히, 깨끗이.

그치만 다음 날, 하늘에서 낡은 신발 떨어진다.

위는 아래, 아래는 위.

시작은 끝.

끝은 시작.

모두가 전부가 원래 그대로!


저렇게 묘한 노래도 있구나, 생각했다. 기이한 선율이 공연히 머릿속에 달라붙어서 떨어지지 않았다.

그로부터 리히토 일행은 산기슭의 완만한 들판을 따라 뻗어 나가는 가도를 따라 이동했다. 의외로 온도가 따뜻한 날이 며칠 동안 이어졌고, 그리고 그다음 날 아침에 일어난 일이었다.

전날 밤, 길 주변의 풀밭에서 야영을 하고 식사를 한 뒤 불을 끈 데까지는 기억한다.

리히토는 새소리를 들으며 눈을 떴다.

실눈을 뜨고 바라보니 벌써 두 개의 태양이 떠오르는 시각이 지나 있었고, 숲에 사는 동물들도 활동을 시작한 모양이었다. 길 옆에 세워놓은 마차의 짐칸으로부터 아무런 소리도 들려오지 않는다. 아이네와 나나는 아직 잠들어 있는 듯하다.

리히토는 하품을 하면서 몸을 일으켰다.

야숙 생활에도 제법 익숙해져서 일어나자마자 뼈가 비명을 지르는 일도 없다. 이따금 비 오는 날을 원망하거나, 딱딱한 바닥으로부터 솟구치는 냉기에 몸서리를 치기도 하지만 하이델이 마련해 준 장비도 있어서 아주 못 견딜 정도는 아니었다. 덕분에 6년 만에 모험을 시작하고서도 생활 면에서 죽는소리를 늘어놓는 불상사를 저지르진 않았다.

'……요컨대 현대인을 얕보지 말란 거지. 뭐든 익숙해지는 법이거든……'

마수하고는 그때 이후로 아직 마주치지 않았다.

리히토는 주변을 둘러보다가 곁에 있어야 하는 이슈안이 없다는 사실을 깨달았다.

'볼일인가……?'

특별히 신경 쓰이진 않았다. 자신도 역시 용무를 봐야겠구나, 싶어서 모포를 걷어 젖히고 야영지를 떠나 깊숙한 숲 속으로 헤치고 들어갔다.

잠에 취한 몸이 마치 구름 위를 걷는 듯 흐느적거린다.

──쏴아…….

새 지저귐 소리에 섞여드는 물소리는 어디에서 들려오는가.

──쏴아…….

리히토는 뒤늦게 주변을 훑어봤다.

울창한 수풀 저편에서 심장이 멈출 것 같은 광경을 목격했다.

"_____."

그것은── 근래 들어 두 번째로 마주한 운디네.

샘이다.

숲의 샘터로 새와 사슴이 모여 있었고, 마찬가지로 금발의 소녀가 태어난 그대로의 모습으로 몸을 씻고 있었다.

실 한 올 걸치지 않은 나체가 군살 한 점 없이 매끄럽고 탄탄하다. 그럼에도 불구하고 허리선과 가슴 어림의 라인은 가느다라면서도 여성의 부드러운 곡선을 지니고 있었다.

어깨와 등줄기를 흐르는 물방울이 아침 햇살을 반사하며 머리카락에 더해서 새하얀 피부가 눈부시게 빛났다.

자신도 모르게 우두커니 멈춰 서버린 이유는 끌리는 마음과 혼란이 뒤섞였기 때문.

놀라움을 가라앉히지도 못한 채 한 걸음 뒤로 물러섰다. 짓밟은 나뭇가지가 커다란 소리를 울렸다.

"──누구야!"

리히토는 어쩌면 좋을지 판단을 못하고 "이리 나와!"라는 두 번째 경고를 따라서 소녀의 앞으로 모습을 드러내고 말았다.

소녀는 허리까지 물에 잠긴 채 눈을 부릅뜬다.

가까이에서 봐도 역시 얼굴이 바뀌진 않았다. 아름답다. 자칫하면 소녀로 잘못 볼지도 모르는 저 모습.

'어떻게 된 거야.'

누가 좀 가르쳐 줘.

얼굴이 이슈안 트롤이었다.

"…………."

"…………."

"…………."

"…………."

"…………."

"…………."

서로가 말을 잇지 못하는 동안에 새소리만 계속 울려 퍼졌다.

"――가, 갑자기 무슨 짓이야!"

"――미안미안미안미안미안미안!"

이슈안은 목 아래까지 물속으로 몸을 잠그고, 리히토는 얼굴에 피가 쏠린 채 뒤돌아선다.

"어쩔 수 없잖아. 그동안 마차 안에서 물수건으로 적당히 닦긴 했지만 요즘은 그것도 무리였고. 어제는 엄청나게 더웠고."

"설마, 이런 데 있을 줄 생각도 못해서. 일부러 아니야. 진짜야."

서로서로 자기 할 말만 일방적으로 늘어놓는 형편이었다.

이슈안이, 여자애였다. 언제부터? 아니, 중간에 바뀔 리 없잖아. 그럼 처음부터?

미소녀로 잘못 볼지도 모른다고? 정말로 미소녀였다.

"……거기, 비키시지? 계속 거기 있으면 물에서 못 나가잖아."

"미, 미안."

리히토는 등을 돌린 채로 엉기적엉기적 다섯 발자국을 걸어갔다. 그리고 다시 멈춘다.

조금 지나고 나자, 이슈안이 물에서 나오는 기척이 들렸다.

눈부신 나체가 신기루처럼 눈앞에서 어른거린다. 등을 돌리고 있는데도 그녀가 움직이는 모습이 자기 손바닥 들여다보듯이 또렷하게 떠오른다.

"거참, 깜짝 놀랐다고 해야 되나."

목소리가 갈라져 나왔다.

"이놈……. 설마 진짜로…… 내가 남자인 줄 알았던 거야?"

이슈안이 가만히 물음을 던져도 리히토는 그저 우물거릴 수밖에 없었다.

남자와 여자, 어느 쪽이냐고 묻는다면.

"…………글쎄, 헷갈리긴 했어. 다만, 얼마 지나지 않아서 관심이 가지 않게 되었는지도 몰라. 그럴 여유도 없었고, 물어보면 싫어할 것 같기도 했고."

"내가?"

"응. 나는 나라고 항상 그랬었잖아."

"그랬었나……?"

그랬다. 부질없는 고민을 제쳐 두고 눈앞의 난제 해결에 전념해야 했다. 이슈안은 이슈안이라고, 그렇게 넘어갈 수밖에 없었다.

그런 고민과 상관없이 이슈안은 강했고, 언제나 리히토보다 뛰어난 활약을 보였다. 그거면 족했다. 때문에 언젠가부터는 아예 모르는 척하는 것이 불문율처럼 되어 버렸다.

뒤로 미뤘던 고민이 돌고 돌아서 다시 리히토의 앞으로 들이닥쳤다. 이렇게, 상상도 하지 못한 형태로 해답을 던져 주었다.

"……확실히, 그때는 그게 최선이라고 생각했어. 약점이 될 만한 건 전부 없애 버리고 싶었거든. ……그러니까, 뭐, 그래. 내가 먼저 바랐던 건데 이제 와서 꼴사나운 모습이나 보여 주고, 너한테 미안하다고 해야 되려나……."

"그렇지 않……."

"야, 인마! 이쪽 보지 마!"

그 순간, 멀리서 어린아이의 비명이 들려왔다.

머리 위로 수많은 새들이 날아올라 흩어진다.

"──무슨 소리지?"

"니나!"

리히토는 튕겨 나가듯 달리기 시작했다.

'무슨 일이지?'

서둘러 야영자의 마차 앞으로 도착했다. 마부석에 놓아둔 검을 붙잡는다.

"니나!"

"리토 씨!"

아이네가 창백한 얼굴로 가도의 저편을 가리키고 있었다.

혼자서 길을 거닐던 니나가 들꽃을 손에 들고 못 박혀 있다. 소녀의 머리 위로 세 마리 조류형 마수가 크고 날카로운 소리를 지르며 날아 돌아다녔다.

이전의 늑대보다 작은 소형 마수였지만 깃털 하나라도 빠져서 니나에게 떨어진다면 어떤 일이 일어날지 끔찍하기만 하다. 마수의 사기는 파나케이아의 주민에게 맹독으로 작용한다.

"니나!"

"저, 저기, 니나, 니나는……. 리토랑, 이슈아한테, 꽃, 꺾어 주려고……."

"괜찮으니까 거기 있어!"

리히토는 칼집에서 '달의 물방울'을 단숨에 뽑아 들고 니나가 있는 곳으로 달렸다.

조류형 마수가 니나를 노리고 급강하한다. 색깔 없는 검이 마수의 목을 측면으로부터 베어 들어갔다. 그 즉시 움직이지 못하는 니나의 목덜미를 붙잡아 빠져나온다. 마수의 체액은 모두 두 사람의 뒤편으로 뿜어졌다. 마수의 목과 동체도 따로따로 분리돼 떨어진다.

'세이프!'

곧바로 자세를 바로 잡고 두 마리째를 노린다.

그 순간, 리히토의 눈앞으로 와이어를 매단 갈고리가 날아와 마수를 꿰뚫었다.

조금 떨어진 곳에서 이슈안이 갈고리총을 겨누고 있었다. 특수한 소재를 사용해 만든 갈고리에 급소를 파괴당한 마수가 털썩 지면으로 낙하한다.

마지막 세 마리째가 강하해 왔지만 리히토는 정면으로 맞받아 베어 버렸다. 내부로 강한 압력을 가한다. 늑대 때와 마찬가지로 터져 나간다.

가도 위쪽으로 대량의 보석이 흩뿌려졌다.

"어머니!"

"니나!"

리히토의 뒤에 있던 니나가 울먹이며 아이네를 향해 달려간다.

어머니의 품에 안겨서 울음을 터트렸다.

리히토는 한숨을 내쉬고 뒤돌아섰다.

"고마워, 이슈안."

"보아하니 다치진 않은 것 같네."

이슈안도 안심해서 총신을 거두고 와이어를 되감았다.

그렇게 말하는 이슈안의 모습은 정말로 속도를 최우선해서 달려왔는지, 의복은 최저한으로밖에 걸치지 않은 상태였다. 싫어도 신체의 라인이 또렷이 눈에 들어와 버리는 관계로 눈 둘 곳 찾기가 대단히 곤란했다.

"그건 그렇고 보석이 많이도 떨어지는데? 까마귀는 빛나는 물건을 좋아한다더니 그래선가?"

"이슈안, 있잖아."

희희낙락 보석을 주우러 나선 동료에게 리히토는 말했다.

"……뭐야? 별난 얼굴이네."

"그게……. 우선 옷 좀 입어."

말을 듣고서야 비로소 자신의 차림새를 떠올린 모양이다.

"~~~~~~~~~~!"

소리도 나오지 않는 비명을 지르고 귀까지 새빨개져서 숲 속으로 확 달아나 버렸다.

뭐야, 저 반응은. 난처하긴 이쪽도 마찬가지라고. 마수가 나타났다는 사실마저 잠시나마 잊어버릴 만큼 아찔했다.

도로 가득히 반짝반짝 빛나는 보석들. 그리고 가녀린 신체의 잔상도.

'……이제부터 어쩐담.'

스스로도 알 수 없었다.

♋

"이슈안 님의 분석 타임!"

여행길은 종전보다 훨씬 더 세심하고 주의 깊어졌다.

가능한 한 안전한 경로를 선택했는데도 불구하고 화이트 사원이 가까워짐에 따라 마수를 마주치는 횟수가 많아졌기 때문이다. 조우율로 보자면 6년 전의 모험 때와 비교해도 그리 차이 나지 않을 정도였다.

지금 리히토 일행의 눈앞에는 협곡을 아래에 두고 현수교가 하나 걸려 있었다.

다리의 바로 앞에는 니나와 아이네가 탑승한 마차가 앞으로 나아가지 못하고 가만히 멈춰 서 있다.

더욱이 반대편에는 이쪽의 통로를 가로막는 형태로 커다란 바위가 자리 잡고 있었다.

"낙석으로 떨어졌다는 느낌인데……?"

"아니, 틀렸어. 저건 놈들이 위장한 거야."

《도적》이슈안이 '색적' 스킬을 발동시키고 단언했다. 그녀의 푸른 눈동자가 건너편의 바위를 바라보고 있다.

리히토는 마차의 모녀를 돌아봤다.

"죄송해요. 조금만 더 기다려 주시겠어요?"

"역시 마수인가요?"

"죄송해요."

아이네가 얼굴을 흐린다. 리히토도 같은 기분이었다. 뭐하는 거야, 오영웅. 쓰러트린 거 아니었어? 왜 이 모양이야. 자기 자신을 앉혀다 놓고 따지고 싶은 심정이다.

하지만 지금은 이러쿵저러쿵 스스로를 책망할 때가 아니었다. 문제를 해결하기 위해서 사원으로 가는 길은 이것 하나뿐이며, 다른 길로 돌아갔다간 꼬박 이틀은 늦어져 버린다.

이슈안이 발견한 마수는 평소 둥지에 틀어박혀 먹이를 기다리다가 가까이 오는 먹잇감을 노리고 뛰쳐나와 사냥하는 타입이라고 한다. 멀리서는 그저 바위로 보일 뿐이지만, 저것이 바로 마수의 둥지이리라.

"튀어나왔을 때 이쪽에서 곧바로 공격해 들어가면 어렵지 않게 처리할 수 있어. 네가 애먹을 수준은 아니겠지만 도망치면 내버려 둬. 이리로 날아오는 놈들은 알아서 해치울 테니까."

찌는 듯한 햇살 아래에서 이슈안의 금빛 머리카락이 하얗게 비쳐 보였다. 뺨으로 흐르는 땀을 닦아 내는 오른손의 가느다란 손목이 공연히 눈에 들어왔다.

"리히토?"

"──아, 응. 알았어."

"괜찮겠어? 조심하라고."

리히토는 칼자루를 한 번 매만지고는 혼자서 다리에 올라섰다.

다리는 상당히 튼튼하게 만들어진 듯했다. 그럼에도 발아래 저 아래로 가느다랗게 흘러가는 물길을 바라보면 역시 등줄기가 오싹해진다.

무사히 건너편까지 도달하고 보니 마수의 둥지가 시야에 들어왔다.

'……이렇게 봐도 바위로밖에 안 보이는데 말이지.'

하지만 이슈안은 저것을 마수라고 단언했고, 리히토는 격퇴에 나섰다.

조금 전 들었던 당부를 되새기면서 살짝 중심을 낮추고 칼자루에 손을 가져간다.

귓가의 귀걸이가 빛났다.

단번에 찔러 넣는다.

"——부서져라!"

손에 와 닿는 느낌이 전혀 바위 같지 않았다. 오히려 생살을 베는 듯한 둔탁한 충격이다. '달의 물방울' 끄트머리에 벌 모양의 괴물이 꽂혀 있는 모습이 보인다. 온몸에 오싹 소름이 돋았다.

나머지 마수들이 흐느적흐느적 날아오른다. 숫자는…… 네 마리!

리히토는 표적을 바꿨다. 검을 되돌리는 동작으로 베어 낸다.

'역시 이슈안이 말한 대로야. 아직 움직임이 둔해.'

한 마리, 두 마리를 쓰러트리고 세 마리째를 공격한다.

마지막 한 마리가 리히토의 공격을 피해 날아가 버렸다. 협곡의 반대편으로 도망치려는 듯하다.

놓칠까 보냐. 저쪽에는 아이네와 이슈안이 있다.

리히토는 즉시 몸을 돌려서 마수를 쫓아 현수교를 되돌아왔다. 눈에 들어오는 것은 위쪽으로 날아가는 마수뿐. 눈으로 쫓으며 도약해서 배후를 덮치고 검을 휘둘러 두 동강 냈다.

마수를 모두 물리치고 안도했지만, 그것도 아주 잠깐이었다. 착지하려는 발 아래쪽에 지면이 없었다.

"어?"

아슬아슬하게 다리의 밧줄 위로 발끝을 디뎠지만 균형을 잡지 못하고—— 낙하.

"바보 리히토————!"

"위험해위험해이거진짜위험해!"

왼팔 하나로 다리의 발판에 매달려서 버둥거리는 신세가 됐다. 이슈안과 아이네가 허둥지둥 이쪽으로 달려오고 있었다.


아무튼 간에.

"……지쳤다."

이 한마디로 끝냈다.

야영 식단으로 대강 끼니를 떼우고 이제 잠들 일만 남았을 무렵. 불길을 사그라뜨린 모닥불 앞에 앉아 있는데 자신도 모르게 투정 한마디가 흘러나왔다.

"힘드냐?"

이슈안이 리히토의 맞은편에 앉았다.

"……응. 아, 미안. 괜찮으니까 걱정 마. 신경 안 써도 돼."

리히토는 실언을 내뱉었음을 깨닫고 웃어 보였다.

어쨌든 지금은 이슈안과 단둘인 여행이 아니다. 아이네는 니나를 재우기 위해서 한발 먼저 마차로 들어가 있다. 동반자인 모녀에게 이런 약한 소리를 들려줄 수는 없는 노릇이었다.

"왜 이러는지 모르겠네. 한 번 지나갔었던 길인데 말이야."

그렇게 생각하면 한심하다. 6년 전과 같은 거리를 지나도 지킬 대상이 많아지면 이렇게 달라지는 걸까.

"뭐가 달라졌어?"

"다르다기보단……. 무겁다고 해야 되려나?"

휘두르는 검이 미묘하게.

동작 동작마다 피로가 쌓인다고 할까, 재충전이 느려졌다고 할까.

"역시 전에는 하이달한테 많이 기댔었나 봐……."

"그야 전력이 줄었으니까 상황도 다르겠지만 말이야."

"그만큼 실력은 좋아졌다고 생각했는데."

"다만, 뭐……. 단순히 사람 수의 문제는 아닌 것 같거든."

"응? 무슨 말이야?"

"이봐, 리히토. 너 진짜로 이번에 쓰러트렸던 마수들, 전하고 똑같 다고 생각해?"

리히토의 눈이 저절로 커다래졌다.

이슈안은 의혹에 찬 눈초리로 시선을 보내온다.

"너 정도 되는 녀석이 그렇게 피곤해진다면 말이야, 그건 습관이랑 착각 때문인지도 모르겠어. 지난번하고 같은 방식으로 싸우는 거라면 타이밍이 다를 테니까. 궤도가 미묘하게 어긋나. 그걸 무리해서 힘으 로 메꾸려고 하니까 지치는 거야. 뭐, 이런 가능성도 있지 않겠어?"

"잠깐만……. 그 말이 혹시 사실이라면, 마치 적이."

적이, 진화하고 있다는 뜻이 되지 않는가.

"글쎄. 하지만 예전 그대로라는 것도 낙관적 관측이잖아? 조건은 똑같아. 아무도 증명해 주지 않는다고, 이런 건."

이슈안은 무서운 가능성을 대뜸 입에 담는다. 리히토는 말을 잃 었다.

'여행의 이정표'에 실리지 않았던 전이문. 그것보다도 훨씬 질이 나쁘다.

마치 세계가, 리히토가 상대하려는 적이, 끊임없이 다른 생물로 바뀌어 가는 듯한 불안감이다.

"괜히 고민하진 말라고, 리히토. 이대로 화이트 사원에 가서 하기리 영감한테 물어보는 게 제일 확실할 테니까. 전전번 마신 때는 어땠는지 확인하면 돼."

"그래, 그러면 될 거야."

"나이를 헛으로 먹진 않았으니까, 그 영감."

하기리 노사는 세계에서 유일하게 '두 번의 마신 봉인전'을 경험한 인물이다. 리히토와 이슈안으로선 도달하지 못하는 결론을 내어 줄지도 모른다.

"자, 그렇게 결정 났으면 잠이나 자자. 내일도 열심히 가야지."

이슈안은 말을 마치고 곧장 그 자리에 누우려 했다.

"──아, 이슈안. 잠깐만. 이거 쓸래?"

"뭐야, 그 모포는 네 거잖아."

"나는 하이달한테 받은 장비가 있으니까 괜찮아. 기온은 별로 상관없거든."

"흐응……."

"아니면 아이네 씨랑 니나랑 같이 마차 안에서 자도록 해. 마수 경계라면 나 혼자면 되니까."

이슈안이 이쪽을 지긋이 바라본다. 리히토는 알아채지 못하고 모닥불에 장작을 던져 넣을 생각에 자리에서 일어나려다가──.

"……!"

그 순간, 이슈안이 뽑아 든 단검이 리히토의 측면으로부터 덮쳐들었다.

리히토는 바닥을 굴러 빠르게 날아드는 일격을 회피하는 것이 고작이었다.

"이슈."

몸을 일으키기도 전에 이슈안이 리히토의 위로 올라탔다. 왼쪽 소매에 장착한 갈고리총을 전개. 조준은 리히토의 미간. 절대로 피할 수 없는 제로 거리 사격.

달빛에 비추인 그녀의 윤곽이 떠올랐다.

아름다운 푸른색 눈동자가 격렬한 분노의 빛으로 물들어 있었다.

"……웬일로 굉장히 신사적이야. 사람이 이리 바뀔 수도 있나? 신기하다, 신기해. 리히토 아이카와, 기분 나빠서 토할 것 같으니까 그딴 짓은 어디 다른 년이나 찾아서 해."

리히토는 입을 열지 못했다.

"내가 남자가 아니라고 알자마자 바로 이렇게 나오긴가? 지쳐서 비실거리는 주제에 파티의 전력을 짐짝 취급하다니 무슨 수작이지?"

"그게 아니."

"사람 우습게 보지 마! 낮에도 그랬어. 나는 그 마수를 분석하고 변화할 가능성까지 전부 감안해서 너한테 '도망쳐도 내버려 두라'고 한 거야. 그런데 너는 무리하다가 다리에서 떨어질 뻔했어. 나한테 후위를 맡기는 게 불안했다는 뜻이지."

아니야. 부정하고 싶었지만 즉시 입을 열지 못한 이유는 무엇일까.

그때 자신은 무슨 생각을 했었나. 적을 쓰러트리는 데 몰두해서 아무 생각도 없었던가? 이슈안이 완전히 잘못짚은 건가?

정말로, 무의식중에서라도 사고가 바뀌진 않았었나?

이슈안도, 아이나와 니나처럼 '지켜야 한다'고──.

지금 시점에서 깨달은 감정으로 얼굴에서 핏기가 가셨다.

"이봐, 솔직히 말해 줘……. 아무리 발버둥 쳐 봐야 짐만 되는 거라면 같이 있을 의미도 없잖아……."

한숨 섞인 중얼거림이 비탄에 찬 이슈안의 심정을 대변하는 듯 느껴졌다.

그녀는 천천히 갈고리총을 거뒀다. 리히토를 짓누르고 있던 자세에서 몸을 일으켜 거리를 떨어트린다.

자유를 되찾은 즉시 리히토는 용수철처럼 벌떡 일어났다.

"저기, 이슈안! 미안!"

득달같이 사과부터 하자 이슈안은 눈가를 구브러뜨리고 웃었다.

"나야말로. 잠깐 머리 좀 식히고 올게."

한마디를 남기고 혼자서 빛이 닿지 않는 어두운 공간으로 걸어가 버렸다.

리히토는 멀어지는 뒷모습을 바라만 볼 뿐 따라갈 엄두도 내지 못하고 그 자리에 주저앉을 수밖에 없었다.

"…………큭!"

주먹으로 지면을 후려쳤다.

형편없는 자식. 무슨 짓을 한 거냐.

뒤늦게 뱃속으로부터 뭐라 말할 수 없는 감정이 솟구쳐 오른다. 분노. 후회. 노여움과 자기혐오. 어느 하나라고 잘라 말할 수도 없지만 어느 하나도 빼놓을 수 없다.

어째서 자신은——.

"리토 씨."

그때 마차 안에서 작은 목소리가 들려왔다.

"미안해요. 일부러 들으려던 건 아니었는데."

"아이네 씨……."

덮개의 장막을 젖히고 아이네가 홀로 짐칸에서 내려온다.

"보통은 모르는 척하는 게 예의겠죠? 미안해요."

그녀는 보온용 숄을 어깨에 두르고 리히토의 곁으로 다가와 앉았다.

부드럽게 위로해 주는 듯한 온화한 눈빛이건만 지금은 차마 마주할 수 없어 고개 숙이고 말았다.

"사이가 좋으니까 그런 거예요. 가끔은 싸우기도 하죠."

"가끔…… 말인가요?"

그런 식으로 아무렇지도 않게 받아넘겨도 되는 걸까.

"그럼요. 굉장히 좋은 콤비인걸요. 모험가분들은 파티라고 하시던가요?"

리히토가 고개를 들어 올리자 아이네는 생긋 웃었다.

"저기, 리토 씨. 잠시만 들어 주실래요? 저희 모녀가 무사히 여행하고 있는 건 모두 두 분이 함께해 주시는 덕분이에요. 이건 틀림없는 사실이니까 아무쪼록 그렇게 풀 죽어 계시지 않았으면 좋겠어요. 지키기 위해서 검을 드는 당신의 등을 이슈아 씨가 지키는 거죠. 무척 든든했어요. 니나도 항상 같이 감사드리고 있는걸요."

그녀의 부드러운 위로와 인사말이 그저 더없이—— 고마웠다.

"죄송합니다. 고마워요. 걱정해 주셔서……."

"어째서 이렇게 갑자기 공주님 취급을 하게 된 거예요?"

"공주님이라니……. 그게…… 그러니까……. 역시 남자가 아니라고 알았으니까……. 이제까지처럼 대하면 안 되지 싶어서……. 그냥 왠지……."

"아, 역시 그랬군요. 그럼 하나만 물어볼게요. 지금까지 이슈아 씨는 그렇게 공주님으로 모셔야 하는 분이었나요?"

"아니요, 전혀. 오히려 제가 도움받을 정도였으니까요. ……앗."

"그렇죠? 그러면 다르게 대할 필요도 없지 않을까요? 지금도."

"그렇…… 겠네요."

반성할 따름이다.

"불안해하지 말아요. 괜찮아요. 이슈아 씨는 아무것도 바뀌지 않았어요. 그러니까, 여행을 함께하는 파트너로서가 아니라 지금까진 몰랐던 이슈아 씨를 이제부터 조금씩 알아 가면 돼요. 두 분 사이에 놓여 있었던 거리를 단번에 채우는 건 무리인걸요."

갑자기가 아니라 조금씩. 아이네가 말하는 의미는 어렴풋이 알 것 같았다.

결국 그렇게 할 수밖에 없는지도 모르겠다.

자신은 결코 넉살스럽지 않다. 그리고 대담하지도 않다. 그런 주제에 어떻게든 주변으로 녹아들려고 애쓴다. 아무렇지도 않은 척 꾸민다. 언뜻 보기에는 태연한 얼굴을 하고서, 머릿속으로는 제대로 된 판단을 내리지 못할 정도로 패닉에 빠져 있었던 거다.

리히토가 자신의 행동거지를 가장함으로써 놀라움과 충격을 감추려 한 까닭은 지구로 돌아가고 나서 더욱 심해진 나쁜 버릇 때문이었다.

"저는 바보예요. 지금까지 당연하다고 생각했었는데 사실은 아니었다고 하니까 굉장히 혼란스러워서……."

"그것도 큰일이네요. 내가 보기에는 이슈아 씨, 어디를 어떻게 봐도 귀여운 아가씨였거든요."

그렇다. 그래서 곤란한 거다.

일단 알아 버린 사실로부터 눈을 돌리지 않고, 그렇다고 해서 지나친 반응을 보이지도 않는다. 그리할 수 있다면 얼마나 좋을까.

──그건 그렇고.

'신기하대, 미치바. ……그다음은 전부 욕이었지만.'

괜히 침울해진다. 하필 그런 말을 들을 줄이야.

이 세계에는 도라에몽도 데키스기 군도 없을 텐데, 다른 사람에게도 전부 비슷하게 보이는 걸까.



리히토는 그대로 잠들지 않고 이슈안 트롤이 돌아오기를 기다렸다.

그녀는 깊은 밤이 되고 나서야 야영지로 되돌아왔다.

곧바로 사과를 할 생각이었는데 이슈안은 이상하리만큼 빠른 걸음으로 리히토의 앞까지 다가왔다.

"이거 좀 봐 봐."

갑자기 가죽 부대를 들이밀기에 흠칫했다.

"마수화한 들쥐야."

"쥐?"

"그래."

고개를 끄덕이는 이슈안은 양손에 장갑을 끼고 있었다. 두툼한 가죽 주머니 안에서 작은 생물이 버둥거리는 낌새가 느껴졌다.

마수의 사기는 파나케이아의 사람들에게 맹독으로 작용한다. 맨손으로 만질 수가 없는 것이다. 예외가 있다면 외부에서 찾아온 리히토 정도다.

"리히토도 아마 알고 있겠지만 마수는 두 종류로 나뉘어져. 직접 균열을 통과해서 나오는 마수, 그 마수의 사기를 흡수해서 권속이 된 타입의 마수. 내 기억이 틀리지 않았다면 마수의 권속이 되는 생물은 한정돼 있어. 대부분 대형이거나 지능이 높은 타입이지. 하지만 방금 이 녀석을 발견했어. 늘어나지 말아야 할 텐데."

이슈안이 주머니를 열어 보이자 작은 짐승이 뛰쳐나왔다.

쥐라고 하기에는 눈이 커다랬고, 가죽은 형광 도료를 바른 것처럼 빛나고 있었다.

빛이 닿지 않는 수풀 속으로 도망치려 하는 마수를 이슈안의 갈고리총이 정확하게 꿰뚫는다.

와이어를 되감는다.

리히토와 이슈안은 서로의 얼굴을 마주 바라봤다.

6년 후의 마수는 이전과 달리 분명 진화하고 있다.

"서둘러 사원으로 가자. 여유 부릴 때가 아니야."

"알았어."

♋

산길을 마차로 나아가며 때때로 적과 싸우고, 모녀와 함께 목적지로 향했다.

합의한 사항은 조금이라도 빨리. 그리고 조금이라도 정확하게다.

"리~토! 이슈아~ 힘내!"

니나의 귀여운 응원을 들으며 리히토는 검을 쥐었다.

마수가 세 마리, 리히토의 앞을 가로막고 있었다. 마수는 불꽃처럼 타오르는 갈기를 지닌 일각수였다. 기다란 뿔이 홍색으로 반짝이며, 때로는 공기 중으로 불꽃을 흩날렸다.

"뿔 끝을 우선 조심해. 붉게 물들면 화염, 하얀 건 전기 공격이라는 표시야. 지속 시간은 3초니까 잘 버텨서 공격해."

"──알았어."

리히토는 방금 들은 말을 머릿속에 새겨 넣고 적진으로 뛰어들었다.

마수의 뿔이 붉게 물든다. 이슈안의 경고대로 갈기에 머무르던 화염이 전신을 휘감고 불타오른다. 예상하고 있던 리히토는 직전에 브레이크를 걸고 타이밍을 노렸다.

화염이 멎은 순간, 상대의 방어 수단이 무력해진 때를 노려 검을 찔러 넣는다.

두 번째 마수의 목을 쳤을 때 상대의 마법이 부활했다. 뿔의 색은 백색이었다.

'전격, 장거리 공격이다.'

이럴 때는 상대의 품으로 뛰어드는 편이 안전하다. 망설이지 않고 돌진했다.

하지만 그때 마수가 발현시킨 마법은 전격이 아니라 또다시 화염이었다.

'——변화했어!'

마수와 맞닿기 직전에 몸을 멈춘다. 하지만 자세가 커다랗게 흔들렸다. 검을 쥔 손이 지면에 닿는다. 마수가 높이 도약했다.

받아칠 수 없다. 그렇게 판단한 순간, 이슈안 트롤이 리히토가 있는 전위로 뛰어들어 왔다. 화염을 꺼트린 마수의 목으로 신속하게 단검을 휘둘러 베고 또 벤다.

"지금이야!"

리히토가 이런 기회를 놓칠 리 없었다. 리히토는 '달의 물방울'을 치켜들어서 마지막 마수를 비스듬히 선을 그리며 양단했다.

전투가 끝나고 검을 검집에 거두었지만 아직도 고동이 빠르게 맥박친다.

"괜찮아?"

돌아보니 이슈안이 숨을 몰아쉬며 이쪽의 상태를 살피고 있었다.

리히토도 뺨으로 흐르는 땀을 닦아 냈다.

"……마수의 행동을 예측한 거야?"

"뭐, 그게 내 역할이니까."

당연하다는 듯이 대답하는 이슈안에게 리히토는 가감 없는 감사의 뜻을 전하고 싶어졌다.

정말로 적이 변화할 가능성까지 계산에 넣고 리히토의 백업을 맡아 주고 있었다. 풍부한 지식과 기술 모두를 사용해서.

"덕분에 살았어."

──이어서 들려온 이슈안의 대답은 "당연하지. 내가 누군데"같이 자신만만 이슈안 님 모드가 아니었다.

"헤헤."

꼭 닫힌 꽃봉오리가 태양 아래서 피어오르는 장면이 떠오르는 선명한 미소.

그녀는 춤추는 듯한 발걸음으로 마차에서 기다리는 니나와 아이네를 향해 돌아갔다. 니나가 작은 손을 치켜들고 하이 터치를 조른다.

그녀는 리히토의 파트너. 믿음직한 동료, 《도적》 이슈안 트롤이다.

하지만 방금 전 미소에 눈을 빼앗겨 버리는 자신도 분명 있었다.

'이래도 되나? 이슈안인데.'

공연히 두근대는 심장을 모르는 척할 수가 없다.

이것도 아이네의 말처럼 '지금까진 몰랐던 이슈아'일까. 알게 된다면 앞으로 어떻게 되는 걸까.

일단, 나중 일은 그때 가서 생각하자.

지금은 아마도, 그러면 돼──.

다음 날, 리히토 일행은 드디어 목적지에 도착했다.

양측 면이 절벽에 둘러싸인 좁디좁은 통로를 빠져나오자 갑자기 시

야가 확 트였다. 마차 위에 앉아 있던 이슈안이 제일 먼저 목소리를
높였다.

"마을이다."

이어서 리히토도.

"마을이다."

사원이다!

오색 깃발이 나부끼는 화이트 사원의 본산. 신앙으로서 살아가는
화이트 사원 아래에 위치한 마을, 카우라다.

산의 경사면을 계단 형태로 깎아 낸 자리에, 똑같이 하얀 벽과 붉
은 기와 지붕을 얹은 집들이 늘어서 있다. 점심식사 때라서 그런지 굴
뚝으로부터 밥 짓는 연기가 여기저기 피어오르고 있었다.

가장 안쪽으로 보이는 돌계단을 지나 더 높이 올라가면 화이트 사
원의 예배당. 이어서 하기리 노사를 비롯하여 수행승들이 기거하는
선방으로 이어진다.

"어머니, 다 왔어요? 온 거예요?"

"그러네. 다 왔단다, 니나."

"만세!"

마을로 들어가는 문을 통과하고 있자니 저절로 기분이 들떠올랐
다. 드디어 제일 첫 번째 목적지에 도착했다. 한시라도 빨리 노사가 있
는 곳으로 가고 싶었다.

"아이네 씨. 친척분 집은 가까운가요?"

"네. 대로변에 자리 잡은 잡화점이에요. 바로 찾아갈 수 있어요."

"그럼 그곳까지 바래다 드리죠."

리히토는 그렇게 말하다가 퍼뜩 알아차렸다.

오래도록 함께해 왔던 이 모녀와의 여행도 여기에서 끝이라는 사실을.

아이네가 깊숙이 고개를 숙였다.

"……지금까지 정말로 신세 많이 졌어요."

"아니, 아니에요. 저야말로. 뭔가 상담만 잔뜩 한 것 같네요."

"숙소는 정하셨나요? 숙부님도 인사드리고 싶어 하실 거예요. 괜찮으시면……."

"아뇨, 그게. 선방으로 가야 할 것 같아서……."

"선방이라니……. 하기리 노사께서 계시는……?"

괜한 말을 했다 싶었다.

"…………혹시 리토 씨."

"음."

"젊으시니까 아니라고 생각했었는데……. 용사 리히."

쉿.

리히토는 진지한 얼굴로 집게손가락을 입가에 가져다 댔다.

"……되도록 모르는 척해 주시면 안 될까요? 이런저런 사정이 있어서요."

"말도 안 돼. 정말로?"

"응? 왜 그래요, 어머니? 리토?"

갑자기 말문을 닫고 서로를 바라보는 두 사람 사이에서 니나가 두리번두리번 고개를 돌린다.

"니나. 오빠하고는 여기서 이별이야. 꼭 가야 하는 곳이 있으니까."

"꼭 가야 하는 곳이 어딘데?"

"음....... 니나는 아직 못 가는 곳이야. 나중에 크면 갈 수 있어."

"어?"

"지금까지 고마웠어. 무척 즐거웠어."

니나의 얼굴이 점점 흐려진다.

"시, 싫어. 그런 거 싫어. 절대로 싫어!"

"얘, 니나. 떼쓰면 안 돼. 실례야. 이분들은."

"싫어엇! 리토는 니나랑 같이 있을 거야!"

"니나!"

니나 아가씨는 그야말로 어린아이답게 떼쓰고 울면서 아이네와 리히토를 난처하게 했다.

"싫어싫어싫어! 싫어, 안 돼. 싫엇!"

"그래, 알았어. 니나. 나중에 한 번 만나러 올게."

"......진짜?"

"진짜. 약속할게."

결국 마차를 니나의 친척이 하는 가게에 맡기고, 다시 한 번 얼굴을 보러 올 테니까 그만하라고 약속까지 하고 나서야 울음을 그쳤다.

리히토는 문제의 가게 앞에서 몇 번이고 몇 번이고 약속을 거듭했다.

새끼손가락을 걸고 다짐하는 습관이 이 세계에는 없는 듯했지만 어쨌든 약속한다.

"거짓말이면 바늘 천 개 먹을게."

"에?"

"그럼 나중에 봐, 니나. 지금은 작별이야."

그제야 니나는 리히토의 코트 자락을 붙잡고 있던 손을 놓아주었다.

아이네는 몸 둘 바를 모르는 눈치였지만, 현실의 용사는 어린 아가씨에게 양해를 구하는 데도 한고생이다.

뒤에서 자초지종을 보고 있던 이슈안은 실제로 상당히 어이없어하는 얼굴이었다.

"왜 하필 바늘이야?"

"……저쪽 세계의 관용구 비슷한 거야."

"그러고 보니 너, 어린 여자애한테 약했지."

"……나, 남들이 들으면 오해할 말은 하지 않았으면 좋겠는데……."

아무튼 다시 단둘이 되어서 대로를 걸어간다.

이곳 카우라기는 파나티아교 화이트파의 신자가 모여서 만든 사원을 위한 마을이다. 수행승들로부터 가르침을 받고, 같은 화이트파의 순례자를 맞아들이는 장소로서 오랜 시간을 기능해 왔다고 한다.

거리의 처마 밑에는 화이트파를 나타내는 오색 깃발이 드리워졌고, 그것이 예배당의 문까지 죽 이어져 있다. 안에서 기도를 올리고 온 것으로 보이는 주민과 순례에 오른 여행자의 모습도 여기저기서 보였다.

어지간히도 혹독하고 고생스러운 여행길이었나 보다. 길을 오가는 사람들이 모두 역전의 용사로 보인다.

"그건 그렇고 말이야."

이슈안이 머리 뒤쪽으로 깍지를 끼고 말했다.

"내기할까? 산에서, 하기리 영감 요즘 뭐하고 있을 것 같아?"

"그야……. 수행 중이겠지."

"그거밖에 없나……."

"다른 게 뭐가 있는데?"

"수행이겠지."

"응."

내기는 시작도 못하고 끝나 버렸다. 달리 떠오르는 게 없었다.

"왜 그러는 걸까, 그 영감. 시간만 있으면 수행, 수행, 수행. 저래 가지고 무슨 재미로 사는가 몰라."

"수행이 재밌어서 사는 게 아니려나……."

머릿속으로 떠오르는 모습은 여행 도중 기도나 명상을 시작하는 하기리 노사. 단식 중이라며 식사를 거절했던 적도 있다.

고목나무처럼 야윈 노인이었지만 워커홀릭, 아니 트레이닝홀릭이었다.

하늘의 신에게 계시를 갈망하는 인간의 정열은 때때로 변태 같아 보이기도 한다. ——리히토가 그를 통해서 배운 사실이다.

오른쪽 계단을 올라 예배당의 문을 지난다.

이곳은 일반 신자와 외부의 순례자를 위한 시설로, 월타미아 국교회의 교회와 같은 의미를 지녔다고 들은 적이 있다.

하지만 리히토 일행이 향하려는 곳은 이보다 더욱 깊숙한 곳에 위치한 고승들의 선방이었다. 아마도 문이 닫혀 있을 테니 누군가에게 부탁할 필요가 있다.

"……리히토. 나 배때기가, 아니 배가 갑자기 아파졌어."

"응?"

"돌아가서 좀 쉬어야겠어. 니나도 좋아하겠지?"

"잠깐만, 잠깐만. 돌아간다고?"

"성검이랑 마수 건은 맡길게. 이따 봐!"

"이슈안!"

리히토는 뒤돌아서는 이슈안의 케이프를 황급히 움켜잡았다. 왜 이렇게 매사에 속을 썩이는지.

"놔! 놓으라고, 리히토!"

"이슈안, 너 말야."

"리히토! 부탁이야. 제발! 좀!"

"그냥 귀찮은 거지?"

정곡을 찔렀다는 확신이 있었다. 대뜸 쏘아붙인다.

그 증거로 이슈안이 움찔 몸을 떨었다.

".........그게, 그러니까, 너도 기억하지? 선방까지 올라가는 계단이 얼마나 긴지. 지렁이처럼 징글맞단 말이야."

"6년 전에도 올라갔었잖아."

"과거는 잊었다고. 나는 미래를 살 거니까. 내일의 행복한 식사와 생활을 제공하는 미래형 농원, 트롤 상회."

"왜 갑자기 홍보부장 같은 소리를 하는 걸까?"

"솔직히 말해서 그냥 싫어. 사원이라든지 교회라든지 관청이라든지 세무서라든지."

"나 혼자 만나러 가면 하기리 노사가 섭섭해할 거야."

"그래도."

"인사하고 바로 나가도 괜찮아. 얼굴만 잠깐 비추자."

간곡하게 달래자 이슈안은 마지못해 뒤돌아섰다.

"얼굴만?"

"응, 얼굴만."

"…………알았어. 그냥 해 본 말이야."

그래, 이슈안. 리히토는 케이프에서 손을 떼고 다시 둘이서 걸어 나아갔다.

뜰을 구석구석 쓸고 있던 젊은 승려를 발견하고 말을 걸었다.

"실례합니다. 하기리 노사를 뵙고 싶습니다만."

그러자 승려는 난처한 얼굴을 하고 쓴웃음 지었다.

"미안하네만 노사께서는 수련을 매진하기 위해 폐관 중이네. 외부인은 만날 수 없으니 양해해 주시길."

"한마디만 전해 주시면 안 될까요? 리히토 아이카와, 이슈안 트롤이 왔다고 하면 알아주실 겁니다."

"리히토……?"

입속으로 저 이름을 되뇌던 승려가 갑자기 퍼뜩 안색을 바꿨다.

"자, 잠시만 기다려 주시게."

빗자루를 내팽개칠 기세로 곧장 안쪽을 향해 달려간다.

이슈안이 옆에서 휘파람을 불었다.

"오호, 제법이야. 괜히 잡상인 취급이나 받을 줄 알았는데."

확실히 그럴 가능성도 있었다. 이름만 대고 들어갈 수 있다니 파격적이긴 하다.

잠시 기다리고 있자니 조금 전의 젊은 승려를 대신해서 좀 더 나이가 들어 보이는 승려가 다섯 명 정도 달려왔다.

"――이게 누구십니까. 리히토 님에 이슈안 님. 정말 오랜만입니다!"

아차 싶었다. 누군가 한 명 정도 알아보는 사람이 있겠지, 생각은 했지만 6년이나 지나서인지 기억이 가물가물하다.

게다가 저쪽에서는 알은척을 해 오니 더더욱 난처하다.

활짝 웃는 얼굴로 악수를 건네는 승려에게 리히토는 어색한 미소를 띠어 보일 수밖에 없었다.

"오, 오랜만이에요. 다시 뵙네요."

"못 보던 사이에 훤칠해지셨습니다다."

"노사는 잘 지내시나요?"

"아무렴요. 만나러 오셨습니까?"

"부탁드려요."

승려는 싱긋 웃으며 고개를 끄덕이고는 "이리 오시지요"라며 일반인은 들어오지 못하는 구역으로 안내했다.

예배당의 측면을 지나 산속의 더욱 깊숙한 곳으로 들어가는 길은 기다란 담장과 커다란 문으로 가로막혀 있었다. 무장한 승병이 양측으로 엄중하게 지키고 서 있는 대문도 승려들의 손짓 한 번에 활짝 열렸다.

"개, 문――."

삐걱삐걱 소리를 울리며 목제 문이 열린다.

그 앞으로 보이는 것은 이슈안이 말했던 길고 긴 돌계단. 좌우로 나무가 빽빽이 들어차 있다.

"자, 가시지요. 두 분."

이곳을, 올라가야 한다고 생각만 해도 진저리가 쳐지는 길을 지나고 나서야 하기리 노사를 만날 수 있다. 확실히 징글맞다는 말이 나올 정도로 길기는 하다.

이쪽의 생각을 꿰뚫어 보는 것처럼 이슈안이 등을 두드렸다.

"――가자, 리히토."

"괜찮겠어?"

"이렇게 된 이상 별수 없지. 전보다 빨리 올라가 주겠어."

이렇게 지기 싫어하는 성미야말로 이슈안 트롤의 본모습이었다. 리히토는 쓴웃음을 짓고는 뒤를 따랐다.

승려들의 선도로 긴 계단을 오르기 시작한다. 뒤쪽에서 또다시 문이 닫히는 소리가 들렸다.

이변을 알아차린 시점은 그로부터 시간이 조금 지난 때였다.

"――무슨 짓입니까."

리히토는 낮은 목소리로 말했다.

화이트 사원의 승려들이 누긋한 미소를 띠고 리히토를 바라본다. 다만 넉넉한 승복 소매 안에서 철퇴가 미끄러지듯 떨어지더니 오른손으로 안착했다.

그들은 손에 철퇴와 곤봉을 쥐고 리히토와 이슈안을 둘러싸면서 퇴로를 가로막았다.

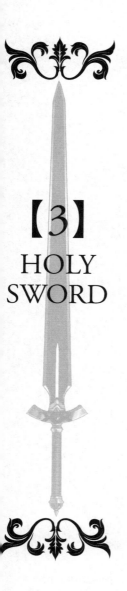

【3】
HOLY
SWORD

화이트 사원의 수행승들은 한 손에 무기를 든 채로 조금씩 거리를 좁혔다.

저마다 얼굴 표정은 방금 전과 비교해 거의 변화가 없어서, 가면 쓴 사람을 상대하는 양 진의를 읽을 수 없다.

문득 깨닫고 보니 뒤에서 이슈안이 기척이 느껴졌다.

"……어떡할래, 이슈안."

"어떡하긴 뭘 어떡해. 스님들은 살기를 읽기 어려우니까 아무리 들여다봐도 소용없어."

그렇군. 요컨대 부딪쳐 보지 않으면 아무것도 알아낼 수 없다는 뜻이지.

리히토는 꿀꺽 마른침을 삼키고 '달의 물방울'의 칼자루를 붙잡았다.


"히요오오오오오옷!"


기성을 지르며 승려가 닥쳐들었다. 손에 든 철퇴를 선회시키며 회오리처럼 공격해 온다.

리히토는 후방으로 뛰어서 공격을 피했다. 하지만 돌계단이라는 지형의 특성상 발을 움직이기가 무척 까다롭다. 부츠 뒤꿈치가 돌계단 끄트머리에 닿아 미끄러지려고 한다.

'에잇.'

반면 산에서 생활해 온 승려들은 아무런 부담도 느끼지 않는 듯하다. 무거운 철퇴를 주저 없이 휘둘러 온다.

"이 일격은 나의 신께서 명하셨도다. 신께서 명하셨도다."

횡으로 휘둘러진 둔기가 코끝을 스친다.

"신께서 명하셨도다!"

선회 속도가 한층 빨라졌다. 이쪽의 검으로도 완전히 막아 낼 수 없다. 왼쪽 어깨 아래 부위에서 충격이 치달렸다.

'크윽……'

제대로 가격당했다. 리히토는 계단 위에서 비틀거렸다. 검을 계속 쥐고 있기도 힘겨웠다. 이건——.

"리히토!"

이슈안의 목소리에 뒤돌아볼 여유도 없다. 코트의 방어력으로도 흡수하지 못한 충격이 뼈가 시릴 정도로 들어왔는지도 모르겠다.

호전적인 승려의 미소가 무시무시하다. 모시는 신에게 기도함으로써 공격의 속도와 위력을 상승시키는 것이다.

'과연 화이트 사원의 수행승!'

그래도 싸울 수밖에 없다. 오른쪽 팔 하나로 '달의 물방울'을 붙잡고 왼손을 보호하며 철퇴를 받아넘긴다.

욱신욱신, 왼팔 전체가 불에 덴 것처럼 고통스러웠다.

"히요옷!"

승려가 철퇴로 창을 찌르듯 쭉 내밀었다. 종이 한 장 차이로 공격을 피한다.

피해 다니기만 해서는 끝장을 볼 수 없는데, 딱히 돌파구가 보이질 않는다.

그저 계속 피한다. 피하고 피하고 피하고 또 피하고.

위화감은 그 후에 찾아들었다.

'……어라?'

어느새 열과 통증이—— 좌반신으로부터 사라졌다는 느낌이 든다.

'혹시…….'

두 번, 세 번 승려의 공격을 받아 내는 사이에 리히토는 위화감의 정체를 알아차렸다.

"파나티아여. 이 싸움에 축복을 내려 주시길!"

"멸(滅)·공(恐)·호(豪)·완(腕)."

리히토는 시험해 보기로 했다. 이판사판이다. 지금의 상황을 타개하려면 이 방법뿐이다.

기도와 원심력으로 한층 더 위력을 불린 철퇴가 리히토를 노리고 날아든다. 리히토는 고속으로 날아드는 일격을,

"와랏!"

검면과 팔만으로 막아 냈다.

"뭣이라!?"

"……에그그."

충격만으로도 뼈 일부에 금이 간 것 같다. 하지만 어디까지나 금이 간 정도다. 시간이 조금 지나면 다른 회로가 움직여서 놀라운 속도로 몸이 뼈의 이상을 수복시킬 것이다.

그래. ——괜찮아. 싸울 수 있어.

억지로 철퇴를 밀어젖힌 다음, 텅 빈 가슴팍을 향해서 '달의 물방울'을 들고 뛰어든다.

"어, 어째서 움직일 수 있는 거요!"

"옛날에 여기 계시는 노사께서 약을 하나 주신 덕분이지요."

이미 두 번이나 받은 충격의 통증은 없는 것이나 다름없다.

마신 토벌의 마지막 국면에서 리히토는 동료들로부터 갖가지 방법으로 '도핑'을 받았다. 하기리 노사가 내어 준 '성룡의 간'이라는 비약도 그중 하나였다. 치명상에 이르지 못하는 자잘한 피해를 전투 도중 자동적으로 회복시킨다.

현실 세계로 귀환한 이후, 리히토의 신체는 평범한 상태로 돌아왔다. 초인적인 회복 능력도 사라졌고 검으로 필살기를 쓰지도 못한다. 한동안 상식을 벗어난 움직임을 체험한 탓에 적응이 되지 않아, 전에 비해서 몸을 제대로 가누기가 어려울 정도였다.

평범하게 살자. 빨리 잊어버리자. 6년 동안 그렇게 되뇌며 하루하루를 살아왔다.

하지만 지금은 다르다. 이곳은 파나케이아다.

여행을 재개함과 동시에 마신전에서 받았던 스테이터스 보조도 확실히 이어진 모양이다. 이쪽에서 노리는 부위는 상대의 심장. 절대로 빗나가지 않는다.

"강(剛)·압(壓)·열(熱)·파(破)."

"졌소, 내가 졌소!"


"——그만! 거기까지!"

승려의 비명에 겹쳐서 전투 중단을 종용하는 짧막한 목소리가 울렸다.

리히토는 직전에 검을 멈췄다. 이슈안도 '그리움의 수호'와 갈고리 총을 구사해서 적의 곤봉을 피해 도망 다니는 도중이었지만 어안이 벙벙하여 목소리의 주인을 찾았다.

오른쪽 계단의 위쪽에 승려가 한 명 서 있다.

리히토의 기억에 있는 얼굴이었다. 분명 6년 전, 하기리 노사의 곁에서 시중을 들던 수행승이다. 안경을 쓴 승려가 드물어서 기억에 남아 있었다.

그때와 비교하면 승복의 색깔이 평범한 검정색에서 보다 높은 지위를 나타내는 하얀색으로 바뀌어 있다. 출세한 모양이다.

이지적인 얼굴과 대조적으로 강철처럼 단련된 육체는 화이트파 승려의 특징이다.

이름은 분명히——.

"츠구노 씨……?"

"그 검술, 그 담력. 틀림없이 리히토 아이카와 공이로군. 실로 훌륭하오."

"하아아?"

이슈안이 대신 목소리를 높여 항의했다.

땀에 젖은 이마를 훔치고 츠구노를 쏘아본다.

"이봐, 당신. 멋대로 공격해 놓고서 훌륭하긴 뭐가 훌륭해? 구경 실컷 했으면 돈을 내라고 돈을. 알아듣겠어? 금·화!"

"무례한 행동임은 알고 있소. 그럼에도 불구하고 귀공들이 가짜인지 아닌지 확인할 필요가 있었다오. 스승께서 지시하신 사항이오."

노사가?

츠구노는 엄숙한 얼굴로 고개를 끄덕였다.

"자세한 이야기는 안에서 합시다. 자초지종을 전해 드리지요."


산속으로 종소리가 울려 퍼진다.

화이트파에 속하는 수행승들은 이 종소리에 맞춰서 하루에 여섯 번이나 예배를 올린다고 한다. 그 밖에도 다양한 의식과 잡무에 무예 단련 등등이 한가득 쌓여 있어서, 이른 아침부터 늦은 밤까지 제대로 쉴 틈이 없을 정도라고 들었다.

이야기를 해 준 사람은 당시의 하기리 노사다.

리히토는 그런 이야기를 새삼스럽게 떠올리고 있었다.

그저 한가해서, 너무나도 한가해서 달리 할 일이 없었기 때문에.

"……짜증 나."

"이슈안."

"완전 반성실 같아."

"이슈안. 다 들려."

"들으라고 말하는 거야. 땡중은 이래서 싫어. 이런 곳에다 내팽개치고 대체 무슨 수작이야? 이러다 너무 답답해서 이상한 춤을 추길 기다렸다가, 옆 방에서 나란히 모여 가지고 관찰하는 거야. 저기 거울이 수상한데."

──불길한 말은 하지 말았으면 좋겠다.

그래도 왠지 이슈안이 가리킨 거울을 뒤집어 보고 싶어지기는 했다.

고생해서 돌계단을 끝까지 오르고 두 사람이 안내받은 곳은 어느 선방이었다.

이 방은 벽의 석재가 드러난 데다가 창문의 방향이 좋지 않아서인지 햇볕이 잘 들지 않는다. 있는 것이라고는 탁자와 의자, 벽면에 놓인 낡은 제단뿐. 파나티아의 모습을 본딴 얼굴도 괜히 기분 나쁘다. 이슈안과 나란히 앉아 있어도 보이는 것은 저 제단뿐. 리히토는 신자도 아니건만 무언가 회개의 말을 올려야 될 것 같은 기분이다.

하지만 바닥에는 닳아서 떨어지긴 했어도 모직 융단이 깔려 있었고 탁자에는 들어왔을 때 한 잔뿐이긴 해도 차를 가져다주었으니 손님 대접은 해 주는구나, 여기고 싶었다.

그래 봤자── 벌써 1시간 가까이 이 방에서 줄곧 기다리고만 있었지만──.

"흐아."

이슈안이 탁자에 엎드렸다.

"······리히토. 나 결심했어. 앞으로 1분만 더 기다려서 안 나타나면 이 반성이라는 이름의 감옥을 나갈 거야. 그리고 마차로 돌아가겠어."

"아니, 아무리 그래도 그건 좀."

"얼굴만 비추면 됐잖아!"

"그 얼굴을 아직 못 비췄다고."

"무리야! 더는 못 버텨!"

"조금만 힘내. 내 차도 줄 테니까."

"뭔가 자기만 갑자기 무적 캐릭터가 되어 가지고."

"갑자기 무슨 소리야!?"

"저 여신상이 나를 괴롭히고 있어!"

"너 도대체 왜 이래? 그건 또 누구 흉내고?"

"공기! 바깥 공기!"

달래 봤지만 이슈안은 진심인 모양이었다.

"아무 춤이든 춰도 괜찮아."

"아, 흠흠, 아아."

애달픈 목소리로 노래를 부르려 하던 때였다.

꾹 닫혀 있었던 문이 갑자기 열렸다.

"오래 기다리셨습니다."

츠구노가 방으로 들어왔다.

리히토와 이슈안은 허둥지둥 원래 자리로 돌아갔다.

"아래 예배당에서 신도에게 상담을 해 줄 예정이 있었기에."

"그럼 미리 말했어야지. 예절도 모르는 작자일세."

"맞는 말입니다. 미안합니다."

담담한 대답이었다.

이쪽이 답답해하든 말든 전혀 신경 쓰지 않는—— 아니, 눈치채지도 못한 게 아닐까.

'시간의 감각이 다른지도 모르겠네.'

그리고 이 방에서 전해지는 위압감도 그는 느끼지 않는 듯했다.

"우리들은 이 땅에서 변치 않는 신앙을 지켜야 합니다. 파나티아의 규범을 따르는 신도들의 일상을 수호하며, 보다 높은 경지를 목표로 하는 수행승들의 의지를 존중한다. 그것을 이룰 수 있는 힘을 지니고 모든 요소로부터 자립하여 바르게 서도록. 하기리 노사의 가르침입니다."

"그런 건 나도 알아. 어째서 우리를 공격할 필요가 있었는지 제대로 설명해 주는 거 아니었어?"

"그렇습니다. 그러니 우선은 이것을 살펴봐 주십시오."

츠구노는 가지고 온 물건을 탁자 위에 놓았다.

그것은 하얀 도자기 단지였다.

크기는 양 손바닥보다 살짝 큰 정도. 역시 도자기로 만들어진 뚜껑이 닫혀 있다. 아무런 무늬도 그려지지 않은 상당히 심플한 단지다.

《도적》이슈안이 눈을 가늘게 뜨고 수상쩍어하며 말했다.

"뭐야 이거…… 별로 매직 아이템도 아니잖아."

"노사이십니다."

뚜껑을 열려고 하던 손이 멈춘다.

리히토는 한 대 얻어맞은 것 같은 충격을 받았다.

"아……. 뭐……? 영감이라고?"

"향년 92세. 재작년 말에 작고하셨습니다."

죽음.

전혀 예상조차 하지 못한 일격이었다.

"이 단지의 내용물은 유체를 태워서 남은 뼈의 일부분입니다. 나머지는 조사당 부지 안쪽에 매장을 마쳤습니다."

"유체……. 태우다니……."

이슈안이 탁자를 뛰어넘어서 츠구노를 때리려고 하는 바람에 어깨를 붙잡아 겨우 말렸다.

"이놈!"

"이슈안, 그만해!"

"도저히 이해 못하겠어. 무슨 이유로 그렇게 말도 안 되는 짓을 하는 거야, 당신! 그러고도 성직자냐? 사람의 마음이 있는 거냐?"

"그만하라니까!"

"리히토! 그래도!"

이슈안은 거의 울 것 같은 얼굴이었다.

"츠구노 씨. 저는 이슈안보다는 화장에 대해서 잘 압니다. 그런 세상에서 태어났으니까요. 하지만 보통은 그렇지 않아요. 이곳의 상식으로도 평범한 일이 아니겠죠. 대체 왜 그러신 거죠?"

딱딱하게 굳은 얼굴── 줄곧 같은 표정으로 입술을 꾹 다물고 있는 츠구노에게 물었다.

"츠구노 씨!"

"……불로 태울 수밖에 없었던 이유는…… 노사의 유언 때문입니다. 마지막 순간을 고통스럽게 보내시진 않았지만, 오래도록 마신과 마수를 상대해 온 당신의 신체가 아마도 평범하게 흙으로 돌아가진 못하리라고 말씀하셨습니다."

꽉 붙잡아 둔 이슈안이 오른쪽 눈으로 눈물을 한 방울 떨어트렸다.

"노사의 유언은 더 있습니다. 자신의 죽음으로 인한 혼란을 피하기 위해서 외부 공표를 3년간 유예할 것. 그사이에 사원의 체제를 재정비할 것. 단 성검의 주인이 스스로 찾아왔을 때에는 더 이상 감추지 말고 사실을 밝힐 것——."

그리고 지금 리히토가 이슈안과 함께 츠구노의 앞에 나타났다. 아무것도 알지 못한 채.

츠구노를 비롯한 승려들은 신중하게 관찰하고 확인할 필요가 있었다. 사원의 존망을 뒤흔드는 기밀 사항을 밝혀야 했기에.

산속으로 기원의 종소리가 울려 퍼진다.

하기리라는 이름을 지닌 영웅의 불꽃이 사라졌다. 그것만은 지울 수 없는 사실이었다.


언제였더라. 마신 토벌의 여행을 계속하는 도중에 일어난 일이다.

당시 열한 살이었던 리히토가 바윗돌 위쪽을 향해서 목소리를 높였다.

-노~사.

높은 곳에서 기도를 올리는 승려는 좀처럼 이쪽을 돌아보지 않는다.

-노사, 하기리 노사. 배 안 고프세요? 식사 안 할 거예요?

-……지금은 기도를 올리고 싶소.

-왜 그렇게까지 기도를 드리는 거예요?

-기도는 끝이 없기 때문이라오. 여신의 손바닥은 한정돼 있기에.

전혀 의미를 알 수 없었다.

이 아저씨는 하는 말 한마디 한마디가 전부 복잡하고 어렵다.

어찌할 바를 모르는 리히토에게 노사는 눈을 뜨고 말했다.

─여신 파나티아는 창조의 신. 하지만 동시에 윤회의 신이라고도 불리고 있소이다.

　─유~ 윤회?

　─절약의 명인이시오. 한정된 재료로 세계를 보다 넓게 만들어 내셨소.

　─와, 대단하네요. 우리 엄마도 돈가스 고기를 막 두드려서 두 배로 크게 만들어 주는데.

　─후후. 비슷한 일이라고 생각하셔도 좋소.

　─목욕탕에 샴푸라든가 이제 너무 묽어요.

　─그 덕분에 우리들은 분수에 넘치는 광대한 세계에서 살아갈 수 있는 거라오. 하지만 넓힌 만큼 또다시 벌어진 자리가 많다오.

　─벌어진 자리?

　─그러하오. 자비가 구하지 못하는 불행한 사람들이 끊이질 않고, 미처 메워지지 못한 땅은 벌레의 구멍이라 불리오. 마신 아르고스 또한 여신의 손길을 따라 모든 것이 돌고 도는 가운데 만들어진 균열 중 하나일지도 모르오.

　……그래도, 되는 걸까. 불행한 사람들, 메워지지 않는 구멍. 결함투성이 세계가 아닌가.

　─이 세계는 만들어질 적부터 한계를 지니고 있었소. 좋든 싫든 태생부터 그랬던 거요. 약하고 무르기에 영원무궁한 존재는 있을 수 없소. 어딘가에서는 반드시 파탄, 혹은 반동이 일어나는 법. 소승들은 《여신의 장부》라 부르고 있다오.

　노사는 말했다.

-하기리 노사는 아르고스를 만난 적이 있지요?

-그러하다오.

-무섭지 않으셨어요?

-아무렴, 무서워서 벌벌 떨었었다오. 다만 설마한들 두 번이나 부름을 받을 줄이야 소승도 미처 예상치 못하였소만.

리히토는 아직 노인처럼 웃지 못한다. 그렇게 긴 삶을 살아오지도 않았고, 아로고스는 이제부터 마주하게 될 테니.

이쪽의 마음을 읽은 것처럼 하기리가 지상으로 내려왔다.

-……시련을 기도로써만 극복하기는 불가능하다오, 리히토 공. 오늘 하룻날이 좋은 날이었다면 내일의 안녕을 다시 기도하시오. 반대라면 자비를 구하시오. 그렇게 언젠가 맞이할 승천의 날을 기다리며 살아가는 거라오. 가진 힘을 쥐어짜서, 이 땅에서 발버둥 치며.

-……그러면 되나요?

-그러면 된다오.

리히토는 조금 불가사의한 기분이 들어서, 방법은 잘 몰랐지만 손을 마주치고 합장을 해 봤다.

부디 이 여행을 무사히 마칠 수 있도록 해 주세요. 내일 여신이 갑자기 무슨 이유로든 운석을 떨어트리기라도 하면 곤란하니까.

-남우, 아, 미 타불.

-그건 무슨 말이오?

-기도예요.

-흥미로운 기도요.

-같이 하실래요?

－그러리다.

－나무, 아, 미 다불.

－파나케이아의 창조주여. 이곳에 고요한 빛을 비추어 주소서.

－간, 세음 보살.

화이트파의 종주 곁에서 염불을 외는 사람이 자신 말고 또 있었을 까. (게다가 조금 틀렸다.)

눈에 보이지 않는 것, 만질 수 없는 것이야말로 진정 가치가 있다고 말하는 사람이었다.

어쩌면 혹시 리히토로서는 보지 못한 것을 보고 있었는지도 모르 겠다.

리히토는 알지 못하는 훌륭한 무언가를 알고 있었기에, 그것을 위 해 목숨을 아끼지 않고 헌신하는 사람이었다는 기분도 들었다. 조금 이지만, 부럽기도 했다.

하기리 노사의 묘는 상상보다 더 간소했다.

산속의 양지 바른 경사면, 노사가 생전에 기거했다는 거처가 보이 는 곳에 깨끗한 석비가 하나 서 있었다.

주변에 자라난 하얀 들꽃만이 천연의 헌화다.

이름도 없으며 생몰년(生殁年) 표시도 없다. 정식으로 부보를 발표하 고 나면 나중에 새겨 넣을지도 모르겠지만, 누가 말해 주지 않으면 이 곳에 잠든 사람이 누구인지 아무도 알지 못할 것이다. 하물며 오영웅 의 한 사람이 묻힌 묘라고는.

"……볼품없는 묘지네."

"이슈안."

"뭐. 죽고 나서도 수행하는 거야? 바보 같아. 멍청이야."

이슈안은 계속해서 떠들어 댔다.

"나는, 절대로, 이렇게 변변찮은 무덤에 묻히진 않을 거야. 죽을 것 같으면 그때 가지고 있는 돈 전부 쏟아부어서 금이랑 다이아몬드로 묘석 만들어서 세울 거라고. 이슈안 브릴리언트 트롤, 이곳에 잠들다. 근처 마을에다가 우리 포도주 싹 다 나눠 주고 눈물 섞인 술로 강이 넘쳐 흐르도록 엉엉 울라고 해서, 정말, 아까운 사람이 가 버렸다고……."

리히토는 부르르 몸을 떠는 이슈안의 어깨에 손을 얹었다.

"제길, 바보 영감탱이……!"

눈물을 흘리는 이슈안의 곁에서 리히토도 함께 노사의 명복을 빌었다.

노사는 얼마나 발버둥 치며 살아왔을까.

세계의 파국에 두 번이나 맞서 싸움으로써 수많은 사람을 구원했다.

여신의 장부에 맞춰 봐도 플러스마이너스 제로를 뛰어넘어서, 분명 거대한 행복을 품에 안고 승천했을 것이다.

그렇게 되었기를 간절히 바랐다.

"괜찮아, 이슈안. 분명 천국에서 보고 계실 거야."

"너무하잖아. 멋대로 이렇게 가 버리다니……."

"──두 분, 거기 계셨습니까."

리히토는 뒤돌아섰다.

츠구노가 길고 가느다란 보자기 꾸러미를 손에 든 채 경사면을 올라오고 있었다.

묘 앞에 서 있는 리히토와 이슈안을 보면서 그는 조금 표정을 누그러뜨렸다.

"분명 노사께서도 기뻐하실 겁니다. 함께 오영웅의 이름을 하사받은 두 분께서 이렇게 애도해 주시니 말입니다."

"바, 바보냐? 애도라니, 누가 그렇게 거창한 짓을 했다고 그래?"

쏘아붙이면서도 이슈안은 코를 훌쩍이며 새빨개진 눈가를 훔쳤다.

"리히토 공. 이쪽이 맡아 두었던 물건입니다."

"감사합니다. 신세 졌습니다."

"뭔데?"

"응, 부탁드렸던 거."

리히토는 츠구노에게서 꾸러미를 받아 들었다.

그 자리에서 꾸러미의 매듭을 풀자 낯익은 칼자루가 곧바로 모습을 드러냈다.


——파마의 성검.


마신 아르고스를 봉인하는 데 반드시 필요한 성검이다.

"……예리하군요……."

"하기리 노사는 매일 밤 이 검을 꺼내곤 하셨습니다."

"그랬었나요……."

츠구노의 말대로, 칼자루의 아래에 보주를 끼워 넣을 자리는 비어 있었지만 검날에는 먼지 하나 없다. 줄곧 소중하게 간수해 왔음을 알 수 있었다.

"어이, 리히토. 뭔가 다른 것도 들어 있는데?"

"어?"

이슈안에 옆에서 성검을 감쌌던 보자기를 뒤집어 보고 있었다.

"편지 같아."

"설마, 그럴 리가."

츠구노가 즉시 부정했다. 하지만 리히토는 이슈안이 건네는 서찰을 받아 들었다. 뒤쪽에서 들여다보던 츠구노가 숨을 멈췄다.

"노, 노사의 필적입니다……!"

서찰에는 조금 구불거렸지만 아름다운 필체로 이런 말이 쓰여 있었다고 한다.


**리히토 아이카와. 이름 없는 소년, 용사여.**
**혹은 그를 대신하는 새로운 성검의 계승자여.**


이 편지를 읽고 있다 함은 그대를 직접 맞이하지는 못했다는 뜻이겠구려. 유감이지만 별수 없는 일이오. 여신 파나티아께서 만든 세계는 유한. 소승의 목숨도 여기까지였다는 의미가 아닐까 하오.

실로, 실로 부끄럽지 않은 삶이었다고 자부하오.

다만 지금은 파마의 성검을 또다시 필요로 하는, 이 세계를 보살피는 일이 먼저이지 싶소.

전진하시오, 젊은이여. 후회와 망설임을 남기면서.

자신의 마음을 극복하는 자야말로 성인이라 할 수 있겠소.

**유한한 가운데 분명히 존재하는 행복을 그대의 손으로 붙잡으시오.**

**건투를 비오.**

**진심으로.**


"······건투를, 비오. ······진심, 으로······."

문자를 읽지 못하는 리히토의 곁에서 이슈안이 편지를 읽어 준다. 도중에 몇 번이나 울음을 삼키면서도 끝까지 편지를 읽어 준다.

이러면 안 되는데. 리히토도 눈앞이 뿌얘졌다.

'······알고 있어요. 하기리 노사······. 힘낼게요······.'

리히토는 무언가를 견디면서 한때 동료였던 자의 소리 없는 성원에 귀를 기울였다.


♋


"······그라리아라고요?"

"네. 아마도 여기 사원의 관할 내라고 들었습니다만, 길을 아시나요?"

"잠시만 기다려 주십시오."

리히토의 물음에 츠구노는 집무실 뒤편의 선반에서 두루마리 모양의 대형 지도를 꺼내 왔다.

이제부터 가려는 장소를 확인하고 싶어서였다.

탁자 위에 지도가 펼쳐진다.

"생긴 지 얼마 되지 않은 마을인지 제 지도에는 실려 있질 않아요."

"그렇군요…… . 그라리아 마을이라면 이대로 동쪽으로 산을 내려 가서, 그곳에서 북동쪽—— 이엔마르드의 국경 방향으로 가시면 될 듯합니다. 산을 내려가기만 하면 며칠 안에 도착하겠군요. 지형 자체 는 평탄하니까요."

"감사합니다. 덕분에 걱정 덜었어요."

"그곳에 성검의 보주가 있습니까?"

"네. 그래서 가는 겁니다."

가르쳐 준 장소로 향하는 길을 머릿속에 새겨 넣는다.

이제부터 찾아가는 사람의 이름은 베어 내는 자, 《여검사》 라나 에 른. 견줄 자 없이 굉장한 실력을 지닌 용병이자, 지금은 그라리아라는 이름의 개척촌에 정착한 여성이다.

성검에서 떼어 낸 보주는 그녀가 보관 중이라고 하이달은 말했다.

그건 그렇고—— . 츠구노가 입을 열었다.

"……마신이 부활했군요."

지도를 내려다보면서 중얼거린 한마디가 상상 이상으로 무겁게 울 려 퍼졌다.

리히토도 깊숙히 고개를 끄덕였다.

"아마도 봉인은 완전히 풀어졌습니다. 산과 숲에 상당한 수의 마수 가 출몰했으니까요."

"벌써 그렇게…… . 저희도 물론 손 놓고 지켜보기만 하지는 않을 겁 니다. 하기리 노사의 유지를 잇는 화이트의 제자로서, 언제라도 출진 할 수 있도록 준비해 두겠습니다."

"준비라 하심은—— 저 장비인가요?"

리히토는 지금 창문 너머로 눈에 들어오는 광경을 언급했다.

일반적으로 사원에는 어울리지 않는 거대한 강철의 집합체가 늘어선 풍경이다. 지금은 한창 정비 중인 듯, 승려들이 주변을 바삐 오간다.

화이트의 승병은 교의상 자신의 육체와 신앙심, 그리고 날이 서지 않은 무기만을 가지고 전투에 임한다고 알고 있었다. 이전의 여행에서는 보지 못했던 모습이다.

츠구노는 아무 말 없이 눈웃음을 지었다. 저것이 이들의 각오를 나타내는 증거와 같다는 생각이 들었다.

노사가 세상을 등진 이후 사원이 취해야 할 자세. 그리고 세계를 지키는 방식.

그렇게 리히토가 츠구노와 악수를 나누고 떠나가려 할 때였다.

"——실례인지도 모르겠습니다만, 한 가지만 더."

츠구노에게 불려서 걸음을 멈췄다.

"뭔가요?"

"저는…… 왕궁에 그다지 소식통이 많지는 않은 사람입니다만, 분명히 당신의 일행분은——."

리히토는 말을 가로막았다.

츠구노가 했던 대로 똑같이 눈으로 발언을 제지한다.

"아무 말도 하지 말아 주세요. 지금은."

그렇다. 듣고 싶지 않았다. 지금은 아직.

선방을 나온 출구 쪽에서 이슈안 트롤이 기다리고 있었다.

그녀는 기다리느라 지쳤는지 허리에 손을 가져다 대고 입을 삐죽였다.

"왜 이렇게 늦게 나와."

"미안."

불퉁한 얼굴로 다리를 툭 걷어찬다.

"스님이랑 무슨 얘기를 그렇게 했어?"

"그냥 조금. 지도 좀 확인하고 인사도 하고 이것저것."

"그래? 지도 받아 왔어? 어딨는데? 거기 주머니에서 튀어나오나?"

리히토는 갑자기 걱정스러워져서 되물었다.

"이슈안, 그냥 물어보는 건데. 후지코 후지오라는 사람 알아?"

"응? 누구야, 그게."

"모르겠지. 그렇겠지."

역시 도라에몽이 흘러들어 오진 않은 모양이다. 영문을 모르는 이슈안이 어리둥절해서 리히토를 올려다봤다.

"아무래도 좋지만. 빨리 안 가면 해가 지겠어. 아이네 씨 친척 집도 들러야지. 니나가 삐쳐도 나는 모른다?"

"그래, 알았어."

바늘은 먹고 싶지 않다. 바늘은.

리히토는 어깨에 짊어지고 있는 보자기 꾸러미를 고쳐 들었다.

허리에 찬 '달의 물방울'에 더해서 지금은 '파마의 성검'이 있다.

하기리 노사는 전진하라고 말했다. 아무리 망설임이 있다 하여도. 울고 싶어져도. 그래도 전진하라고.

그렇다면 눈앞에 펼쳐진, 아래 세상으로 향하는 길디긴 계단은 다음 목적지로 향하는 첫걸음이다.

"가자, 그라리아로."

"응. 라나를 만나러."

두 사람은 나란히 걸음을 내디뎠다.

♋

사원에서 산을 내려온 다음 북동쪽으로 진로를 잡았다.

이 부근까지 찾아오고 나서 보니, 6년 전에는 출입하지도 않았던 황야였는데 지금은 조금씩 사람의 손길이 닿기 시작한 듯싶었다. 모래투성이 불모지나 다름없었건만, 메마른 외길이 벌판을 가로지르며 뻗어 나가는 풍경은 장관으로 느껴질 정도였다.

무엇보다도 산을 넘어오면서 기후가 크게 변했는지, 위쪽에서 내리쬐는 햇볕이 아무것도 없는 지면에 반사되어 갑자기 통증이 느껴질 만큼 뜨거워졌다.

하늘과 지평선이 맞닿은 부분에서 아지랑이가 일렁거린다.

"……싫다. 정말로 아무것도 없네. 덥고."

"여기서부턴 어디 다른 마을로 가기보다는 이엔마르드가 더 가까우니까."

마차 덮개의 그림자 안에서 이슈안이 말했다. 저쪽은 무척 시원해 보인다.

"국경……. 외국이구나."

"모래투성이 자식들이 사는 나라."

솔직히 리히토로선 좀처럼 실감이 되지 않는다. 국경. 국가의 경계. 땅이 이어진 곳에 다른 나라가 있다니, 대체 어떤 느낌일까.

'국경'이라는 경계선 위에는 운동회의 라인처럼 선이 그어져 있고, 어린이 점심 세트처럼 깃발이라도 꽂아서 구분을 해 놓았을까?

"뭐랄까, 그 녀석들. 요즘 기고만장하거든. 되도록이면 마주치지 않는 게 좋아."

"역시 그렇구나."

"루갈리아랑 같이 윌타미아보다 약소국이었던 기간이 기니까 말이지. 지금은 살짝 컸다고 이것저것 시끄럽게 따지고 드는 게 취미가 됐다는 느낌이야."

"흐음……. 위에서 아래에서, 하이달도 고생이구나."

"뭐, 조만간에 트롤 상회의 상품을 팍팍 때려 박을 거니까 상관없지만 말야."

"경제 전쟁이 일어나겠네."

"잘됐네, 납작 엎드리게 해 주지."

리히토는 이슈안에게서 등을 돌린 채로 웃었다.

"이슈안의 꿈이구나."

"그럼 너는?"

별 뜻 없이 한 질문이리라.

리히토. 네 꿈은 무엇이냐고.

"나, 는……."

나는 그저. 그저 나는, 네가…….

"——엇차, 지금은 그럴 때가 아닌 것 같다, 리히토."

리히토는—— 솔직히, 조금은 안심했다. 제대로 대답하지 않아도 되었으니까.

이슈안이 짐칸 위에서 몸을 일으킨다.

리히토 일행이 진행하는 방향의 지평선에서 아지랑이에 섞여 모래 먼지가 피어오르고 있었다. 일순간 회오리바람인가 싶었지만 아니었다. 소용돌이 안에서 비정상적으로 커다란 실루엣이 꿈틀거렸다.

리히토도 눈을 찡그렸다.

"마수?"

"그거 말고 뭐가 있겠어."

마부석에 앉아 있던 리히토의 어깨에 체중을 실으며, 이슈안.

화이트 사원을 떠난 이후에도, 아르고스의 마수와는 계속해서 정기적으로 조우했다.

가장 염려했던 마수의 '진화'는 지킬 대상 없이 단둘뿐인 여행으로 돌아온 덕분에, 서로의 연계도 익숙해져서 조심스럽게 대응해 나가는 참이었다.

리히토와 이슈안은 "가자" 하는 구호와 함께 수중의 무기를 손에 들고 달려 나갔다.

"마지막!"

이슈안 트롤이 쏘아 보낸 와이어가 거대한 개미형 마수의 다리를 휘어감는다. 그리고 리히토가 달린다. 반투명한 '달의 물방울'을 재빨리 휘둘러 상대의 목에다 칼날을 찔러 넣는다.

압력을 견디지 못하고 터져 나간 마수는 그대로 모래에 섞여 사라졌다. 눈에 띄는 보석은 아무것도 나오지 않았다.

"끝났어, 이슈안!"

"좋아, 좋아. 고생하셨습다!"

이슈안은 착용했던 방진 고글을 목 아래로 내리면서 말했다.

"전보다 시간은 단축된 것 같은데?"

"그래도 움직임은 역시 미묘하게 변화했다는 느낌이야. 그리고, 마수가 다른 사람을 습격하지는 않은 것 같아."

"그건 다행이지만……. 우웩. 모래가 입속까지 들어왔어."

예쁜 금발을 모래로 희뿌옇게 물들이고는 어린애처럼 혀를 내밀며 불평한다.

어쩐지 황야로 들어서고 나서부터는 하루 대부분을 마차의 짐칸에 틀어박혀서 나오지도 않았다. 척 봐도 야외 활동을 즐기지 않을 것 같은 얼굴의 이슈안은 한낮의 강한 햇볕과 건조한 기후가 예상 이상으로 답답했던 모양이다.

"뭐, 어쩔 수 없지. 비라도 내리면 좋겠지만."

"덥드아……. 옷 갈아입고 싶어……. 전부 벗어젖히고 멱 감고 싶어…… 젠장."

리히토는 가능한 한 못 들은 척하려고 애를 썼지만.

"──어이, 거기. 너 지금 이상한 생각 하지 않았어?"

"아? 가, 갑자기 무슨 소릴."

"시치미 떼지 마. 내가 너 있는 데서 또 벗을 것 같아? 지금 건 그냥 말이 그렇다는 거야! 말이!"

"난 몰라. 씻고 싶으면 내키는 곳으로 가서 씻어."

"아~ 싫다, 싫어. 하나 마나 한 얘기 늘어놓으면서 다 이해하는 척하는 놈을 위선자라고 그러더라. 이쪽은 죽을 둥 살 둥 견디고 있는데. 까슬까슬 후덥후덥 끈적끈적 뻔들뻔들, 다 참고 불평 몇 마디로 끝냈다고."

"아니, 난 아무 말도 안 했다니까."

"그럼 너 벗어도 된다는 거야?"

"읍."

"여기서 벗어도 되는 거야?"

"아니, 그건."

"거 봐!"

"너 갑자기 왜 이래! 치사하게!"

이슈안이 심통을 부리는 통에 리히토는 리히토대로 마차 쪽으로 도망쳤다.

정말로 의미를 알 수가 없다. 어째서 얘기가 이렇게 되어 버린 걸까.

움직여서 갈증이 난 목을 축이기 위해서 마차 안에 놓아두었던 수통을 꺼내려고 했다.

그런데.

"어라, 수통이……?"

리히토는 짐칸 안을 들여다보면서 찾고 있는 수통이 보이지 않음을 알아차렸다.

이윽고 좀 더 커다란 위화감도 알아차린다.

"이슈안!"

"뭐야, 갑자기!"

아직도 심기가 편치 않은 이슈안에게 외친다.

"성검이 없어!"

이슈안의 얼굴에서 순식간에 핏기가 가시는 모습이 똑똑히 눈에 들어왔다. 아마도 자신도 비슷한 얼굴을 하고 있음이 분명하다.

그녀는 즉시 마차로 달려왔다. 리히토를 거들떠보지도 않고 짐칸으로 달라붙었다. 불태워 버릴 듯한 기세로 안쪽을 응시한다. 짐칸 아래도 신속하게 체크했다. 결국은 덮개 위쪽까지.

그리고, 가볍게 뛰어서 지면으로 착지했다.

"아까까지는 분명히 있었잖아. 어떻게 된 거지?"

"조용해──."

이슈안은 지면에 양손을 가져다 댄 자세 그대로 무언가를 고민하는 듯 보였다.

주변은 모래투성이 벌판이다. 키보다도 큰 나무를 꼽으면 올리브나 월계수와 비슷하게 메마른 건조 기후에서도 견딜 수 있는 종류만이 겨우 몇 그루 자라나 있는 상황이다. 가까운 곳에 몸을 숨길 만한 바윗돌도 없다.

좀도둑이 이곳으로 다가왔었다면 반드시 알아차렸다. 그랬어야 하는데──.

"찾았다."

이슈안이 중얼거렸다.

이쪽이 입을 열기보다 빠르게, 이슈안은 벌판으로 달려 나갔다.

"이슈안!"

"우으리야아아아아아아아아아아아아아아아앗!"

원시적인 고함을 지르며 돌진. 어느 지점에서 바닥을 강하게 걷어차고, 멀리뛰기를 하듯이 수 미터 앞으로 도약한다.

"우엑!"

그러자 착지한 곳의 지면이 비명을 질렀다.

리히토는 어안이 벙벙했다. 뿌옇게 피어오르던 흙먼지가 가라앉았을 때, 이슈안이 막 조그만 어린애의 목덜미를 붙잡는 참이었다.

'응? 어린애?'

저곳으로 갑자기 나타난 것처럼 보였다.

당사자는 성검을 감싼 보자기 꾸러미와 수통을 양손으로 껴안고 바동바동 날뛰고 있다.

"아파, 아프다고! 이 손 놔, 바보야!"

"바보는 너다. 결국 붙잡힌 주제에! 이 얼간이!"

"시끄러!"

열 살쯤 되어 보이는 소년이다. 모래색 모자와 흙먼지를 차단하는 고글, 헐렁헐렁 품이 넉넉한 망토도 역시 모래색이다.

복장은 물론이고 얼굴까지 모래투성이인 데다가 몹시 마른 체격이면서도 성질만은 굉장히 대찼다.

"어~이, 리히토! 보는 대로야. 일단 물건은 무사해!"

"……괜찮아?"

리히토는 두 사람의 곁으로 달려왔다. 이런 경우 괜찮으냐는 물음은 검과 소년 모두에게 해당된다.

"봐, 리히토. 요 녀석 말이지, 이렇게 망토 뒤집어쓰고 바닥에 엎드려서 우리가 지나치기를 기다린 거야. 유치한 수작이지."

"그래? 대단하네."

꾸밈 없이 감탄하고 말았다.

그야말로 보호색을 활용하는 카멜레온 소년이 아닌가. 일본식으로 말하자면 닌자 마스터의 칭호를 붙여 주고 싶을 정도다. 그런 소년을 찾아낸 이슈안의 재주도 놀랍다.

"헹, 그래 봐야 이슈안 님한테 걸리면 부처님 손바닥이지."

"잘난 척은. ……아프다니까, 바보!"

이슈안에게 뒤통수를 얻어맞고 소년이 소리쳤다.

"그래서 너, 이름은?"

"너한테 알려 줄 이름 따위 없어."

"이·름·이·뭘·까?"

"…………티다 에른이라 하옵니다, 각하."

"좋아."

"족척(足蹠)를 거두어 주시면 소인에게도 크나큰 기쁨이겠나이다."

이슈안의 부츠 바닥에 짓밟힌 상태로 대답하는 모습이 눈물겹다고 할까, 야생 원숭이를 조교하는 장면을 보는 듯한 기분이었다.

그리운 느낌이 드는 이유는 예전의 이슈안이 떠올랐기 때문인지도 모르겠다. 얼굴이나 용모가 아니라 분위기 면에서. 저쪽은 완전히 소년인 듯하지만.

그건 그렇고——.

"티다 에른?"

단순히 우연이라고 하기에는 신경 쓰이는 성씨였다.

"혹시나 해서 물어보는 건데……. 너는 라나 에른하고 어떤 사이야?"

"……뭐야, 형씨. 우리 엄마랑 아는 사이야?"

콰콰콰콰아아아아앙!

등 뒤로 번개가 치는 기분이었다. 울부짖고 싶어졌다.

"잠깐만, 리히토! 이게 대체 무슨 소리야, 처음 들었다고! 이렇게 커다란 꼬맹이가 있었어?"

"나도 처음 듣는 얘기야!"

"애당초 결혼을 했던 거야?"

"설마, 그럴 리가."

그 라나가. 그 라나가. 라나가, 라나가, 라나가, 라나가, 라나가.

사고가 마비되어 "라나가"만 되뇌며 혼란스러워하는 두 사람을 티다가 의아한 기색으로 바라보고 있다.

"……뭔가 잘 모르겠지만 말이야. 나, 라나하고 피는 안 이어졌어."

음?

"마을 고아원에 있는 녀석들은 모두 라나를 엄마라고 부르거든. 성이 없는 애들이 전부 엄마 성씨를 쓰기도 하고."

그런고로 자신의 이름이 티다 에른이 되었다고 소년은 설명했다.

이 소년은 양친을 잃어버렸고, 라나가 어떠한 형태로 돌봐주고 있다. 그렇게 된 모양이었다. 물어보자 소년이 고개를 끄덕였다.

"맞아. 아마 내 나이가 제일 많을 거야. 아예 갓난애도 있어. 제일 오래된 녀석은 또 따로 있지만."

"티다. 우리는 말이야. 너희, 그러니까…… 어, 어머니를 만나러 그 라리아 마을로 가는 길이었어. 라나가 용병이었을 때 신세를 졌거든."

"헉! 뭐야, 그게. 완전 망했네."

티다가 얼굴을 찡그렸다.

"……우와, 제대로 똥 밟았다. 진짜 괜한 녀석들을 건드려 가지고……."

"이런 데 혼자 돌아다니면 위험해. 되도록이면 같이 마을까지 가는 편이 안전할 것 같은데. 안내 부탁해도 될까?"

"그야, 상관없지만, 말이야……."

티다가 이슈안의 얼굴을 흘깃거리다가 승낙했다. 이미 자신에게 선택의 여지가 없다고 생각하는 듯하다.

"……저기, 형씨."

"응?"

"우리 엄마하고……. 라나하고 만나면 지금 일은 비밀, 아니다, 조금만 돌려서 말해 주면 안 될까? 화나면 엄청나게 무섭거든. 의외일지도 모르겠지만."

"어라, 그게 의외야?"

리히토로서는 그쪽이 더 의외였다.

베어 내는 자, 《여검사》 라나 에른은 한마디로 말해서 맹렬한 전사였다.

언행은 야생 표범처럼 빈틈없었고, 성격도 날카로운 검과 마찬가지였다. 검 한 자루로 세상을 살아가는 일이 얼마나 험난한지 진력이 나도록 체험했다고 할까, 그것 말고는 아무것도 믿지 않는다는 분위기가 가득한 여성이었던 것 같다.

여행의 마지막 즈음에 이르러서는 제법 마음을 열어 주었지만 리히토의 기억에서 그녀는 항상 일행으로부터 한 걸음 물러나 있었고, 밤에도 검에 의지한 채로 잠들곤 했었다. 그렇지, 검술을 가르칠 때마다 가차 없이 몰아붙이던 호랑이 교관 모드도 떠오른다.

무서웠다. 미인이고 좋은 사람이지만 너무나도 어려운 사람이었다. 리히토에게 라나는 그런 사람이다.

"응. 그렇잖아. 평소는 생글생글 얌전하니까."

"생글생글!"

"얌전하다?"

다시금 충격적인 수식어를 듣고 말았다.

"취미는 요리랑 자수고……."

리히토와 이슈안은 서로의 얼굴을 마주 바라봤다.

"어이, 역시 이상하다고, 리히토. 날뛰는 소한테 머리라도 잘못 차여서 다른 사람으로 바뀐 거 아닐까? 그 칼 귀신, 사지 절단기가?"

"아니, 사람은 변하려고 하면 변하는 법이니까……. 아마도……."

"아무리 그래도 자수에 얌전하다는 좀 아니잖아!"

"그래도 말이야, 서리라든지 못된 짓 하면 갑자기 나뭇가지에다가 거꾸로 매달아 놓고 식칼 간다니까?"

두 사람은 어쩐지 안심했다.

""다행이다, 라나 맞네.""

"다행? 다행이라고!? 내가 거꾸로 매달리는 게 다행이야!?"

"역시 라나는 그래야지."

"응, 그렇고말고."

뭔 소린지 모르겠다며 티다가 방방 뛴다.

"자. 이제 알았으니까 가자, 티다."

"안심하고 매달려 있어. 키는 더 크겠네."

"싫—— 다—— 고——!"

소년의 비통한 부르짖음을 길동무로 삼아 리히토는 마차로 돌아 갔다.

그렇게 티다의 안내로 도착한 그라리아 마을은 정말로 조그마한 개척촌이었다.

황량하기 짝이 없는 대지의 가운데에서 눈물겨운 노력을 거듭하여 방진용 수림을 조성하고 감귤나무 재배에 더해서 밭농사도 짓는 모양 이다. 중부의 평원과 비교하면 열매가 드문드문한 것 같긴 하지만 밭 에는 토마토와 비슷한 작고 빨간 열매가 열려 있었다.

"……다 왔어."

리히토와 함께 마부석에 앉아 있던 티다가 떨떠름하게 말했다.

"응, 티다네가 사는 집은 어디쯤이야?"

"더 가. 제일 바깥쪽. 낡아."

"…………."

"무지무지 낡아."

공포가 청산유수 같았던 입을 다물린 걸까. 뻣뻣하게 몸을 굳힌 티 다는 얼굴에서도 완전히 핏기가 사라졌다.

리히토는 그저 쓴웃음을 지을 수밖에 없었다.

"저기, 괜찮아, 티다. 잘 사과하면 라나도 그렇게 무서운 벌은……."

"나! 화장실 갈래! 지금 당장!"

"잠."

소년이 천천히 일어서더니 마차에서 이탈.

"얼른, 후딱——!"

소리치면서 다시 마을 바깥으로 달려간다.

"야, 인마! 도망치지 마!"

이슈안이 소년의 뒤를 쫓고 나섰다.

리히토만 홀로 남겨졌다.

도대체 어쩌라는 건지. 정신을 차리고 보니 마부석에는 자기 혼자뿐. '기다려!' 포즈를 취한 채 굳어 버린 자신이 있었다.

10분 지나고, 20분 지나고.

"……하아."

이슈안. 리히토는 한숨을 내뱉으며 고개를 휘휘 저었다. 아아, 너는 어째서 항상. 마수를 상대할 땐 그토록 침착하면서.

아무튼 기다려도 오지 않으니 먼저 갈 수밖에 없지 싶다. 그리 여유를 부릴 때도 아니다.

다행히도 고아원이 어디에 있는지 이미 들어 두었다. 특별히 넓지도 않은 대로를 따라 마차를 몰아가기로 했다.

길을 오가는 사람은 몇 없었지만 모두 의아한 기색으로 리히토를 바라본다. 복장을 살펴봐도 여유롭게 살아가는 사람은 적은 듯했다.

'라나는 어쩌고 있으려나.'

그리고 목적한 건물로 가까이 가던 도중, 길 한가운데에서 진흙 경단 만들기에 열중인 아이를 발견했다.

"앗, 처음 보는 사람이다!"

"처음 보는 사람이야, 처음 보는 사람!"

에이프런에 진흙을 잔뜩 묻힌 어린아이들이 일제히 일어선다.

여기저기서 마치 서커스를 구경하는 듯한 분위기로 주변에 몰려들었다.

"처~음 보~는 사~람, 처~음 보~는 사~람."

"어~디 사~는 누~구냐."

"편지 가져다주는 사람이야?"

"아니야, 포도 농장 사람이야. 포도 그려져 있어."

"포도 농장? 포도 기르는 사람이야?"

리히토는 아이들이 다치지 않도록 마차를 세웠다.

"안녕."

"""안녕!"""

이 얼마나 순수한 아이들인가.

"나는 리히토라고 해."

"리히토?"

"리히토가 포도 농장 사람이야?"

"저기, 여기에 라나 에른이라는 사람 있어?"

"우리 엄마?"

"응, 아마 맞을 거야."

나나보다 조금 작아 보이는 여자아이가 기쁜 기색으로 진흙투성이 손을 맞부딪쳤다.

"있어. 지금 밥 지어."

"그렇구나. 바쁜데 찾아와서 조금 미안하네."

"괜찮아. 이리 와, 이쪽."

여자아이는 사이좋은 아이를 데리고 까르르 웃으며 집으로 달려 갔다.

리히토는 마차에서 내려 여자아이들의 뒤를 따라가기로 했다.

다른 어린아이들은 신기해하면서 리히토를 지켜보고 있다.

"포도."

작은 목소리로 중얼거리는 말을 듣다 보니 빈손으로 온 것이 조금 민망해졌다. 미안해요, 과일 장수 아니에요.

만약을 대비해서 보자기에 감싸인 성검을 챙겼다. 이것도 역시 포 도는 아니었지만.

문기둥에 '그라리아 희망의 집'이라고 쓰인 표찰이 걸려 있었다.

"리히토. 여기야, 여기!"

"미안."

리히토는 황급히 다리를 움직였다.

슬쩍 훑어보니 파견 신관이 없는 교회 건물을 적당히 고쳐서 고아 원으로 사용하는 것처럼 보였다. 성당은 모두가 식사를 하는 식당으 로. 신관이 거주하는 곳은 아이들의 거처로. 뜰에서 닭과 염소도 키 우고 있다.

건물의 크기에 비해서 아이들의 수가 조금 많은 듯싶다.

아이들은 안채의 옆쪽, 주방의 부엌문으로 보이는 문을 열고 들어 갔다.

"라나~!"

"응, 왜 그러니?"

──이 목소리는.

"밥은 아직이야. 여기 올 때는 손 꼭 씻고 와 주렴."

"그게 아니라. 그러니까, 엄마한테 손~님!"

"손님?"

문이 열렸다.

안에서 토마토와 마늘을 넣은 수프 향기가 흘러나온다.

그리고 손때 묻은 화덕 앞에 서 있는 사람은 기다란 스커트에 하얀 에이프런 차림새, 국자를 손에 쥔 오영웅, 라나 에른이었다.

"어머나! 너 리히토구나! 리히토 맞지?"

그녀는 눈을 크게 뜨고 이쪽의 이름을 불렀다.

"왜 그러고 있어? 자, 얼른 들어와. 멀뚱멀뚱 서 있지 말고 가까이 와서 얼굴 좀 보여 줘 봐. 세상에, 정말 많이 컸네."

"……오, 오랜만."

"저기, 라나. 이거 먹어도 돼? 간 봐도 돼?"

"안 돼요, 마리. 리마. 대신 이거 줄게. 둘이서만 조용히 먹어야 된다?"

"만세!"

라나는 냄비 옆쪽에 놓인 프라이팬에서 구운 감자를 두 조각 집어 소녀들에게 건네주었다. 둘은 몹시 기뻐하며 부엌 바깥으로 뛰쳐나갔다.

"귀엽지? 간 본다는 말은 어디서 배워 왔는지, 참. 그냥 집어 먹고 싶은 거면서. 똘똘하다니까."

조용히 쓴웃음을 짓는 라나를 보고 있자니 아무 말도 할 수 없었다. 다른 사람을 찾아오지 않았나 의심스러워진다.

"큰일났다. 리히토, 거기 오븐 좀 봐줄래? 타진 않았어?"

"아, 이거? 앗, 뜨거!"

"손 안 데게 조심해!"

"아, 알았어."

조심조심 철제 가마의 뚜껑을 열었다. 내용물은 커다란 그라탱으로 보인다.

"어때?"

"……조금만 더 익히면 될 것 같은데."

"조금? 알았어. 고마워. 하는 김에 거기 선반에서 밀가루 좀 꺼내줄래?"

"아, 응."

"고마워. 살았다.!"

라나가 생글생글 웃고 있다.

밀가루 주머니를 테이블에 놓고 나니 선반 정리. 창문 닦기. 램프갓 청소. 잔심부름이 끊임없이 이어진다.

"……다, 다 했는데."

"그럼 거기 앉아. 지저분하지만."

"…………응, 알았어."

그제야 조리대의 의자를 내어 준다.

리히토가 얌전히 앉자, 라나도 가까이에 있는 의자를 끌어당겨서

바로 그 자리에 앉았다.

그녀는 양손으로 국자를 만지작거리다가 갑자기 눈을 날카롭게 떴다.

"언제 이리로 돌아왔지?"

낮고 차분한 음성이었다. 리히토가 잘 아는, 강한 여검사의 목소리였다.

리히토는 무언가를 말하기 이전에 안도의 한숨을 내뱉었다.

"⋯⋯⋯⋯정말 다행이다. 라나 맞구나⋯⋯."

"쓸데없는 소리 하지 마. 어느 쪽도 나야."

그건 좀 무리가 아니냐고 묻고 싶다. 아니, 물론 상냥한 모습이 나쁘다는 건 아니지만.

"⋯⋯그냥 뭐랄까, 검사의 이미지가 강했으니까. 갭이 좀."

"그래 가지고 꼬맹이들을 돌볼 수 있으면 이런 고생도 안 하겠지."

"라나도 힘들겠구나."

"솔직히 마수를 상대로 칼싸움이나 하는 게 훨씬 더 편해."

"그 정도야?"

"그 정도야. 이런 데에선 웃는 게 검 백 자루보다도 편리한 스킬이거든. 갓난아이부터 괴팍한 아저씨까지 상대할 수 있어. 범용성이 굉장히 높지."

웃는 것마저도 기술이란 말인가.

무슨 말을 하는지 알 것 같긴 하지만, 저 말이 라나의 입에서 나왔다고 생각하면 감회가 깊다.

모처럼 다시 마주한 그녀의 눈에 울적한 그림자는 없었다.

분명 자기 의지로 지금의 생활을 선택했다는 의미이리라.

"라나. 여기는 얼마나 됐어?"

"······3년 전부터."

"그렇구나."

그녀는 마신을 봉인한 이후, 월타미아 내외를 떠돌아다니다가 토벌에서 받은 보상금 거의 대부분을 이곳의 운영에 쏟아부었다고 한다.

게다가 부모 노릇까지 한다니 정말 대단하다. 경의를 표할 수밖에 없었다.

"나는, 여기 온 건 바로 얼마 전이야. 하이달한테 소환당했거든. 마신의 봉인에 균열이 생긴 것 같다면서."

"그래, 왠지 그럴 것 같았어."

마치 다른 세상 이야기를 하는 듯한 태도로 라나가 중얼거렸다.

어째서일까. 조금 전 한 말에 조금이지만 가시가 섞여 있다는 느낌이 들었다. 리히토의 착각일까.

"아, 그리고, 있잖아. 이 마을로 오는 길에 티다라는 아이를 만났어."

"티다?"

"응. 여기 아이라면서? 마을까지 안내받았거든. 지금은 잠깐 어디 간 모양이지만."

"티다······. 걔가 너한테 무슨 짓 안 했어?"

덜컥했다.

리히토는 곧바로 멋쩍게 웃으며 얼버무리려고 했지만 라나는 가만히 흘려보내지 않고 눈을 번뜩였다.

"──알았어. 매달아 주지."

"잠깐! 잠깐만, 라나! 한 번만 봐줘. 부탁받았단 말이야!"

"아니. 얼렁뚱땅 넘어가면 걔한테도 안 좋아. 그렇게 주의를 줬는데도 또 저지른 놈이 나빠. 매달아 주겠어."

아아. 미안하구나, 티다.

리히토는 마음속으로 소년에게 사과했다. 이미 무리다. 냉철한 처형인의 표정을 띤 라나는 절대로 생각을 바꾸지 않을 것이다.

그건 그렇고, 문득 생각이 들었다.

손때 묻은 주방에서 풍겨나는 요리의 향기. 국자라는 조리 기구며 에이프런까지. 몇 번을 봐도 감상은 마찬가지였다.

"라나는 역시 대단해."

"……또 무슨 말을 하려고?"

"말 그대로야. 왕궁에서 기사단에 들어가진 않을 거라고 생각했었지만, 그래도 전부 걷어차고 고아원을 돌보다니 보통은 그렇게 못해. 멋있어."

그러자 라나는 뜻밖에도 눈살을 찌푸렸다.

"적당히 해라. 멋있긴 뭐가 멋있어. 그저 응보가 돌아왔을 뿐이야."

"응보?"

"나한테는 말이야, 검밖에 없었어. 다른 건 아무것도 없었어. 사람을 베고 마수를 베고 끝내는 마신에게 도전했어. 하지만, 그뿐이야. 마신에게 입은 상처 때문에 전처럼 검을 휘두르지 못하게 됐어."

충격적인 한마디였다.

"──그런 말, 못 들었는데……."

"정말로 미묘한 차이야. 하지만 나는 그걸 드러내고 싶지 않아서 너희들의 곁을 떠난 거야. 무서웠거든. 마수가 없는 평화로운 세계를 방랑하며 도망쳤어."

"라나……."

"도망치고 도망치고 계속 도망쳐서, 그러다가 알게 된 건 구원했다고 착각한 세계의 전모였어. 이딴 세상, 조금도 평화로워지지 않았어. 정말이야, 리히토."

침묵이 이어지는 가운데, 보글보글 야채수프 끓어오르는 소리만이 울려 퍼진다.

그녀가 한 말의 의미를 좀처럼 받아들이지 못하는 자신이 있었다.

그런 바보 같은 이야기가 사실이란 말인가. 따져묻고 싶어서 반발하고 싶어서 견딜 수가 없다.

"아르고스가 봉인돼서 마수가 사라져도 말이야. 있었다는 흔적은 오래도록 남아. 사기를 완전히 정화시키지 않으면 그곳에선 사람이 살지 못해. 야생 짐승이 녀석들에게 물려서 권속화되면 피해 범위가 더욱더 넓어져. 산속 깊은 곳의 물줄기가 오염됐는데 오염된 줄도 모르고 우물물을 퍼다 마신 마을이 어떻게 됐을 것 같아? 사람이 픽픽 쓰러지는데 영문조차 모르는 마을도 있었어. 몇 살 되지도 않은 아이들만 잔뜩 남겨진 곳도 있었지."

바깥에서 꺄악 하고 아이들의 환호성이 들려왔다.

"그 밖에도, 마수에게 부모를 잡아먹히고 길바닥에서 살아가는 아이들이라든지, 마을째로 난민 신세가 된 무리도 만났어. 이러지도 저러지도 어떻게 할 수가 없어서, 차라리 한데 모아서 정착할 곳을 만들자고, 그러다가 정신을 차려 보니까 이런 곳에서 모두가 뭉쳐 가지고 죽자 살자 마을을 만들고 있는 거야……."

"나는……."

라나가 그러는 동안 평화로운 일본에서 집과 학교를 오가고 있었다.

"솔직히 지금의 나는 하이달한테도 하기리한테도 절망밖에 느끼지 않아. 왕성으로 아무리 진정서를 보내도 틀에 박힌 답변만 돌아올 뿐이야. 그 녀석이 직접 받아 보기 전에 부하가 처리해 버리는지도 모르겠어. 마신이 부활하니까 협력하라고? 이제 마수는 사라졌으니까 신관을 파견하지 않겠습니다. 이딴 헛소리나 지껄일 건 대체 누구지? 정화도 되지 않고 내팽개쳐진 토지가 얼마나 되는지 알기나 해!?"

라나의 분노는 눈앞에서 일어나는 부조리를 용납하지 못하기 때문인지도 모르겠다.

많은 것들을 떠나보내 왔기에 더더욱.

"하기리도 그래. 커다란 사원에 틀어박혀서 바깥으로는 얼굴조차 비치질 않고……. 무슨 말을 써 보내도 답변이 안 와……."

리히토는 지금 이 순간만은 말을 해야 된다고 생각했다. 하기리 노사의 죽음이라는 사실을.

하지만 그것은 화이트 사원의 최대 기밀 사항이기도 했다.

갈등하는 리히토의 앞에서 라나가 살짝 표정을 누그러뜨렸다.

"미안. 너한테 불평한다고 뭐가 달라지는 것도 아닌데. 괜히 미안하게 됐어."

"아니야. 신경 안 써. 내가 몰랐던 일이 이렇게 많았구나."

"나도 마찬가지야. 이렇게 되기 전에는 한곳에서 살아가는 일이 얼마나 고된지 생각조차 해 보지 않았으니까."

서로를 마주 바라본다. 더 이상 말이 나오지 않았다.

"라나. 나는……."

땡땡땡땡! 요란한 종소리가 메아리쳤다.

"뭐지!?"

"경보야. 의미는, 외적의 습격……."

리히토는 더 이상 듣지 않고 주방을 뛰쳐나갔다.

고아원의 뜰에 많은 아이들이 있었다. 아까부터 놀던 아이, 소리를 듣고 막 모여든 아이들.

"위험하니까 모두 방으로 들어가 있어!"

주방 안에서 라나가 소리친다.

리히토는 고아원 바깥으로 뛰쳐나갔다.

마을의 남자들이 잔뜩 짐마차에 올라타서 이동하는 중이다. 리히토는 그 옆으로 나란히 달렸다.

"무슨 일입니까!?"

"마수가 출몰했다!"

"————!"

검게 그을린 얼굴의 농부는 호미 대신 대형 석궁을 지니고 있었다. 마찬가지로 무장한 마을 주민이 험악한 얼굴로 무기를 꼭 붙잡고 있다.

"이렇게 본격적인 건 오랜만이야. 제기랄, 어찌 된 거지. 지금은 도라네 밭 근처까지 왔다더군."

"저도 같이 가겠습니다!"

"넌 누군데?"

숨이 막혀서 부르짖듯이 대답한다.

"라나 에른의 동료예요!"

남자의 눈이 살짝 벌어졌다.

"타라."

그뿐이었다. 리히토는 달리는 마차로 뛰어올랐다.


"——알겠냐. 도착한 대로 자리들 찾아가! 화살 받으면 바로바로 쏘고!"

마을 가장자리에 지휘를 맡은 남자가 호령을 붙였다. 이미 전투가 벌어져 있었다.

밭을 일군 뒤 남은 흙으로 참호를 만들어서 방진용 수목을 베어다 쌓고, 침입해 들어오는 마수를 향해서 화살을 쏘아 날린다.

리히토는 마차에서 뛰어내리긴 했지만 사람 수가 많아서 마수의 모습이 제대로 보이지 않았다. 이 이상 나아가기는 단념하고 한쪽에 자리한 헛간을 발견해서 기어 올라갔다.

'——있다. 보인다.'

이전에도 싸웠던 개미 형태의 마수였다. 수는 서른넷. 몇몇은 몸체에 화살을 맞았고, 한쪽 눈이 찌부러진 적도 보였다.

"쏴라!"

농민들이 발사한 화살이 마수의 두꺼운 장갑에 꽂혀 든다.

아마도 이슈안의 갈고리총에도 장착되어 있는 특수 소재를 사용한 석궁인 듯했다. 작은 개척촌인데도 기사단에 견줄 만큼 잘 훈련되었고, 장비도 훌륭하다. 놀라울 따름이었다.

하지만 전황은 순조롭게 흘러갈 것 같지 않아 보였다. 확실히 맞히고는 있지만 적의 기세에 휩쓸리고 있다. 마수를 처치하려면 철저하게 급소를 노려서 공격해야 한다.

"제길. 이대로는 여기까지 들이닥치겠어."

"무리하지 마! 여기는 버리고 뒤쪽의 두 번째 거점으로 옮긴다! 마을 안으로 들어오기 전에 처치하면 우리의 승리다!"

""알겠습니다!""

남자들이 기세 좋게 소리치고는 전선을 지탱하는 몇몇을 제외한 전원이 뒤쪽의 밭으로 일제히 물러났다.

헛간 옥상 위에서 지켜보던 리히토는 한창 전장을 이동시키는 모습을 보고 생각했다.

'당하겠어.'

최전선에서 마지막 화살을 발사한다. 뒤쪽의 참호를 향해서 결사적인 각오로 달려가는 농민들.

마수가 울부짖었다. 겉껍질 사이로부터 거무칙칙한 사기가 뿜어 나온다. 지면의 작물이 순식간에 증발했다. 리히토는 헛간 옥상에서 뛰어내렸다.

"──어이, 젊은이!"

"바보 자식, 위험해!"

"빨리 도망쳐!"

소리치는 마을 사람들의 앞으로 나와 마수를 가로막고 선다.

뒤쪽에서 절규 섞인 경고가 날아드는 가운데, 리히토는 '달의 물방울'을 뽑아 들었다.

분노로 눈을 붉게 물들인 마수가 흙먼지를 피우며 돌진해 온다.

무섭기도 하다. 위험할지도 모른다. 그래서 리히토는 정면으로 검을 겨눴다.

"참(斬)·파(波)·섬(殲)·멸(滅)."

중얼거리는 그때, 귀에 달린 귀걸이가 날카롭게 빛났다.

"——베어 넘겨라!"

일찍이 목격한 검의 궤적과 완전히 동일한 선을 그리며 팔을 휘두른다. 빛을 통과시키는 소재라서 아무것도 움직이지 않은 것처럼 보였으리라.

마수의 몸체가 리히토의 양옆을 빠져나간다.

그대로 세 걸음 나아간 지점에서, 일제히 갈라진 몸체가 밭 위를 굴렀다.

'——해냈다.'

리히토는 검을 거두고 숨을 내쉬었다.

돌아서 보니 참호에 있던 마을 사람들이 어안이 벙벙하여 이쪽을 바라보고 있었다.

"아, 저기, 끝났어요! 이제 괜찮아요!"

리히토가 그렇게 말하자 몇 초 뒤 봇물 터지듯 환성이 쏟아졌다.

"웃샤아아아아아!"

"해냈구나, 이 녀석!"

"잘 해줬다!"

해냈다, 해냈다고 기뻐 얼싸안다가 그 자리에서 펄쩍 뛰어오르는 사람도 있었다.

리히토가 가까이 걸어가자 난폭하게 머리를 헝클더니 있는 힘껏 끌어안는다. 그만하라도 말해도 도통 들어주질 않았다.

"자네 대단하군. 이렇게 젊은데 굉장한 실력이야!"

"맞아. 왠지 예전의 라나를 보는 것 같아서······."

그 순간, 갑자기 주변이 물을 끼얹은 것처럼 고요해졌다.

'——어라?'

리히토만이 주위의 변화를 이해하지 못한다.

그저 눈앞에는 해선 안 되는 말을 내뱉은 것처럼 굳어 버린 발언자와 말없이 지켜보는 남자들이 있었다.

어떡하지. 어떡하면 되는 거지. 도움을 청해야 되나. 주위를 둘러보는데 하늘의 도움, 낯익은 사람이 있었다.

"라나!"

그녀는 길가의 나무 그늘 아래에 서 있었다. 이리 오라는 듯이 손짓을 보내온다.

리히토는 달렸다.

"——다행이다. 갑자기 왜 저러는지 알 수가 없어서."

"다들 사정이 있어. 이런 곳이니까. 그냥 흘려 넘겨 줘."

이번에는 다시 부드러운 목소리로 라나가 웃었다.

"······좋아하는 것 같아서 다행이라고 생각했는데. 내가 쓸데없는 짓을 한 걸까?"

"아니야. 그럴 리가. 네가 1초라도 빨리 처치해 준 덕분에 피해가 밭을 버리는 정도로 끝났잖아."

"뭐? 그럼 큰일이잖아."

"큰일이지만 어쩔 수 없지. 정착민들은 모두 이렇게 마수와 싸워 왔어."

리히토는 저 말을 듣고 새삼스럽게 주변을 둘러봤다.

외부에서 마수가 침입해 온 경로는 표면이 탄화된 데다 엉망으로 파헤쳐졌다. 모래를 막는 수목을 잘라야 했고, 밭이며 두렁이 훤히 드러났다. 사기가 흩뿌려진 주변은 특히 까맣게 변색되었다.

이런데도—— 어쩔 수 없다고?

확실히 마을의 중심부를 내줄지도 모르는 고비에서 침공을 막아내기는 했지만——.

"충분해, 리히토."

확신을 가지고 라나가 말했다.

"여기 사람들은 옛날부터 알고 있었어. 살 곳을 빼앗기고 가족을 살해당하는 일보다 무서운 건 없다는 사실을. 그래서 모두 목숨을 건지고 안심하는 거야. 아무도 죽지 않았어. 이제 살았다고, 다행이라고 마음속 깊이 떨고 있어. 다들 진심으로 고마워하고 있어, 리히토."

"……라나……."

"내가 할 수 있는 일은 사람들에게 지금까지 쌓아 온 경험을 이야기하고 스스로를 지킬 방법을 가르쳐 주는 것뿐. 정말로 그것뿐이야."

"가르쳐 줄 뿐이라니? 그게 무슨 말이야. 라나는 강하잖아."

"이거 봐 봐."

라나는 그렇게 말하고 입고 있던 기다란 스커트의 옷자락을 들어 올렸다.

리히토는 눈을 부릅떴다.

"아……."

"그냥 실수였어. 비가 억수같이 쏟아진 날이었지. 고개에서 바퀴가 빠진 짐마차를 끌어내리려고 했어. 안에 심하게 오염된 물을 마신 아이가 있어서, 신관이 있는 교회로 도착할 때까지 여유를 부릴 수가 없었거든. 그러다가 잘못해서 나만 언덕 아래로 떨어졌어. 그러니까 이제는 절대로 예전처럼 검을 휘두르지 못해. 라나 에른은 실수투성이 얼간이이고 아이들한테는 상냥한 '어머니'야."

그녀의 오른쪽 다리가 다른 소재로 바뀌어 있었다.

어째서 알아차리지 못했을까. 라나는 주방 안에서도 리히토를 부리기만 했지 한 걸음도 움직이지 않았다. 무거운 오븐을 살펴보라고, 높은 선반 위에서 밀가루를 꺼내라고, 그리고 지금도 리히토를 이곳으로 불러왔다. 되도록 움직이는 일을 피하고 있었다——.

"——조금 전 기술은 잘 봤어. 그건 내 검술이지?"

검사의 목소리, 리히토에게 검을 맡겼던 그 사람의 말.

"……응, 맞아. 라나의, 검이야."

"너한테 이어졌다면 그걸로 됐어……."

그녀는 리히토의 손바닥에 자신의 손을 겹치고 그대로 눈을 감았다. 감긴 눈에서 조용히 흘러 떨어지는 눈물을, 리히토는 그저 지켜볼 수밖에 없었다.

베어 내는 자, 《여검사》라나 에른은 한마디로 맹렬한 전사였다.

검에 의지하고 검에 살아가며, 리히토 일행의 여로는 그녀가 가세함으로써 큰 폭으로 전진했다고 말할 수 있었다. 그야말로 목적을 수행하는 용병의 모습이었다.

―……라~나.

언제적 일이었던가. 초보 용사 리히토는 수시로 라나에게 검을 배우곤 했었다. 그때의 자신은 초보인 데다 미숙한 실력은 말할 것도 없고 근성마저 부족한 응석쟁이였다.

―너무해. 더 해야 돼? 이제 팔도 안 움직여.

―해. 앞으로 이백 번 더.

―귀신! 악마!

―귀신이든 악마든 마수는 그런 거 몰라.

―바보!

―칭얼대지 마.

울어도 투정 부려도 결코 봐주지 않았다. 그러면서도 내버리지 않았다.

―죽고 싶지 않으면 강해져.

가르쳐 준 것은 살아가는 방법. 그녀의 전부.

그리고 마수의 울음소리가 울려 퍼지는 밤. 머나먼 여로에 지쳐 가던 그때. 꿈에서 보는 광경은 가족과의 한때, 학교생활. 앞으로 겪어야 하는 마신 토벌에 대한 불안. 모든 것이 뒤섞인 압박감에 짓눌리면서도, 그럼에도 불구하고 잠들 수 있었던 건 라나 덕분이었다.

―……라나.

모포 안에서 바라보는 그녀는 모닥불의 빛 속에서 홀로 도드라져 보였다.

결코 손에서 검을 떼지 않는 그녀의 옆얼굴.

―안 자?

―괜찮아.

―있잖아…….

리히토는 머뭇머뭇 말을 이었다.

―낮에 수련에서, 잘 못해서, 미안해.

라나는 웃지 않는다. 하지만 날카로웠던 눈매가 살짝 부드러워진 것 같았다.

―내일도 일찍 일어나야지.

―……응. 잘 자.

라나가 팔에 감싸 안고 있었던 검은 언제나 압도적인 위력으로 적을 베어 냈다. 아직 미숙했던 리히토와 동료들을 지켜 주었다.

강했다. 아름다웠다. 그리고 너그러웠다.

끝끝내 그녀에게서 검마저 빼앗아 버리다니, 여신의 자비는 정말 구멍투성이다.


"……이게 맡아 두었던 보주야. 그리고, 별거 아니지만 약이랑 휴대 식량. 가지고 가."

"고마워."

"조심하고."

고아원의 주방, 라나로부터 바구니를 받아 들었다.

바구니 안에는 천으로 감싸인 육포와 치즈, 그리고 작은 주머니 따위가 들어 있었다.

성검의 보주는 그 주머니 안에 보관 중이었다. 들어서 거꾸로 뒤집자 탁구공 크기의 동그란 보석과 낡은 은화가 나타났다.

"코인?"

"전해 내려오는 부적이야. 금은 오른쪽, 은은 왼쪽을 관장한다지. 왼쪽의 심장을 지켜준다고 해."

"아하……."

"이래 봬도 항상 가지고 다녔었어. 현역 때에는."

처음 듣는 얘기였다. 라나가 이런 부적을 소중히 여기는 사람이었을 줄이야.

보주를 들어 살펴보니 안에다 불꽃을 그대로 담아 놓은 듯한 복잡한 색감을 지니고 있었다. 각도에 따라 색깔과 명암이 미묘하게 달라 보인다.

리히토가 가지고 온 성검 본체의 칼자루에는 이 보주를 끼워 넣는 구멍이 마련돼 있었다. 리히토는 시험 삼아 그 구멍에 보주를 끼워 넣어 봤다.

찰카닥, 딱딱한 소리가 울렸다. 직후, 묵중한 진동이 검을 붙잡은 손으로 전해졌다.

"……괜찮은 것 같네."

"지금 다시 너를 사용자로 인식한 모양이야."

라나가 그렇게 말해도 리히토는 그다지 실감이 나지 않았다.

리히토에게 성검은 강력한 무기이자, 다루는 데 주의를 요하는 까다로운 검이라는 이미지가 더 강했다.

평범한 사람이라면 도저히 제어하지 못할 듯싶다.

"성검은, 의사를 가지고 있는 거야?"

"어머, 리히토는 없다고 생각해?"

"모르겠어. 그때는 다짜고짜 실전이었으니까."

실로 무아몽중인 상태에서 마왕을 쓰러트리러 갔었다.

본래 성검을 사용하기로 했었던 라나라면 보다 더 잘해 냈을 거라고, 지금도 진심으로 그렇게 생각한다.

그랬다면 예의 '사고'도 일어나지 않았을 텐데.

"그렇네…… 처음이었으니까 그런 생각도 들겠네. 그러면 분명히 머지않아 듣게 될 거야. 성검의 목소리를."

"머지않아?"

"그래. 성검의 뜻과 사고 같은 것들. 그리고 이쪽에서도 전할 수 있어. 네 마음에 성검이 답해 줄 거야. 가장 바람직한 형태로."

라나는 웃었다.

리히토는 반신반의하며 수중의 검을 내려다볼 수밖에 없었다. 역시 검이라기보다도 정체 모를 생물의 생태에 대해서 들은 듯한 기분이었다.

"그러면, 리히토……"

"응. 갔다 올게. 라나도 건강해."

"무사해야 돼."

라나는 리히토의 등으로 살며시 손을 둘렀다. 톡 하고 한 번 등을 두드렸다.

리히토는 바스켓을 다시 들어 올리고 고아원 주방을 나왔다.

뜰에는 그토록 많았던 아이들의 모습이 사라져 있었다. 유일하게 소년이 한 명, 닭을 돌본다. 리히토와 눈을 마주치자 꾸벅 인사했다.

세워 두었던 마차로 뛰어올라 그대로 출발시키는 차에,

"──어~이."

이슈안 트롤의 목소리가 들렸다.

달리는 마차를 기다리다가 중간부터 나란히 따라오더니, 곧장 마부석으로 뛰어 올라온다.

"──이야. 졌다, 졌어. 죽도록 쫓아다녔지 뭐야. 그 꼬맹이."

"이슈안."

"그래도 뭐. 결국은 혼쭐을 내 줬으니까 내가 이긴 거지. 큭큭큭. 감히 이슈안 브릴리언트 트롤 님으로부터 도망치려고 하다니 100년은 빠르다 이거야. 그건 그렇고 어디로 가는 거야? 보주 받으러 가는 거 아니었어?"

"그건 이미 받아 놨어."

"응?"

리히토는 깜짝 놀라는 이슈안에게 조용히 웃어 보였다.

"마을에 마수가 나타났거든. 모두들 바쁠 테니 빨리 떠나는 편이 좋겠어."

"아, 아……?"

"도시락이랑 이것저것 받아 왔으니까 나중에 먹자."

자신이 티다를 쫓아다니는 데 정신이 팔려 있었다는 사실을 이제 와서 알아차린 모양이다. 민망해하며 눈을 피한다.

"……아, 그게, 뭐라고 해야 되나……. 라나는 같이 안 왔어?"

"유감이지만 힘든가 봐. 아이들도 있고, 미안하다고 그러더라."

마을의 출구를 향해서 마차가 달려 나간다.

전장으로 화한 밭에 수많은 마을 사람들이 달라붙은 모습이었다.

이제야 열매가 맺히기 시작한 작물이 갈기갈기 찢겨져 쓰러져 있다. 그것들을 조심조심 수거해서 짐차에 실어 운반한다. 고아원에서 만난 리마와 마리도 보였다. 이마에서 땀이 빛난다.

"마수의 시체를 직접 만지면 안 된다!"

"장갑 꼭 끼고 다녀!"

말없이 끈덕지게 작업에 열중한다.

그러고 나서도 사기에 오염된 토양의 정화 작업이 기다리고 있다. 잘못되면 흙을 통째로 바꿔야 할지도 모른다.

같은 작물에서 또다시 열매가 맺히려면 터무니없는 노력과 시간이 소모되겠지.

지금까지 본 적이 있었던가. 언제나 그곳에서 살아가는 마을 사람들과, 떠나가는 자신. 리히토는 언제나 바람처럼 스쳐 지나가기만 했다.

"힘들다니, 조금 박정한 거 아니야? 세계가 위기에 처했는데."

"저기, 이슈안."

──이딴 세상, 조금도 평화로워지지 않았어. 정말이야, 리히토.

라나의 말이 잊히지 않는다. 여전히 귓속에 남아 쟁쟁거린다. 부정하고 싶은 리히토의 마음을 비웃는 것처럼, 선명하게.

"……나는 말이야, 6년 전에……. 아르고스를 쓰러트리기 위해서 제법 많은 대가를 치렀다고 생각했었어. 원래 세계에서 적응하기도 고생스러웠고, 그런 것도 있었지만, 하지만 그게 다가 아니야. 좀 더 커다란, 되돌릴 길 없는, 소중한——."

그런데 어째서, 지금 이곳에 사는 마을 사람들은 사라져야 했을 마수에게 피해를 받고 괴로워하는 걸까.

"그래도 말이야. 그래도 잃어버리는 대신 평화를 지켜 낼 수 있다면 그걸로 족하다고 생각했어. 커다란 대가를 치를 가치가 있었다고 납득하려 했어. 하지만 결국 이렇게 될 거였다면."

리히토는 한 손으로 얼굴을 감쌌다. 옆쪽의 이슈안에게만 겨우 들릴 작은 목소리로.

"내가 구원한 세계는 대체 뭐였던 거야……?"

황량한 대지를 마차가 나아간다. 마을 사람들에게서 들려오는 소리를 피해 조금이라도 더 멀리 도망치려는 것처럼. 멀어질 수 있다고 믿는 것처럼.

하늘에는 파나케이아의 태양이 한 쌍. 그리고 그보다 더 먼 곳에서 아마트 산의 험준한 능선이 희미하게 보이는 듯한 기분이 들었다.

저곳의 중심에 '벌레의 구멍'이 있다.

운명의 장소였다.

**【4】**
**ISHUAN**
**TROLL**

깡——!

금속 배트로 후려친 야구공이 높이높이 호를 그리며 날아간다.

"쳤다!"

"부탁한다, 리히토!"

커다란 환성이 들려오는 가운데, 7번 좌익수 리히토가 힘껏 달린다.

장소는 남도쿄 타마가와 그라운드. 조후 파이 러트 VS 코마에 브레이브스. 각 팀의 진영에는 팀 동료와 보호자가 와글와글.

시합은 8회 말, 1점 리드. 오랜만에 출전한 연 습 시합이었다.

리히토는 땀을 흘리고 흘리며 달리고 달려서, 그래도 따라가지 못해 몸을 던져 뛰어올랐다.

왼손을 있는 대로 뻗어서 공을 잡아내려고 했 지만, 무참하게도 공은 리히토의 스파이크 3센티 미터 뒤쪽을 통과했다.

"아————."

잦아드는 목소리. 공은 데굴데굴 강을 향해서 굴러간다.

커버 플레이에 나선 동료가 죽어라 공을 쫓아 가는 모습을 리히토는 왠지 다른 사람 일인 양 바라보고 있었다.

뭐, 결국 시합은 패배했다.

그 한 방을 시작으로 해서 잇따라 에러가 연발되었다는 멋진 전개로.

돌아가는 길은 '전범 아이카와 리히토'를 규탄하는 시간으로 사용되었다고 말해도 좋겠다.

모두가 한데 모여 용구가 실린 자전거를 밀면서 석양에 붉게 물든 제방을 걸어간다. 줄줄이 줄줄이 어깨를 살짝 늘어뜨리고.

"으아, 분명히 이길 줄 알았는데."

"감독 엄청 화냈다고. 연계가 엉망이라나."

"것보단 리히토잖아, 아무리 생각해도."

"그래, 리히토다."

"리히토다, 리히토."

이야기가 돌고 돌아서, 결국 마지막에는 리히토를 비난하면서 끝났다.

리히토는 일행으로부터 한 걸음 떨어진 가장 뒷줄에서 역시 자전거를 밀며 걷고 있었다.

역전패의 발단이 된 에러의 책임을 묻는 거라면 조용히 감수할 작정이었고, 그들이 분노를 표시하는 것도 당연하다고 생각했다. 하지만 너무나도 똑같은 소리만 듣다 보니, 자신도 모르게 본심이 흘러나와 버렸다.

"……별로 아무래도 상관없잖아, 시합 같은 거……."

""아앙!?""

──리히토는 곧바로 생긋 웃었다.

팀 동료들이 고개를 휙 돌리고 다시 걸어 나간다.

"됐다, 됐어. 편의점 가서 아이스크림이나 사 먹자, 아이스크림."

"괜찮아? 안 혼나?"

"나는 고기 만두."

"그럼 난 빠삐코!"

"으아, 분명히 이길 줄 알았는데."

"감독 엄청 화냈다고. 연계가 엉망이라나."

"것보단 리히토잖아, 아무리 생각해도."

"그래, 리히토다."

"리히토다, 리히토."

다들 어째서 이토록 진지한 걸까. 리히토는 정말로 알 수 없었다.

실제로 얼마 뒤 리히토는 리틀 리그 팀을 그만뒀다.

애당초 유망한 선수도 아니었고, 공부가 뒤쳐질까 염려하던 부모님
은 리히토의 선택을 기뻐했지만 진실을 솔직히 털어놓을 상대는 아무
도 없었다.

당시 리히토의 몸을 지배했던 것은.

태양은 어째서 두 개가 아니라 하나인가.

어째서 나는 이곳에 있는가.

마신을 쓰러트리는 일보다 중요한 일이 대체 뭐지?

'어째서 나는, 그때.'

'그때      했더라면.'

'나는.'

날이 흐를수록 부풀어 오르는 의문만이 리히토의 작은 몸을 지배하고 있었다.

마치 정체 모를 괴물이 자라나는 것처럼.

♋

위가 비틀리는 듯한 불쾌감을 견디는 사이에 건물 안의 모습이 바뀌어 있었다.

리히토와 이슈안의 앞쪽으로 이전과 다른 얼굴의 마술사들이 서 있다.

"어서 오십시오, 북의 바룸에! 전이 완료입니다."

붙임성 좋아 보이는 젊은 마술사였다. 하지만 어질어질한 상태의 리히토에게는 마주 웃어 줄 여유도 없다. 말없이 지나치려는데 상대가 걱정스럽게 말을 건넸다.

"괜찮으세요? 얼굴이 상당히 안 좋아 보입니다만……."

"……괜찮아. 신경 안 써도 돼. 전이만 하면 이러니까."

이슈안이 대신 대답해 주었다.

덕분에 리히토는 입을 열지 않고 앞으로 걸어갈 수 있었다.

전이문이 설치된 건물을 나온 다음 이슈안에게 가만히 속삭였다.

"…………고마워."

"무리는 하지 말라고."

"응. 그래도 가자, 이슈안. 얼마 안 남았어."

여행을 막 시작했을 때와 비교하면 착용한 장비에도 조금은 손때가 묻었으리라. 강도에게 습격당하진 않을 거다.

실제로 그라리아 마을에서 성검을 완성시키고 나서부터는 '벌레의 구멍'이 있는 아마트 산을 향해서 일직선. 상당한 강행군이었다.

벌판을 지나 전이문이 있는 마을로 진입한 다음 월타미아 북부에 위치한 도시, 바룸으로 단번에 건너뛴다. 그러고 나선 산기슭의 마을까지 자는 시간도 아끼며 이동했다. 마차를 남겨 둔 채 마지막으로 장비를 점검하고 곧장 아마트 산으로 발을 내디뎠다.

"——나왔어, 마수다!"

이곳은 숨만 내쉬어도 하얀 입김이 나오는 아마트 산의 중턱.

울창한 나무숲이며 발아래 군데군데에 남아 있는 눈이 인상적이다.

이슈안이 내지르는 소리를 끝까지 듣지도 않고, 리히토는 선두로 뛰쳐나갔다. 불안정한 바닥을 박차고 목표를 향해서 경사면을 뛰어올라간다.

마수는 잿빛 털에 감싸인, 곰과 비슷한 모습을 지니고 있었다. 상대가 주변의 공간을 일그러뜨리며 이쪽을 향해서 얼음덩어리를 던졌다. 리히토는 걸음을 멈추지 않았다. 얼음덩이를 모조리 몸으로 받아내면서 그대로 발도, 검을 휘두른다.

치익! 달군 철을 물에 담그는 듯한 소리가 울려 퍼지며 모든 마수가 눈앞에서 소멸했다. 사기는 조금도 남기지 않는다.

──끝났다.

"좋아. 제법인데, 리히토."

뒤쪽에서 이슈안이 칭찬 말을 건넸다.

리히토는 검을 검집에 넣었다.

"이제는 굳이 내가 백업할 필요도……. 으악!"

"왜?"

"얼굴이, 사, 상처투성이잖아. 모르는 거야?"

"……아."

리히토는 멍하니 손을 들어 뺨을 훔쳤다. 확실히 얼음 조각을 이곳 저곳에 맞은 탓에 조금 처절한 꼴이 되었는지도 모르겠다.

"뭐, 금방 나으니까……. 사기는 처음부터 안 먹히는 체질이고……."

"너는 아프지도 않은 거냐!"

"아니, 아프긴 아픈데?"

"그럼 피하는 시늉이라도 해!"

"피하기도 번거롭다고 해야 되나……."

실제로 통증도 이미 사라지고 있었다.

노사에게 받았던 회복 능력 보조 아이템의 효과는 아직도 계속되고 있다. 일일이 공격을 피하며 싸움을 길게 끌기보다는 커다란 대미지를 줄 수 있는 성검으로 서둘러 해치우고 싶은 마음이 더욱 컸다. 그 편이 시간도 절약되고 효율이 좋다.

"이 검 굉장해. 이전하고 위력이 전혀 달라."

이슈안이 한숨을 내쉰다.

"……뭐랄까 너, 성검 쓰고 나서부터는 전법이 너무 저돌적이지 않아?"

"그런가? 난 잘 모르겠는데."

"거짓말 마. 대충 얼버무려서 넘길 문제가 아니라고."

리히토는 어색하게 웃었다. 그러고는 곧장 눈앞의 산길을 오른다.

성검은 정말로 강했다. 아직까지 라나가 말했던 '목소리'는 들려오지 않았지만, 그저 묵묵히 리히토의 뜻을 따라 주었기에 오히려 고마웠다.

"먼저 말 걸지 않으면 한 마디도 뻥긋을 안 하고. 너랑 나는 보폭이 다른데 자기만 혼자 척척 걸어가 버리고. 뭔 생각을 하는지 모르겠어."

그 대신 함께 걷는 이슈안의 목소리가 점점 작아진다.

이윽고 후다닥 달려오는 소리가 들리고 또다시 목소리가 커졌다.

"아무튼 너무 서두른다고 해야 되나……. 페이스가 너무 빨라. 조금 천천히……!"

"느긋하게 갈 이유가 없어."

리히토는 뒤쪽에 선 이슈안에게 말했다.

"다들 기다리니까."

그렇다. 전진해야 한다. 마신 아르고스를 봉인해서 조금이라도 더 이 세계를 편안하게 만들겠다. 그 때문에 이곳까지 왔다.

"……거참, 알았다고."

이슈안은 부루퉁한 기색으로 입을 다물었다.

그저 묵묵히 일찍이 올랐던 산길을 밟고 올라간다. 때때로 나타나는 마수는 대부분 리히토가 최단으로 쓰러트렸다. 길목마다 멈춰 서서 '여행의 이정표'를 보고 등반 루트를 확인한다. 필요 없는 행동은 일절 하지 않았다.

"오오. 리히토, 어이. 저기 좀 봐 봐."

이슈안이 또다시 이쪽의 소매를 붙잡았다.

"귀엽지 않아? 흰여우야. 어미랑 새끼랑 같이 있어."

무척 들뜬 목소리였다.

확실히 리히토 일행이 걷고 있는 산길 경사면에 하얀 가죽의 은여우 비슷한 동물이 있었다. 바위 더미 사이에서 어미와 새끼가 나란히 이쪽을 바라본다. 흰여우라고 하는 건가.

야생 동물답게 맑은 눈동자였다.

"귀엽네."

"좋아, 결정이다. 잠깐 쉬는 겸 여기에서 관찰하다가 틈 생기면 먹이로 길들여 주겠어. 그러고 나선 조몰락조몰락, 조몰락조몰락……!"

"이슈안 트롤."

리히토는 짧게 말했다.

"노는 건 나중에 하자."

이슈안은 길턱에 앉으려고 하다가 우뚝 멈췄다.

"그, 그래도."

"휴대 식량을 낭비할 순 없어. 야생 동물을 먹이로 길들이는 건 좋지 않아."

틀린 데 없는 정론이라고 생각했다. 이슈안은 정말로 마지못해서, 뚱한 얼굴로 다시 일어서 걸음을 내디뎠다.

이러면 된다. 뛰어난 능력을 지녔지만 변덕이 심하고 흥미가 솟구치면 대뜸 그리로 달려가 버리는 면은 이슈안의 나쁜 버릇이다. 탈선하지 않도록 이쪽에서 잡아 줄 필요가 있었다.

"……잠깐 정도는 쉬고 가도 괜찮잖아. 고집쟁이."

"조금만 더 가서 쉬자."

"조금만 더가 언젠데?"

"1시간 정도."

"그때까지, 못 버틸 것, 같으니까, 이러는 거야……."

"_____!"

리히토는 무슨 말인가 싶어 뒤돌아봤다. 자신의 눈앞에서 이슈안이 지면으로 쓰러지고 있었다.

"이슈안!"

리히토는 황급히 이슈안의 몸을 받쳐 들었다. 양 팔에 그녀의 체중이 고스란히 전해졌다.

"이슈안, 괜찮아?"

"…………시끄, 러워. 머리, 울려……."

힘없는 목소리로 이슈안이 중얼거린다.

얼굴에 달라붙는 머리카락을 걷으려고 들어 올리던 손이 우연히 리히토의 손과 맞닿았다. 겨우 그뿐으로도 알 수 있을 만큼 이슈안의 체온은 뜨거웠다.

"언제부터 이렇게……."

"오늘 아침부터, 점점, 열이……. 그래도, 이렇게까지 될 줄은, 모르고."

"어째서 미리 말 안 해준 거야."

"들으려고 하지도 않았잖아. 줄곧 앞만 보면서 급하게……."

카운터를 먹은 기분이었다. 리히토는 입술을 꾹 깨물었다.

새삼스럽게 이슈안의 낯빛을 살펴보니 종잇장처럼 새하얗다. 그런데도 몸에서는 몹시 열이 오른다.

아픈 몸을 이끌고 여기까지 왔다는 건가. 오게 만들어 버린 건가.

주의를 끌려 하던 말도, 까불거리던 행동도 모두 이것을 알리고 싶어서…….

"미안, 이슈안. 오늘은 이쯤하고 일단 돌아가자."

이슈안은 천천히 고개를 떨궜다. 끄덕일 기력조차 없는지도 모르겠다.

"몸 일으킬 수 있겠어? 내가 업고 갈게."

"……조금 쉬면, 괜찮을 거야……."

"힘들겠지만 잠깐만 버텨 줘. 정말 미안해."

리히토는 이슈안의 팔을 붙잡아 자신의 어깨로 두르게 했다. 그대로 작은 몸을 등에 업히고 일어선다.

사람 한 명을 업은 채로 산을 내려가야 하지만, 그래도 한시바삐 마을로 돌아가는 편이 좋다.

리히토는 스스로 자신을 꾸짖으면서 올라온 산길을 되돌아갔다.

이것이 가장 큰 실패가 될 줄이야, 그때는 알아차리지 못했다――.

빨리, 서둘러. 1분이라도 빨리.

군더더기 없는 여정에서 보다 빨리가 목표로 되었다.

여기저기에 눈이 남아 걷기 불편한 길을 서둘러 내려간다. 도중 마수가 나타나면 하는 수 없이 이슈안을 내려놓고 성검으로 격퇴한다. 그러느라 들인 시간을 헤아리면서 다시 산길을 내려간다.

'조금 더 페이스를 올려야 해.'

첫 번째 태양이 산봉우리를 지나서 가라앉고 있다. 예상보다 훨씬 빨랐다.

서둘러, 서둘러라. 좌우간 서둘러라.

산은 오르는 것보다 내려갈 때가 위험하다는 말을 많이 한다. 발끝에 모든 체중이 실려서 페이스 이상으로 다리가 움직이고 만다. 호흡이 가빠지는 이유는 피로 때문에 숨이 차오르기 때문인가, 그 이상으로 마음이 조급하기 때문인가. 괜히 걸음을 멈췄더니 양 무릎이 떨려서 혼났다.

아무래도 좋으니 걸어라. 멈춰 있을 때가 아니다.

"우왓."

발 디딘 길이 갑자기 무너지는 바람에 미끄러질 뻔했다.

산의 급경사면으로 자갈돌이 굴러 떨어졌다.

"……괜찮아?"

"──괘, 괜찮지, 그럼. 깨워서 미안."

"무리, 하지 말라고……."

귓가로 이슈안의 속삭임이 들려왔다. 열에 신음하는 작은 목소리였다.

　　——무리를 한다고 생각하진 않는다. 일단은 이슈안을 제대로 된 곳에서 쉬게 해 주고 싶었다. 그뿐이었다.

　　하지만 현실은 답답했다. 내려가면 내려갈수록 길은 좁고 험해진다. 시야가 어둡고 나빠진다.

　　올라올 때는 이렇게 험한 길이 아니었을 텐데——.

　　'——설마.'

　　머릿속으로 스쳐 나가는 것은 하나의 가설, 그리고 최악의 결론이었다.

　　'길을…… 잘못 들었다.'

　　한시바삐 산을 내려가는 일만 생각하느라 일직선으로 내달렸건만, 어딘가에서 옆길로 잘못 들어섰을 가능성은 없나? 그러면 언제부터? 얼마나 돌아가면 되지? 이래서 오늘 중에 마을로 도착할 수 있을까?

　　두근두근, 자신의 심장이 고동치는 것을 의식했다.

　　'……괜찮아. 진정해.'

　　필사적으로 마음을 가다듬는다. 돌이키지 못할 실패 따위 없다.

　　일단 등에 업었던 이슈안을 지면으로 내려놓고 품에서 '여행의 이정표'를 꺼내 현재 위치를 확인했다.

　　이제 수십 분 정도만 흐르면 이 산도 완전히 어둠에 감싸이겠지만, 그래도——.

　　떨리는 몸을 간신히 진정시키고 있는데 어두컴컴한 산속 저편에서 무언가 빛나는 것을 본 듯한 기분이 들었다.

　　'반딧불?'

이런 곳에서, 이런 때에.

그 불빛은 차차 셋, 넷, 이곳저곳으로 퍼져 나갔다.

정말로 반딧불 같았고, 반딧불치고는 강한 빛이었다.

'마을……?'

리히토는 빛에 이끌려 걸음을 옮겼다.

그리고 그곳에 믿기 어렵게도, 정말로 민가가 있었다.

산의 경사면을 깎아서 고른 작은 토지와 좁디좁은 평지에 통나무와 회반죽, 초가지붕을 짜맞춰 만든 집이 몇 채나 세워져 있었다.

몇 번이고 신기루가 아닌가 의심했지만 풍경은 달라지지 않았다. 리히토가 빛을 발견할 수 있었던 이유는 해가 떨어지면서 마을 주민들이 붉을 밝혔기 때문인 듯했다.

천천히 언덕길을, 아무리 봐도 사람의 손길이 느껴지는 작은 길을 내려갔다.

'이런 곳에 마을이 있었을 줄이야…….'

굴뚝에서 가늘게 연기가 피어오른다. 뒤쪽 벽면에 마른 장작이 쌓여 있었다. 틀림없이 사람이 사는 집이다.

"음……."

등 뒤에서 이슈안이 몸을 꿈틀거렸다. 리히토는 정신을 차리고 눈에 들어온 집을 향해서 걸음을 재촉했다.

가장 가까운 곳에 위치한 집으로 다가갔다. 초인종이 없었기에 한 손으로 문을 세 번 두드렸다.

거의 기도하는 듯한 시간이었다. 적어도 이슈안만은 지붕 아래에서 쉬게 해 줄 수 있으면 좋을 텐데…….

"네, 누구신가요?"

문 너머에서 나이 지긋한 여성의 목소리가 들렸다.

"……저기, 그러니까. 죄송합니다, 이런 시간에. 실은 길을 헤매서……."

"어머, 세상에."

"일행이 몸이 안 좋아져서, 염치없지만 쉬게 해 주시면……."

미처 말을 잇기도 전에 문이 열렸다.

그리고 햇볕에 그을린, 포동포동하고 둥근 얼굴의 노부인이 나타났다.

"도대체 상태가 어떻길래……. 어머나, 얼굴이 이게 뭐니. 열은 있어? 있구나? 일단 안으로 들어와요, 얼른. 여보! 나와 봐요! 큰일이야, 빨리 나와요!"

"……무슨 일인데 그래. 시끄럽구먼."

"큰일 났다니까! 와서 좀 봐요!"

반 안쪽에서 파이프를 입에 문 노인이 숱 적은 머리를 긁적이며 모습을 드러냈다. 부인의 남편인 듯했다.

"손님이에요. 열이 펄펄 끓어."

"그거 큰일이군. 일단 그런 데 세워 두지 말고 안으로 들여보내요."

"어머, 어머. 내 정신 좀 봐. 갈아입을 옷이랑 더운물이랑…… 잠자리도 펴 놔야겠네. 조금만 기다려요. 어머, 어머."

발을 동동 구르며 달려가는 노부인. "어머, 어머"가 입버릇인가 보다.

아내를 대신해서 노인이 리히토와 이슈안을 소파로 안내했다.

리히토는 이슈안을 소파에 앉혔다. 하지만 등받이에 기대 앉지도 못하고 풀썩 쓰러진다.

"이거 안 되겠군."

뒤늦게 안쪽을 둘러보니 검소하면서도 청결한 방이었다. 난로에 불이 피워져 있었다.

──어쨌든, 다행이었다.

리히토는 마음속 깊이 안도했다. 정신을 차리고 보니 자신은 어느새 그 자리에서 철퍼덕 무릎을 꿇고 있었다.

"이봐요, 할멈! 이놈도 뻗은 것 같아!"

멀리서 노부인의 비명이 들려왔다.


이슈안 트롤은 그날부터 꼬박 사흘을 앓아누웠다.

고열에 신음하며 폭포처럼 땀을 쏟아 냈고, 꿈과 생시를 오락가락하며 가위눌린 모습을 지켜보고 있자면 리히토 또한 몹시 괴로웠다. 하지만 옷을 갈아입히거나 땀을 닦는 등의 간병을 남자 손에 맡길 수 없다며 노부인에게 쫓겨나고 말았기에, 리히토는 그저 기다릴 수밖에 없었다.

"어머, 어머. 지금은 어쩔 수 없어요. 일단 꾹 참고 나가 있어요."

그린다라는 이름의 노부인은 반복해서 그렇게 말했다.

거의 기도를 올리는 듯한 나날이었다.

그래서 이슈안이 쓰러지고 나흘째 되는 날의 아침, 열이 내렸다고 들은 순간에는 죽을 만큼 기뻤다.

리히토는 지금 막 주인과 함께 아침상을 들려 하던 도중, 스푼을 내려놓고 예의범절 따위 까맣게 잊어버린 채 2층으로 내달렸다.

"어이, 젊은이!"

"이슈안!"

계단을 두 칸씩 뛰어오르며 2층의 객실, 들어가지 못하게 줄곧 제지당했던 방의 문을 열었다.

"이슈안……"

그녀는 벌써 침대에서 몸을 일으킨 모습이었다.

하얀 잠옷 차림으로, 평소보다 야윈 것 같긴 했지만 뺨에 혈색이 돌아와 있었다.

"……여어, 좋은 아침."

수줍어하며 미소 짓는 이슈안을, 리히토는 감격에 차서 꼭 껴안고 말았다.

"으, 야! 갑자기 무슨."

"미안, 정말 미안. 그리고, 정말 다행이야……."

꼭 껴안긴 이슈안은 겸연쩍어하며 움찔대다가 "……냄새나도 모른다"라고 가만히 중얼거렸다.

"상관없어."

"상관없다니, 그럼 냄새가 난다는 거야?"

전혀, 조금도 거리껴지지 않았다.

——이런 식으로, 처음부터 대응을 잘못한 것이 발단이 되었는지도 모르겠다.

길을 헤매다 겨우 도착한 이곳은 힐데라는 이름의 마을이었다. 아마트 산에서 '벌레의 구멍'과 가장 가까운 곳에 위치한 촌락이라고 한다. 이슈안이 회복되기를 기다리는 동안 리히토는 딱히 할 일도 없고 해서, 마을에 사는 이 사람 저 사람들로부터 이야기를 들었다.

이야기 나눌 기회가 가장 많았던 사람은 역시 그린다 부인의 남편, 커즌즈였다.

그는 이 마을의 유일한 피혁 직공으로서, 예순을 훌쩍 넘긴 지금도 자택의 옆에 마련한 공방에서 신발이나 마구(馬具)를 손본다고 했다. 리히토는 공방에 놓인 의자에 앉아서 커즌즈가 일하는 모습을 지켜봤다.

"……이런 곳에 마을이 있을 줄은 몰랐어요."

"뭐, 특별히 알리지도 않았으니까. 알려지면 귀찮기도 하고."

"그렇겠네요. 마수가 들어오진 않았던 건가요?"

"이 마을 안에 있으면 괜찮네. 잘은 모르겠지만 지맥이 어쩌고 하더구먼."

"지맥이요?"

뚝뚝, 뚝뚝. 커즌즈가 손때 묻은 망치로 가죽을 두드리는 소리가 공방 안에 울려 퍼진다.

고지식하고 말수가 적으며, 또한 술을 즐긴다. 이전에 간장이 나빠진 적이 있어서 그린다가 좀처럼 술을 내어 주지 않는 게 유일한 불만이란다.

그가 세심하게 솜씨를 발휘한 세공품들은 대부분이 마을 안에서만 사용된다고 했다. 아깝다는 생각이 들 수밖에 없었다.

"그래, 맞아. 이곳 부근만은, 신기하게도 균열이 발생하지 못하는 공간이 만들어졌다더군. 행상이나 사냥을 나가는 녀석들은 모두 그 지맥 위쪽으로만 잘 골라서 다닌다나."

"보통 일이 아니겠네요……."

"뭐, 10년 정도 전에는 우리도 마을을 버릴 각오를 했을 정도로 마수가 많았네그려. 도망을 칠려고 해도 마을 바깥으로 한 발자국도 못 나갔었다네. 보급선을 공격당한 기분이었지, 아마."

산의 정상에서 마신 아르고스와 함께 몽환성이 떠다녔던 시대다. 웃으며 이야기를 꺼내기조차 어려운 시기였으리라.

"……굉장히, 힘드셨겠어요……."

"이러니저러니 해도 우리 늙은이들은 스스로 선택한 삶이었다네. 하지만 우리 아들내미랑 딸내미는 그렇게 살기 싫다면서 떠나 버렸어. 아직도 돌아온 적이 없지. 불효자식들 같으니라고."

커즌즈는 자신의 공방을 바라보다가 한숨을 푹 쉬고 입을 열었다.

"……그럼, 뭐. 리토. 슬슬 가세나."

"아, 네."

가명을 부르는 소리에 리히토가 대답했다.

그들은 하루 일을 마무리 지으면 거의 매일같이 마을 안에 딱 한 군데 있는 선술집으로 모였다.

선술집이라고는 해도 특별히 금전을 주고받는 일은 거의 없다. 전부 외상으로 달아 놓고, 홀가분하게 특제 맥주와 벌꿀주를 들이켠다는 모양이다.

오늘은 리히토도 얼굴을 비추기로 한 날이었다.

고맙게도 이번에 이슈안이 회복한 것을 축하하는 파티를 열어 준다고 한다.

"……자, 그러면 경사로운 오늘을 축하하며, 건배!"

건배! 떠들썩한 목소리가 천정이 낮은 주점 여기저기에서 울려 퍼졌다.

옆에 있는 사람의 목소리도 잘 들리지 않을 정도로 대성황이다. 주점이 좁다고는 하지만 거의 가득 들어차 있다.

축하할 일이 있기도 해서 그런지 남성들의 안사람들도 다수 참석한 자리였다.

기존의 탁자만으로는 모자라서 술통까지 가져다 놓고 맥주잔을 올려 두는 형편이다. 리히토는 분위기에 기가 질려서 주점 한쪽에서 우두커니 서 있었다.

"어이, 거기서 뭐하나, 리토. 자네 술은 좀 마셨나?"

옆에서 시원스럽게 어깨를 두드린다.

"아, 아니요."

"어이쿠, 이런. 그러면 쓰나. 남자라면 쭉쭉 마셔야지, 남자라면!"

말을 건네는 남자, 분명히 사냥꾼 어빈이라고 했던 것 같다. 그는 이미 몇 번째인지 모를 건배를 선창하느라 표정이며 말투가 모두 불안불안했다.

리히토가 아무리 사양해도 개의치 않는 모습을 봐선 두주불사하는 술꾼이 틀림없었다.

'난감하네.'

이쪽은 겨우 열일곱. 아무래도 미성년자로서 술을 마신다는 죄악감을 떨치지 못하고, 처음 받았던 맥주 한 잔도 비우지 않은 채 멋쩍게 웃으며 얼버무리고 있는 데키스기 군이다.

"일단 마셔. 자네도 축하해야 되지 않겠어? 자, 자!"

"앗."

이런. 벌컥벌컥, 한가득.

"그렇지?"

"아하하하……."

컵을 쥔 손으로 술이 흘러넘쳤는데도 리히토는 힘겹게 웃어 보일 수밖에 없었다.

선술집의 내부는 여기도 저기도 모두 흥겨워하는 사람으로 가득하다.

"고맙습니다……."

"그래, 그렇게 마시는 거야. 아니면, 뭐냐. 소중한 이슈아 짱은 뭘 하고 있을지 걱정돼서 진정이 안 되는 거냐? 응?"

그때였다. 입구의 문이 종소리를 울리며 활짝 열렸다.

출입문 쪽을 돌아본 리히토는 너무나도 놀란 나머지 자신의 눈을 의심했다.

"자, 다들 여기 좀 봐요! 주인공 등장이오!"

"……저, 저기. 너무 밀지 좀 말라니까……."

"어머, 어머. 무슨 소리니, 이제 와서! 어깨 쭉 피고! 야무지게!"

──젊은 여자아이가, 새로이 가게로 들어왔다.

이름은 아마도, 이슈안 트롤이리라. 그린다를 비롯하여 다른 여성들에게 등 떠밀려서 가게 안으로 걸어 들어온다.

자신이 없는 이유는 얼굴은 맞아도 복장이 믿기지 않았기 때문이다.

세상에나. 가슴께 아래에서 주름지는 형태의 붉고 흰 색조를 띤 레이어드 원피스에 더해서, 불룩한 소맷자락에 새하얀 자수를 수놓은 블라우스 차림이라니.

어빈이 쾌활하게 손을 흔들었다.

"여~ 건강해져서 다행이야, 이슈아 짱. 꽤 오래 누워 있었다면서?"

"……하아, 그때는 신세 많이……."

"주역의 등장을 축하하며, 건배!"

또다시 건배의 목소리가 여기저기서 메아리친다.

이슈아 짱이라니, 역시 이슈안을 가리키는 거겠지. 이슈안은 안으로 들어오고 나서 줄곧 붉은 스커트 차림으로, 에이프런 드레스 차림으로 몹시 안절부절 주변을 둘러보다가 드디어 한쪽 구석에 있었던 리히토를 찾아내는 데 성공했다.

"……리히토……."

"이슈안……."

부끄러움을 감추지 못하고 주저주저하면서 이리로 다가온다.

가까이에서 보고 확신했다. 어떻게 봐도 이슈안이다. 그리고 어떻게 봐도 여자아이였다.

"…………뭐라고 해야 되지. 그러니까……."

"뻔한 위로는 필요 없어. 그린다 아줌마가 빌려준 옷이 이거밖에 없었단 말이야……."

이슈안이 어깨를 축 늘어뜨리고 고개 숙였다.

하지만 그렇게 볼품없지는 않다고 할까, 오히려 예쁘장하다는 감상이 떠올랐다. 작은 체형에 소박하고 귀여운 의복이 정말로 잘 어울린다. 이슈안에게 미안해져서 곧장 마음속 깊은 곳에다 던져 놓았지만.

왠지 한 잔도 마시지 않았는데 얼굴이 뜨거워진 느낌이 들어서 열심히 다른 화젯거리를 찾는다.

일단 컵을 탁자에 내려놓고 손을 닦았다.

"……어쨌든 말이야, 좋은 사람들이라 다행이야. 여기 마을 사람들. 큰일 날 뻔했는데 덕분에 무사했고."

"너무 좋아서 바보가 아닌가 싶을 정도라고."

"끙. 선의로 도와주셨는데 그런 말 하면 안 되지."

"선의라는 말로 넘겨도 되겠어? 정말로?"

이슈안은 원망스러운 기색으로 리히토를 올려다본다. 그렇게 눈을 치켜뜨는 모습도 지금은 귀엽게만 보인다.

"혹시 내가 말을 잘못한 거야?"

"너는 몰라서 그래. 녀석들이……. 으으, 이제 됐어. 일단 마실래. 빨리 술이라도 마셔 놓지 않으면 저건 못 버틴다고!"

이슈안은 갑자기 탁자에 놓인 리히토의 컵을 끌어당겼다.

역시 파나케이아 사람답다. 금주, 금연이라는 법률도 이곳에는 없다.

"몸 생각하면서 적당히 마셔. 나은지 얼마 되지도 않았잖아."

"네가 시누이냐?"

"이~슈~아!"

밝은 목소리가 들려왔다. 이슈안이 못내 아쉬워하면서 입에 묻은 맥주 거품을 닦았다.

마을의 부인들이었다. 생글생글 만면에 웃음을 띠고 가까이 온다.

"자, 오늘이야말로 꼭 좀 들려줬으면 좋겠는데."

"무, 무슨 얘긴지 모르겠는걸."

"또~ 이런다. 솔직히 말해 줘야 우리도 마음의 준비를 하지. 마을이 이런 곳에 있으니까 가끔씩 비슷한 아이들이 오거든. 괜찮아. 무슨 일이 있어도 두 사람을 응원하는 마음은 변함없으니까! 이건 오해하지 말아 줘."

"응원?"

리히토가 중얼거리자 나이 지긋한 부인들이 일제히 리히토를 돌아봤다. 자신도 모르게 입을 다물었다.

"물론 그쪽이 먼저 말해 줘도 괜찮아요, 리토 군."

"아? 네?"

"그게 신사적일 수도 있겠죠? 그래, 여자애한테만 떠넘기면 가엾잖아요."

"맞아, 맞아" 하는 찬동의 목소리가 들려온다.

무슨 말인지 정말로 이해가 되지 않았다. 부인들은 진지한 얼굴로 말을 이었다.

"그러니까 결국은 집안 사람들한테 반대당한 거죠? 당신하고 이슈아 짱. 결혼을 반대한 집은 어느 쪽이에요? 아니면 둘 다? 한쪽이 외국인이면 어렵긴 하겠네."

──거인이 휘두른 곤봉에 뒤통수를 얻어맞은 듯한 충격이었다.

"겨……."

결혼.

사랑의 도피.

젊은 남녀가 손을 맞잡고. 허락되지 않는 사랑을 위해서.

'나하고.'

함께 여행을 계속한 파트너.

'이슈안.'

말없이 옆을 쳐다봤다.

이슈안의 뚱한 얼굴이 더할 나위 없이 붉게 물들어 있었다.

뒤이어 리히토도 화르륵 뺨이 달아오른다.

'…………우와, 왜 이러지.'

<u>스스로도 어찌할 수가 없었다.</u>

이슈안이 했던 말의 의미를 이제야 알 수 있었다. 힐데 마을의 주민들이 굉장히 친절했던 이유는 리히토와 이슈안을 평범한 여행자가 아니라 부모의 반대를 무릅쓰고 사랑을 이루기 위해서 산으로 도망쳐 온 커플이라고 생각했기 때문이었다.

그런 것도 알아차리지 못하고 태연하게 웃기나 했던 자신은…… 정말로 바보다.

"아하하. 쑥스러워하는 것 좀 봐. 부끄러워하지 말아요. 잘 어울려, 두 사람."

"맞아, 맞아요. 여신님이 반대하셔도 우리는 응원할게요!"

"아뇨, 죄송합니다. 정말로 저희는 그런 게 아니라요!"

오해를 풀려고 황급히 입을 열었다.

"또 그런다."

"오해예요. 아니에요, 전혀!"

"하지만."

"그런 거 아니에요. 진짜로요. 정말로 정말로요. 정말 아니라니까요!!"

퍼뜩 정신을 차리고 보니.

리히토는 손바닥으로 탁자를 쾅쾅 두드리면서 흡사 화를 내는 것처럼 소리치고 있었다.

주점 안이 갑자기 싸늘하리만큼 조용해진다.

놀란 나머지 입을 헤 벌리는 부인들, 그리고 마을 사람들의 모습이 보였다.

"······아, 그러면······."

"두 사람은 어째서 이런 높은 데까지 온 거예요······?"

아차 싶었다.

"이 앞에는 '벌레의 구멍'밖에 없는데······."

술렁술렁, 당황스러움과 의혹 어린 분위기가 들어차기 시작하는 것을 분명히 알 수 있었다. 이대로는 불신감이 격화되어 수습이 되지 않는다.

"아니, 그게, 저는······."

실은 자신이 오영웅의 한 사람, 《용사》 리히토이고 산꼭대기에 있는 마신을 재봉인하러 왔다고 이제 와서 말해도 괜찮은 걸까? 의문의 눈초리로 가득 찬 이런 곳에서?

"어휴, 리 군도 참. 다들 깜짝 놀랐잖아."

옆에 있던 이슈안이 갑자기 리히토의 팔에 달라붙었다.

"성실한 건 좋은데 그만큼 고지식해요. 그래도요, 저랑 같이 있을 땐 얼마나 상냥한지 몰라요!"

"어머나~ 그렇구나. 그렇게 부끄러웠구나."

"후후후. 정말로 굉장히 멋진 사람이에요. 그런데 우리 아빠는 어떻게 그런 짓을…… 흑흑."

"이런. 울지 말렴, 이슈아 짱."

활짝 웃으며 애교를 부리나 싶더니, 갑자기 얼굴을 흐리고 울먹이기까지 한다.

"리 군."

"네, 넷!"

"나 조금 피곤한 것 같아……."

그러면 안 되지. 마을 사람들이 위로의 말을 건넨다.

"리토 군. 자, 멍하니 있지 말고. 집까지 바래다줘요."

"제, 제가요?"

"그럼 너 말고 누가 있겠냐? 정신 차려, 이제 곧 신랑이잖아."

이슈안은 리히토에게 달라붙어서 떨어지려고 하질 않는다.

"조금만 힘내, 이슈아 짱. 사랑하는 사람이랑 같이 있잖아!"

"우리들이 곁에서 응원할 테니까!"

"고맙습니다, 아주머니……. 기뻐요……."

그렇게 이슈안과 팔짱을 낀 채 주점 바깥으로 나왔다.

비틀비틀 서먹서먹, 같은 자세로 열 걸음 정도 함께 걸어간 직후, 두 사람은 일제히 주저앉았다.

"⋯⋯⋯⋯⋯⋯⋯⋯⋯⋯⋯⋯⋯⋯⋯⋯⋯흐아."

"⋯⋯⋯⋯⋯⋯⋯⋯피곤하다."

"⋯⋯⋯⋯너 때문에 이게 무슨 꼴이야."

"그건 내가 할 말이지⋯⋯. 갑자기 그렇게."

"그럼 어떻게 하는 게 좋았겠어?"

얼굴을 들이대고 묻는 통에 리히토는 당황해서 입을 다물 수밖에 없었다.

갑자기 식은땀이 흘러나오는 것 같다.

"⋯⋯계속 저랬어? 그러니까⋯⋯."

"그래, 맞아. 눈을 떴을 때부터 저 사람들이 하는 말은 항상 똑같았다고. 바뀌질 않아. 부모한테 결혼 반대당해서 고민하다가 동반 자살 할 각오로 도망쳐 온 커플인 줄 알더라니까."

"⋯⋯몰랐어, 그런 줄은⋯⋯."

머리가 찔끔찔끔하다.

"어떡하지. 빨리 떠나는 게 좋을까?"

"나도 그렇게 생각하지만⋯⋯."

웬일로 이슈안이 머뭇머뭇하며 말했다.

"왜 그래?"

"문제는 체력이야. 분하지만 지금 내 상태로 아르고스가 있는 곳으로 가 봤자 솔직히 말해서 짐밖에 되지 않을 거야. 시간을 손해 보는 건 알겠지만 회복할 시간이 필요해. 조금만이라도 괜찮아."

"그렇구나⋯⋯."

"나 때문에 이렇게 돼서 미안."

병상에서 막 일어난 지금은 잠시나마 이 마을에 머물러 있는 편이 현명할지도 모르겠다.

둘이서 연인 행세를 하면서.

"……뭐, 일단은 네가 괜찮다고 할 때의 이야기지만. 그게, 틀림없이 불쾌한 경험을 할 테니까……."

"그렇지 않아!"

반사적으로 대답하자 이슈안이 깜짝 놀라 고개를 들었다. 자신도 깜짝 놀랐다.

이곳에 있는 사람은 검도 무기도 지니지 않은 소년과 소녀였다. 가로막는 것도, 변명거리도 아무것도 없었다.

자신은 이슈안 트롤이라는 여자아이를 의식하고 있었다. 그리고 이슈안 또한 비슷한 정도로 아이카와 리히토라는 남자아이를 의식하고 있었다. 그것을 알고 말았다.

이슈안은 아무 말도 없다. 달빛에 비추인 뺨이 붉게 물들었다.

"불쾌하다니, 그럴 리가 없잖아. 그냥 나는 폐가 되지 않을까 싶어서, 그러니까."

아아, 아니야. 이게 아니야. 이런 말을 하고 싶은 게 아니야.

섣불리 입을 놀렸다간 미움받을지도 모른다. 그렇게 생각하고 있었기에 줄곧 똑바로 말하지 못하고 피해 왔지만. 하지만 그게 아니라.

내가 진짜 하고 싶은 말은.

"……굉장히, 예뻐. 그 모습."

네가 눈을 떠 주었을 때 정말로 정말로 기뻤어.

잃어버린다고 생각하면 심장이 멎어 버릴 만큼.

"정말로?"

"거짓말이면 바늘 천 개 먹을게."

"……잘 모르겠다니까, 그런 말은."

한숨을 쉬는 것처럼 이슈안이 중얼거렸다. 그래도 괜찮아, 좋아하니까.

서로에게 서툴기만 한 두 사람은 쪼그려 앉은 채 두 손을 맞잡는다. 잠시간 붙잡은 손을 바라보기만 하면서 시간을 흘려보냈다. 하지만 딱 한 번 눈을 마주쳐 버리면 거기까지다. 누가 먼저 다가갔는지도 모르겠다. 그대로 입술을 겹쳤다.

'조금씩 알아 가면 된다고 하셨죠. 아이네 씨.'

파트너로서의 이슈안이 아닌, 이성으로서의 연인.

처음에는 동료이자 모험의 선배로. 하이달을 잇는 두 번째 파티 멤버였다.

─바보구나, 이 꼬맹이 녀석.

저런 말을 버릇처럼 했다. 비슷한 나이였는데 10센티미터 하고도 5밀리미터 차이 나는 신장 때문에 심하게 놀림받기도 했던 것 같다.

하지만 여자아이라는 사실을 알고 난 뒤부터는 기울어지는 마음을 억누를 수가 없었다.

지금 품은 마음에 이름을 붙인다면 무엇이 좋을까. 가만히 떠올려 본다. 그녀가 사랑스럽다. 그리고 귀엽다. 아마도 이런 감정에 어울리는 이름이 아닐까.

♋

"……여어! 잘 지내나, 젊은 친구!"

마을 안을 걷다가 사냥꾼 어빈과 마주쳤다.

"안녕하세요! 뭐 좀 도와 드릴까요?"

"괜찮아, 괜찮아. 지금은 아가씨 옆에 있어 주라고."

"아주머니들 모임에 가 버려서 지금은 얼씬도 못해요."

"거참, 안됐네. 거긴 무시무시하지. 뭣하면 이쪽 일 좀 거들어 주겠나?"

"물론이죠."

그런 인연으로 시시한 잡담을 주고받으며 어빈의 집에서 장작을 패기도 하고, 또 다른 곳에서는 빗물이 새어 들어오는 구멍을 떼우려고 흠칫흠칫 지붕에 올라가기도 했다.

한 바퀴 쭉 돌면서 일을 거들고, 답례로 훈제 고기를 받아 귀로에 오른다.

이슈안 트롤이 회복되기를 기다리는 동안 리히토는 리히토대로 할 일이 없었던 탓에, 이제는 각 가정을 돌아다니면서 허드렛일을 돕는 일이 무척 익숙해진 상태였다.

한편 이슈안은 무엇을 하고 있느냐 하면, 오늘은 마을의 여성들과 함께 우물가 일을 도와주러 갔다.

예의 붉은 스커트에 에이프런을 차려입고 지면에 앉아서 대야에 가득 찬 감자와 고구마의 껍질을 벗기고 있다.

가까이 다가가면서 눈을 마주치자 이슈안이 기쁜 듯이 미소 지었다.

"여어, 리히토."

"······안 쉬어도 괜찮아?"

"이 정도는 해야지. 안 그러면 오히려 몸이 굳어."

"그거, 오늘 저녁 식사거리야?"

"아마도. 그런다가 잘하는 요리래. 나는 잘 모르겠지만."

"맛있겠다."

"내가 실수만 안 하면."

이슈안이 다시 웃었다.

"다행이다. 이대로라면 금방 예전처럼 되겠어."

"······안 돼에에엣! 안 돼. 그러면 안 돼! 아직 안 돼!"

주변의 여성들 쪽에서 새된 목소리가 터져 나왔다.

"여자애한테 부담 주면 안 돼요. 이제 막 나았는데 무리하다간 큰일 난다니까! 알았어요!?"

"아, 네······."

소란스럽게 안 된다고 안 된다고 열을 내더니, 끝내는 이슈안이 벗기던 감자와 칼까지 빼앗아 대야를 들고 일어선다.

"일단은 안정이 우선이야."

"뭣하면 평생 여기 있어도 되니까."

"잘 이야기해 봐. 살아있으면 어떻게든 되는 법이야."

저런 말을 늘어놓으면서 후다닥 떠나가 버렸다.

남겨진 사람은 일거리를 빼앗기고 어리둥절해하는 이슈안과 리히토뿐이다.

"······뭐였지?"

"상당히 걱정해 주는 것 같네······."

달리 할 말이 없었다. 이대로 한 걸음만 밖으로 나가면 곧장 '벌레의 구멍'을 향해 달려가서 동반 자살이라도 하지 않을까, 생각하는지도 모르겠다.

이렇게 되면 정말로 떠나야 할 때를 상상해 보고 싶어질 정도다. 하늘과 땅이 뒤집힐 기세로 큰 소동이 벌어질 듯싶다.

"……그런다도 그렇고 저 사람들이 지나치게 걱정하는 이유는 자신들도 비슷한 경험을 했기 때문이야."

"어?"

이슈안이 불쑥 중얼거렸다.

"이 마을의 절반은 죽을 생각으로 아마트 산에 헤매 들어온 사람이라고 그런다가 그랬어. 진짜로 사랑을 못 이룬 사람들도 있고, 아이를 키우지 못하게 된 사람, 왕의 명령을 등지고 마신 토벌 부대에서 도망친 병사까지. 나머지 절반은 그런 사람들의 자손."

처음 듣는 이야기였다.

"그거 진짜야?"

"응. 그래서 여기는 앞으로도 계속 지도에 실리지 않은 숨겨진 마을이어야 한대. 헤매 들어온 사람이라도 아무 조건 없이 받아들이기 위해서."

"그랬구나……. 몰랐어."

"나도 알고 싶진 않았다고. 근데 뭐랄까, 우리가 나가자마자 엄청난 소동이 벌어질 것 같단 말이지……."

아아, 이슈안. 뭘 걱정하는지 나도 잘 알아.

리히토는 한숨을 내쉬며 이슈안의 곁에 앉았다.

"이거, 아까 어빈 씨 도와 드리고 받았어."

"고, 고기."

"미안. 거절 못하겠더라."

"바보 녀석. 괜히 정붙였다가 나중에 어쩌려고."

"정말 미안."

"떠나기가 더 어려워지잖아."

그렇게 말은 하지만, 이슈안도 리히토가 모르는 중요한 이야기를 여성들로부터 들어 버렸지 않은가.

"……아예 여기서 살까?"

"리히토!"

"농담이지만."

지금은 아직 농담으로 그칠 뿐이다. 지금은, 아직.

이런 때의, 이전보다 주먹 하나 정도만 가까워져 있는 거리는 서로가 확인한 마음의 거리감이었다. 직접적으로 뜻을 확인해 보지는 않았지만, 분명 마음이 편안해지는 장소였기에.

모조리 다 잊어버리고, 방금 전보다 애타게 매달려 보고도 싶어졌지만.

"……우리는 지금 휴식을 취하고 힘을 모으고 있을 뿐이야. 목적을 잊어버리진 않았어."

마치 변명을 하듯이 되풀이한다. 그만큼 가책이 느껴졌기 때문인지도 모르겠다.

"그러고 보니, 이슈안. 조만간에 여기서 축제를 한다던데 들었어?"

"아, 들었고말고. 다들 내가 입을 옷까지 만들어 준다고, 말려도 소용이 없어."

"와, 좋겠다. 보고 싶어."

"진짜로!?"

뜻밖에도 이슈안의 의외의 반응을 보였다. 이쪽을 뚫어져라 쳐다보다가 갑자기 얼굴을 확 붉힌다.

"왜, 그래?"

"…………아니, 어차피 대단한 일도 아니잖아. 괜히 기대해 봤자 실망만 할 거야. 응."

진땀을 줄줄 흘릴 기세로 변명을 늘어놓는 이슈안을 보고 있자니, 리히토에게도 시련이 닥친다.

"야, 인마. 웃지 마!"

"……웃긴, 누가 웃어."

설령 고개 숙이고 어깨를 부들거리는지라 웃는 것으로밖에 보이지 않는다 해도.

"제길. 바보 리히토."

"미안."

"육포 먹고 숨이나 막혀라."

리히토는 잠시 동안 그렇게 어여쁜 연인의 곁에 머물렀다. 자연스럽게 오른손이 맞닿았기에 그 손을 마주 잡았다.

작은 벽촌에서 올려다보는 하늘은 무척 맑고 아름다웠다.

"……이봐, 리히토."

"응?"

이슈안이 말했다.

"혹시 처음부터 제대로 여자였다면 어떻게 됐을까?"

"무슨 말이야?"

"예를 들면, 음. 세상에는 위기 같은 거 닥치지도 않았고, 나한테 부모님이 살아 계시고, 도적 같은 게 아니라 농장의 딸내미라든지. 평소에도 스커트 차림이고, 그러다가 너랑 만나는 거야."

"위기가 없다……. 마신이 없다는 뜻이네?"

"맞아."

"미안……. 그랬으면 나는 아마 여기로 소환되지도 않았어……."

"아."

이제야 깨달았는지 이슈안이 중얼거렸다.

"아아, 그렇구나……. 그렇겠구나……."

"평범하게 만났으면 어땠을까……. 나도 생각은 했었어."

리히토가 이세계 파나케이아로 소환되지도 않았고, 평범하게 초등학생으로 살아가고, 여름 방학에 시민 수영장에서 돌아오다가 이슈안과 만난다.

──어떻게 하면 그런 일이 일어날 수 있을지, 전혀 상상도 되지 않지만.

"조금 무리가 있지……."

"응."

아마도 그런 꿈같은 이야기에 마음이 쏠릴 만큼 지금의 상태가 이제까지와는 너무나도 다르다는 의미이리라. 두 사람은 몹시도 특별한, 신의 변덕으로 주어진 듯한 공간에 들어와 있다.

빨리 지나가야 하는데도 불구하고 그러기가 아쉬워지는 마음 또한 진실이어서.

"전에 말야. 네가 나한테 이랬어. 자신이 세계를 구원한 의미는 어디에 있냐고."

"어?"

깜짝 놀랐다. 그런 하소연, 틀림없이 흘려들었을 거라고만 생각했는데.

"아, 그건……."

"그때부터 계속, 나도 고민했었어. 고민하고 또 고민하고……. 정말로 많이 고민해 봤지만……. 미안. 아마도 그건 내 입으로 말해도 전해지지 않을 거야. 그러니까 지금은 다른 이유를 말해 주겠어. 잘 들어. 마신 아르고스가 나타나서 세상을 엉망진창으로 만들어. 성검을 든 구세주가 그놈을 쓰러트리고 세상을 구원해. 하지만 또 나타나서 또 쓰러트리러 가. 반복돼. 하지만, 이런 엉망진창인 세계에도 의미는 있어. 왜냐면 마신 아르고스가 없었더라면 네가 이 세계로 찾아오지도 않았을 거고, 나는 너랑 만나지 못했을 테니까."

리히토는 이슈안을 돌아봤다.

조금 울먹이는 얼굴이었다. 하지만 리히토를 똑바로 마주 봐 주고 있다.

"너무 이기적인 이유야. 나한테만 의미 있는 이유."

리히토는 고개를 옆으로 저었다. 그렇지 않아, 하고 중얼거렸다. 가느다란 목소리로.

이슈안의 마음 씀씀이가 기뻤다. 나를 생각해 주고 있구나, 싶어서 기뻤다.

자신마저도 울어 버릴 것만 같았기에 그 이상의 마음은 맞잡은 오른손을 통해서 전해지기를 기원했다.

온 마음을 끌어모아서, 바랐다.

설령 그것이 자신이 품은 본래의 뜻으로 전해지지 않는다 하여도.

♋

"······힘드러."

"참아요."

"죽겠어."

"왜 자꾸 투덜투덜하는지 모르겠네. 이렇게 예쁘게 차려입고서."

"아니, 진짜로 이거 숨 막······. 으엑."

도대체 무슨 일이 벌어지고 있느냐는 의문이 샘솟았다.

축제 당일. 리히토는 커즌즈의 집 2층, 꽉 닫힌 객실 문 앞에서 왔다 갔다 하는 중이다. 안쪽에서는 이슈안이 고문을 받는 게 아닌가 싶을 정도로 연달아 비명 소리를 내지른다.

"자, 숨 들이켜고."

"으아아아아아아아아아아아악."

정말로 괜찮은 건가요.

병상에서 막 일어난 이슈안을 걱정한 나머지 리히토가 살짝 문을 열어 보려고 한 때였다.

까강, 파파팍!

그 순간, 문을 향해서 금속제 빗과 비녀가 잇따라 날아왔다. 리히토의 머리카락을 몇 가닥 베어 떨구고 전부 복도의 기둥으로 꽂혀 들었다.

"……훔쳐보면, 안 돼."

여성의 낮은 목소리가 여럿, 문틈으로 들려왔다. 리히토는 꼿꼿이 못 박혀 선 채로 꼼짝도 하지 못하고, 힘겹게 고개를 끄덕일 수밖에 없었다.

우로 돌아서 방으로부터 멀어진다.

"자, 한 번 더."

"으허어어어어어어억."

몰랐다. 축제는 무서운 거구나.

힐데 마을의 축제는 모두가 준비에 나서면서 시작됐다. 리히토는 남성 일손 하나로, 회장을 설치하는 데 차출됐다.

중앙 광장에 몇 개나 되는 기둥을 올리기 위해서 밧줄을 감고, 당기고, 고정시키고, 참가해 보니 제법 바빴다.

"……뭐, 이런 일은 끝나고 나서 마시는 한 잔을 위해 하는 거다."

"아무렴."

"그런 건가요?"

"그런 거다. 자, 가자고."

커즌즈와 어빈 등등 사람들 틈에 섞여서 하나둘 구령을 따라 밧줄을 당긴다. 지금 막 세 번째 기둥이 지면과 수직으로 솟아올랐다.

"저기…… 커즌즈 씨. 이거 어떤 의미가 있는 건가요?"

리히토가 물었다.

세워 놓은 기둥은 이음매 없는 통나무의 껍질을 벗겨 만들었는데, 여기저기 조각도 새겨져 있었고 몹시 중요한 역할을 하는 것으로 짐작됐다. 그렇다고 해서 무언가를 건설하기 위한 재료로 쓰지도 않는 듯싶었다.

커즌즈는 나무망치로 밧줄을 고정시키면서 이쪽을 힐끗 보고 말했다.

"앞으로 두 개 더 남았다네. 이제 알겠지?"

아니, 모르겠다니까요.

하지만 커즌즈는 또다시 자기 일에 집중해 버렸다. 장인 기질이 있는 남자는 다들 이런가 보다. 좀 더 자세히 물어보고 싶었지만 도저히 그럴 만한 분위기가 아니다.

수수께끼의 기둥 세우기를 모두 마치자, 여성진이 나와서 세세한 장식을 하기 시작한다. 이번에는 선술집의 탁자와 의자를 광장으로 모두 꺼내오라는 지시가 내려졌다.

리히토는 소매를 걷어붙이고 달려 나갔다.

그렇게 동분서주 바삐 뛰어다니며 회장을 만들다가, 정신을 차리고 보니 해 질 녘이 가까워진 시간이었다. 그 시점에서 일단 집으로 돌아가라며 휴식 시간을 받았다.

"……어, 그래도 되나요?"

"그런 꼴을 해선 축제고 뭐고 없잖냐."

"아."

납득했다. 땀과 먼지투성이인 자신. 이러고 사람들 틈으로 끼면 옆에서 얼굴을 찡그릴 듯하다.

"얼굴 씻고 올게요."

"옷도 갈아입고. 안사람이 준비했을 게다."

"알겠습니다!"

커즈즈의 충고를 따라서 서둘러 달려 나갔다.

이미 회장으로 마을 사람들이 모여들기 시작한 모양이었다.

부부의 집으로 돌아와 세면소에서 얼굴과 손을 씻었다. 커즈즈에게 들은 말을 떠올리고, 잠시 머무르는 중인 2층 객실의 복도로 향했다.

"이슈안? 있어?"

대답이 없다. 이미 방에서 나온 듯했다. 곧장 옆쪽에 위치한 자신의 방으로 향한다.

역시 그곳에는 새로 지은 옷이 걸려 있었다. 축제 의상인가 보다.

항상 걸치고 다녔던 코트를 두고 가려니 조금 걸리긴 했지만, 고마운 호의에 보답하기 위해서라도 입어 보기로 했다.

집에서 나올 무렵에는 리히토와 비슷한 차림의 마을 사람들이 광장을 향해 걸어가는 모습이 보였다. 평소보다 신경 써서 치장한 여성들, 광장 곳곳에 놓이는 요리, 중앙에서는 모닥불을 피우고 음악을 연주 중이다.

축제의 밤, 오늘 밤 만나는 사람 모두 아름답다고 말한 사람이 누구였더라. 국어 교과서에서 읽었던 것 같은데.

모닥불의 빛을 받아서 통나무 기둥이 침떠오른다. 그 주변에서 한껏 차려입은 마을 사람들이 춤추고 있다. 이러한 광경도 분명 의도된 결과이리라.

"굉장하다……."

일본의 봉오도리[1]와는 또 다른 박력에 무심코 혼잣말이 나와 버렸다.

그저 가만히 천연의 무대를 바라보고만 있었지만, 조금 뒤에는 정말 놀라고 말았다.

다섯 개의 기둥 주변에서 춤추던 마을 사람들이 어떤 신호도 없이 좌우로 갈라졌다. 그리고 기둥 저편으로부터 기다란 베일을 늘어뜨린 소녀가 꽃을 흩뿌리며 등장했다.

'아……. 이슈안이다.'

베일부터 드레스는 물론 구두까지 모두 하얀색 복장이었다. 얼핏 아무 장식도 되어 있지 않은 듯 보이는 옷감이었지만, 모닥불의 불빛이 닿는 각도에 따라서 역시 순백의 명주실로 수놓은 자수가 또렷이 두드러진다. 정신이 아찔해질 정도로 인상적인 장치였다.

이슈안은 긴장되는지 딱딱한 얼굴로 한 걸음 한 걸음 조심조심 걸어 나갔다. 바구니의 꽃을 좌우로 차례차례 흩뿌리면서 다섯 개의 기둥 주변을 일주했다.

그리고,

"오늘이란 기쁜 날을 찬양하라. 용기 있는 자들에게 축복의 무도(舞蹈)를. 행복 있으라."

---

1 봉오도리(盆踊り): 음력 7월 15일 밤에 남녀들이 모여서 추는 윤무(輪舞).

딱딱한 목소리로 그렇게 말하자 쥐 죽은 듯 고요했던 장내가 또다시 끓어올랐다.

"자, 여신께서 축복을 내리셨다."

"찬양하라, 노래하라!"

누군가가 연달아 외쳤다. 지금까지보다 더한 기세로 사람들이 춤의 대열로 뛰어들었고, 악기의 음색이 드높이 울려 퍼진다.

리히토는 이슈안과 이야기하고 싶었다. 춤추는 마을 사람들과 부딪히지 않도록 빙 돌아서 이슈안을 찾았다.

"리히토!"

찾아다니던 도중, 뒤쪽으로부터 목소리가 들려왔다. 이슈안도 역시 리히토를 찾아다닌 모양이었다.

"이슈안!"

황급히 발길을 돌렸다. 너무 서두르느라 넘어질 뻔하면서도 하얀 베일의 소녀를 향해서 달려갔다.

"괜찮아?"

"멀쩡해. 그나저나 깜짝 놀랐어······."

새삼스럽게 이슈안과 마주 선다.

여기까지 달려오느라 머리의 베일이 주글주글 흐트러졌다. 그런 것도 신경 쓰이지 않을 정도로, 새하얀 이슈안은 주변으로부터 확연히 도드라져 보였다.

"······그렇게, 빤히, 보지 마."

"신기해서."

"신기해서 미안하다."

그런 의미로 한 말이 아닌데.

"저렇게 나올 거면 미리 말 좀 해 주지 그랬어."

"이렇게 놀릴 테니까 안 알려 준 거야. 그린다 아줌마가 억지로……."

"예뻐."

더더욱, 깜짝 놀란 고양이처럼 눈을 크게 떴다.

"뭐, 뭐하고?"

"예뻐. 정말."

꺄악, 이슈안이 소리쳤다. 맨살을 드러낸 어깨와 위팔을 끌어안고, 얼굴을 빨갛게 물들이며 반걸음 물러난다.

"그런 불한당 같은 말 쓰지 마!"

"언제부터 예쁘다가 불한당이 쓰는 말이 된 걸까……."

"아무튼 하지 마! 이 뻔뻔한 모범생 자식이!"

버럭버럭 소리를 지르는데, 오히려 찔러 보고 싶어져서 견딜 수가 없다. 이것도 괴롭힘에 속하는 걸까.

시험 삼아서 이래 보면 어떨까.

"이슈안."

"왜."

"정말 좋아해."

"……!"

그녀는 새빨개진 얼굴로 말을 잃었다. 과연, 이렇게 되는구나.

이슈안은 거의 호흡 곤란 수준으로 거칠게 숨을 몰아쉬다가 눈물 어린 눈으로 이쪽을 쏘아본다.

"……이제 됐어. 너 같은 악당한테는 안 알려 줄 거야!"

"응? 뭔데?"

"이 축제의 의미. 어차피 못 들었을 테니까 알려 주려고 했는데."

"그게 뭐야? 몰라. 알려 줘."

"난 몰라. 어디 아저씨나 붙잡고 물어보든가."

그렇게 말하고 손가락을 들어 탁자에 둘러앉아 기세 좋게 먹고 마시는 사람들을 가리킨다.

"……이슈안. 내가 사과할게."

"빨리 안 움직일래!"

리히토는 한숨을 쉬었다.

하는 수 없이 리히토는 뾰로통한 모습의 이슈안을 뒤로하고, 마침 눈에 띈 주정뱅이 아저씨—— 어빈 씨를 향해서 다가갔다.

"……안녕하세요."

"오오, 리히토잖아. 뭣 좀 먹었나?"

매우 기분 좋아 보이는 어빈 아저씨가 친애의 뜻으로 뼈째 구운 고깃덩이를 건넨다. 잠시 동안 그 자리에서 말없이 고기를 베어 물었다.

"좋아, 합격. 복스럽게 먹는구먼."

"……감사합니다. 그래서 말인데요."

"……그나저나 잘~ 봤나? 예쁘더라. 이슈아 짱. 이야, 여신님이 강림하신 줄 알았다니까. 저렇게 예쁜 신부를 얻다니 행복하겠어, 자네. 우리 마누라는 건방진 데다가 배불뚝이에……."

아저씨다운 넋두리와 흥보기가 한동안 이어진다.

리히토는 이야기가 잠시 멈춘 틈을 타서 억지로 끼어들었다. 거의 강매에 나선 영업 사원 같은 기세였다.

"그래서 말인데요, 어빈 씨. 뭐 좀 여쭤 보고 싶은데 괜찮으세요?"

"응?"

"이 축제는 도대체 무슨 목적으로 하는 건가요?"

그러자 어빈은 예상치도 못한 질문이었는지, 알코올로 충혈된 눈을 끔뻑거렸다.

"무슨 목적이냐니······. 그거야, 뭐냐, 저기 기둥 다섯 개 서 있는 걸 보면 알잖냐."

"······멍청해서 죄송합니다. 모르겠어요."

"모르겠다고? 그러고 보니 자네 외국에서 태어났다고 했었지. 그럼 별수 없나. 저 녀석들도 정말 눈치가 없구먼."

무슨 말인지 이해가 되지 않았지만 아무래도 윌타미아에서는 유명한 축제인가 보다. 그리고 다른 나라에서는 그닥 알려지지 않았을 가능성도 있어 보인다.

"잘 들어, 리토. 귀 쫑긋 세우고 잘 들으라고. 이 나라에선 말야, 절대로 잊어선 안 되는, 엄청나게 위대한 분들이 계신다 이거야. 그분들이 안 계셨으면 지금 이 순간도 없어. 그만큼 대단한 분들이야. 이름은 하이달 윌······."

이슈안 트롤.

라나 에른.

리히토 아이카와.

그리고 하기리.

마치 찬양하듯이, 음미하듯이 낭랑하게.

"다섯 명의 영웅. 다섯 개의 공적. 이곳에 있는 기둥 다섯 개는 오 영웅에게 바치는 감사의 증표라더군."

기둥 앞에서 사람들이 춤추고 있었다. 기쁘게. 즐겁게.

리히토는 주변으로부터 일체의 잡음이 사라진 듯한 기분이 들었다.

"이 세상에 멸망의 위기에 처했을 때 용감하게 나타나서, 마신 아 르고스를 봉인해 줬다고. 아무리 감사를 드려도 모자랄 지경이야. 그 래서 우리 월타미아 사람들은 이렇게 지금 살아 있다고 기둥을 세워 보이는 거야. 평소에는 좀처럼 만나뵙기 힘든 분들이니까. 오영웅이 여, 당신이 구해 주신 생명이 이렇게 잘 살고 있다오. 분명히 이 땅에 서 살고 있다오."

그만해. 그만해. 그만해. 이런 데서. 주정뱅이 아저씨 앞에서 울어 서 어쩌자는 거냐.

꼴사나운 짓 하지 말라고.

"⋯⋯⋯⋯마수."

"응? 뭐라고?"

"마수, 또 나타날지도 몰라요. 또 사기에 오염당해서, 언제까지고 걱정하면서 살아야 될지도 몰라요. 이 세계는 정말로 구원받은 건 가요?"

"이놈의 자식!"

있는 힘껏 쥐어짠 허세에, 어빈이 거칠게 목소리를 높였다.

"자기는 아무것도 안 해 놓고서 잘난 척 지껄이지 마라! 그런 대사 는 진짜로 목숨을 걸어 본 녀석들만 할 수 있는 거야! 도망치지 않는 놈들만 할 수 있는 거라고! 내 말이 틀렸나!?"

"저는."

"영웅은 도망치지 않았어. 아무리 무서워도 아무리 괴로워도 마지막까지 버텼단 말이다. 우리들을 위해서 목숨을 걸어 줬단 말이다. 폭풍이나 가뭄은 어디 한두 번만 오고 끝난대냐? 그렇다 해도 그때 구해 준 녀석들의 은혜를 잊어버리는 인간이 아니란 말이다, 우리는! 깔보지 마라!"

진심으로 화를 내며 소리치는 덕분에 고개 숙일 이유가 생겼다. 죄송하다고 중얼거렸다.

"알면 됐어, 알면."

"정말, 죄송합니다……."

"애당초 나도 말이다, 이렇게 잘난 척 지껄일 처지는 아니야. 마신 토벌 때 다리가 후들거려서 도망친 놈팽이니까."

──의외의 말을 들은 것 같았다.

왕명을 거스르고 도망친 병사가 있다고, 이슈안에게서 듣긴 했었지만…….

"그래서 더더욱이다. 하지 못한 일을 해 준 녀석들 앞에선 고개를 들 수가 없어. 대단한 사람이야, 오영웅분들."

"……고맙습니다."

"엉?"

리히토는 그대로 깊숙이 머리를 숙이고, 자리를 떴다. 그렇게 하지 않으면 정말로 무언가가 무너져 버릴 것만 같았다.

떠들썩한 축제 소리가 울려 퍼지는 가운데, 다시 이슈안의 모습을 찾아다녔다.

그녀는 축제의 열기에서 떨어진 광장 구석의 그루터기에 앉아 있었다.

리히토를 쳐다보고는 여신 파나티아의 의복을 입은 리슈안이 눈으로만 살짝 웃음 지었다.

"……이유, 듣고 왔어?"

리히토는 살짝 고갯짓했다.

이건가. 이슈안이 말했던 '내 입으로 말해도 전해지지 않을 이유'란 것이……

"직접 눈으로 보니까 또 다르지. 뭐하러 이런 축제까지 하나 몰라. 쑥스럽달까, 다들 대단하기도 하고."

그렇다. 대단하다. 대단하다고 말하는 그들이 대단한 거다.

축제가 한창인 지금, 다섯 개의 기둥이 불빛에 비추이고 있다. 기둥을 향해서 수많은 마음이 전해지고 있다.

그 정도로 대단한 사람이 아니라고, 리히토가 말해 봤자 의미는 없었다. 그들로서는 세계가 멸망하지 않고 계속되고 있는 사실 자체가 기적이니까.

분명 자신은 지금 이 순간을 잊지 못하리라. 있는 힘껏 눈물을 참는 자신. 바로 곁에는 그녀가 있고. 축제 소리. 심장 소리. 어빈의 호통 소리마저도.

이슈안이 일어서서 두 손을 뻗었다. 이쪽의 머리를 가까이 당겨서 끌어안는다. 그렇게 리히토는 처음으로 마음속 깊이 울고 말았다.

세계는 6년 전에도 지금도, 끊임없이 계속되고 있다. 좋든 나쁘든 관계없이 존속되고 있었다. 다름 누구도 아닌 리히토와 동료들이 마신을 토벌했다. 그렇기에 비로소 지금 이곳에서 축제의 불꽃을 바라볼 수 있는 것이다.

싸우는 일에 분명 의미가 있었던 거다. 마신이 없었으면 만나지 못했다고, 그렇게 말해 주었던 이슈안 트롤과 비슷할 정도로······.

"이슈안."

"응.?"

"나, 마신을 쓰러트리겠어."


그렇다. 이것은 맹세의 다짐. 절대로 어겨선 안 된다. 세계를 앞으로도 존속시킨다. 내 의지와 내 손으로.

결의를 다지고, 사람들이 아직 잠들어 있는 이른 아침에 떠나기로 했다.

"준비 다 됐어?"

"응."

"몸 상태는?"

"지금은 괜찮아."

"다행이다."

서로 원래 장비를 착용하고 커즈즈의 집에서 나와 현관을 뒤로 한다.

축제의 여운이 남아 있는 동안에 편지와 사례금을 부부의 거처에 남기고 간다. 얼마나 무례하고 박정한 녀석이라고 여길지, 아무리 사과해도 모자라겠지.

"저걸로 괜찮은 걸까? 좀 더 돈이라든가, 주고 와도 됐을 텐데."

"금액을 더 늘렸다간 오히려 수상하게 생각할걸. 돈 훔치고 도망쳤다고 오해할지도."

"그렇긴 하지만……."

그럼에도 불구하고 무언가 조금이라도 더 걱정을 덜어 주고 오는 방법을 궁리했어야 됐는데. 그런 생각이 드는 까닭은 이곳의 생활에 너무 익숙해졌기 때문인지도 모르겠다.

요 며칠 동안 마치 꿈속에 있었던 기분이었다. 하지만 결코 꿈이 아니다. 많은 것을 받아 버리고 말았다. 자신의 안에 있는 진심을 알아차리고 말았다.

그렇기에 더더욱 리히토는 리히토의 꿈을 끝내야만 할 것이다. 저렇게 광장 가운데 우뚝 선 오영웅의 기둥에 부끄럽지 않도록.

"리히토."

"응. 가자, 이슈안."

그렇게 말하고 뒤돌아설 때의 얼굴은, 더 이상 연인 사이를 떠올리게 하는 표정이 아니었다. 소년이고 소녀이기 이전에 목적을 달성하기 위한 모험가의 얼굴로 돌아와 있었다.

또다시 단둘이, 산꼭대기를 향해서 걸어 나간다.

서로 묵묵히 다리를 움직였다. 마수가 출현한 때에는 협력하고, 루트를 검토할 때에는 특별히 신중하게 살폈다.

"거기, 바닥. 발 디딜 때 조심해."

"알았어."

산속에서 한 번 가수면을 취하고, 다음 날 오후 즈음해서는 6년 전의 결전지—— 아마트 산 정산 부근 가까이 도착했다.

그곳은 화산암과 얼음으로 뒤덮인, 백색과 회색의 세계다.

초목은 전혀 찾아볼 수 없었다. 시야 저편으로 벽처럼 우뚝 치솟은 급경사를 올라가면 그 아래는 아무것도 존재하지 않는 나락이 기다린다. 이른바 세계에서 가장 커다란 구멍, '벌레의 구멍'이다.

지면을 쓸어버릴 듯이 세차게 부는 바람은 차가운 정도를 넘어 아프다.

겨우 도착했다고 생각하는 동시에, 리히토는 이변을 알아차렸다.

아니, 반대다. 변하지 않았음을 알아차렸다.

"저기 좀 봐……."

"응……. 몽환성이 없어……."

이전에 찾아왔을 때에는 시야를 가득 뒤덮으며 떠다녔던 마신의 근거지가 존재하지 않았다.

봉인은 완전히 풀어졌다고 생각했었는데.

이슈안이 아무것도 없는 상공을 바라보면서 걸어 나갔다.

"대체 어떻게 된 거야……. 아직 봉인의 효력이 남아 있다는 건가……?"

리히토는 그녀의 뒤를 따라 걷는다.

보고 또 봐도 예쁜 뒷모습이었다. 곧게 뻗은 등줄기. 바람에 나부끼는 금색 머리카락. 가능하면 일분일초라도 길게 이 시간이 계속되기를 바랐다. 동시에 빨리 모든 것이 끝나 버리기를 바라는 자신도 있었다.

그리고 어느 일정 지점까지 온 시점에서, 리히토는 그녀와 그림자가 겹칠 정도로 몸을 밀착시켰다.

"아……."

이슈안의 놀란 목소리가 바로 곁에서 울린다. 사랑스러운 연인의 목소리.

"어째…… 서……."

뒤쪽의 리히토는 가능한 한 냉정한 목소리로 중얼거렸다.

"……이게 옳아. 아마도."

스르륵. 그녀의 심장을 꿰뚫은 성검을 뽑아냈다.

선혈이 지면을 적셨다.

♋

현명한 자, 《마술사》 하이달 웜은 왕궁의 집무실에서 부하가 올린 보고서를 읽고 있었다.

——차원 이동 조사 보고.

——이엔마르드 국경 부근에서 거대한 회오리가 발생.

——윌타미아 국적의 상인과 이엔마르드 국적의 상인이 동시에 발견. 인적 피해는 없음.

——재해 현장에 흩어진 물품 일부를 이엔마르드 측 상인이 회수함.

——물품의 문자를 해독하지 못하였기에 유적의 도굴품일 가능성 있음. 항의했지만 받아들여지지 않음.

'……결렬됐다는 건가.'

작은 문자를 훑다 지쳐, 잠시 눈을 감는다.

감은 눈꺼풀 안쪽에서도 조금 전 막 읽은 문자가 떠오르기에 난감했다.

하이달은 의자 위에서 목을 돌렸다.

명색이 마술사의 신분이면서도 서류 업무에 치이느라 어깨가 뻐근했지만, 지금도 마신을 추적하는 사람이 있다고 생각하면 엄살을 부릴 수도 없었다. 무엇보다도 지금 읽은 보고서는 하이달이 사적으로 모은 정보였다.

"그렇겠지요, 리히토……."

이세계의 주민, 아이카와 리히토를 이 땅으로 소환했을 때, 어림잡아 계산했던 피해 예상보다도 영향이 적었다. 어딘가에서 다른 여파가 일어나지는 않았을까 계속 조사 중이지만, 지금으로서는 커다란 피해는 없는 듯싶다. 상인끼리 싸움을 한 번 벌이고 끝난다면 평화적이다.

'……그래 봐야 조사할 수 있는 건 국내뿐이지만요.'

하이달은 자신도 모르고 자조한다.

막상 국경을 넘으려고 해도 하이달 혼자의 권한으로는 조사에도 한계가 있다.

결국은 왕과 원탁에 묶인 몸. 무언가 기준을 세워 또렷하게 결론지을 필요가 있음은 알고 있지만, 그 선을 긋기가 어렵다.

생각해 보면 자신은 이렇게 '결론짓는' 일이 대단히 서투른 사람이었다.

하이달은 서류를 두고 의자에서 일어섰다.

이곳 월타미아 마술사의 최고봉에 군림하는 자로서 집무실도 충실히 꾸려져 있다. 호화로운 의자. 창문으로 보이는 왕궁의 정원. 모든 것이 완벽하리만큼 정돈되어 있어서 사람을 거절하기 위함이 아닌지 생각될 정도다.

그렇게, 고독을 제조하는 공장이 아닌가 싶은 서가 한 구석에 서서 책 한 권을 꺼내 들었다.

잃어버린 마을과 촌락의 이름, 전사한 귀족, 기사와 마술사들의 이름도, 일정한 지위를 가진 자를 기록해 두었다.

넘기고 넘겨도 방대한 양의 토지와 인명이 끝없이 나열되어 있지만, 어느 페이지만은 한 번에 열렸다. 이미 몇 번이고 열어 봐서 자국이 남았기 때문이었다.

언제 봐도 이 문장을 대하면 가슴이 아프다.

"……벌써, 6년이 흘렀군요……."

활자의 위를 손가락으로 가만히 더듬었다.

추억을 그리며 애도하듯이.


**이슈안 트롤. 보왕력 276년 사망. 향년 11세.**

**【5】**

**LOOP**

**&**

**FAILURE**

"······이게 옳아. 아마도."

눈앞에서 그녀의 몸이 무너져 내린다.

뽑아낸 성검의 끝을 바라보면서, 리히토는 6년 전의 그날을 떠올리고 있었다.

[보왕력 276년, 아마트 산 정상, 몽환성에서.]

그것은, 모험이 끝나기 바로 전.

"있어야 할 곳으로 돌아가라, 혼돈의 마신이여——!"

지잉! 온몸이 저려 올 정도의 충격이 느껴졌다. '파마의 성검'에 의해 갈라진 핵이 급속도로 오그라든다. 마치 격벽을 잃어버린 제트기 같았다. 주변의 어둠과 부정한 것들을 맹렬한 속도로 빨아들인다.

'위험해, 빨려 들어가겠어······!'

거칠게 불어닥치는 광풍 속에서 리히토 역시 핵의 안쪽으로 빨려 들어가려 했지만 부유하는 성검에 의지해서 필사적으로 버텼다.

주인을 잃은 몽환성이 바깥쪽부터 무너져 내린다. 잡동사니와 식물 여럿이 아래쪽에 위치한

'벌레의 구멍'으로 떨어져 가는 모습이 보였다.

그리고 그 속에서, 리히토는.

"_____."

몹시 낯익은, 화려한 붉은색 옷이 섞여 있는 것을 발견하고 말았다.

알아차린 순간, 리히토는 오싹 소름이 끼쳤다. 설마 저 옷은. 저것을 입고 있는 사람은.

《도적》 이슈안 트롤이 '벌레의 구멍' 속으로 떨어진다. 공중에서 몸을 버둥거리며 와이어를 쏘아 내고, 주변의 물건을 붙잡으려 하지만 모든 것이 떨어져 내리는 상황에서는 낙하의 기세를 멈출 도리가 없었다.

도우러 가고 싶었다. 그런데도 몸이 핵의 역풍에 붙들려서 제대로 움직일 수조차 없었다.

움직여라, 성검. 부탁이야, 움직여 다오.

"이슈안! 이슈안! 이슈안!"

절규하는 목소리마저 풍압에 가로막힌다.

구멍 아래에서 이슈안의 몸이 위쪽을 향한다.

그때 분명히 눈을 마주쳤다. 절대 착각이 아니었다.


——도와줘.


분명히 알 수 있었다. 그렇게 말하는 것을.

"이슈안——————————!!"

잊지 못한다. 그렇게 나락 아래로 사라져 버린 파트너의 모습을. 절망에 물든 푸른 눈동자를.


'벌레의 구멍'이란.

먼 옛날 무수히 많은 날짐승이 서로서로 맞부딪치며 지금의 대륙을 만들어 냈던 그때, 미처 이어지지 못해서 생겨났다고 하는 세계에서도 유례가 없이 거대한 구멍이다. 창조신이자 윤회의 신이기도 한 여신 파나티아의 손길이 미치지 못해 벌어져 버린 부분이라고 일컬어진다.

어느 쪽이든, 저 구멍은 더없이 깊고 끝을 알 수 없으며 떨어진 이상 살아 돌아온 사람은 아무도 없다.


——그리고.

퍼뜩 정신을 차리고 보니 리히토는 바닥에 쓰러져 있었다.

주변에는 살풍경한 화산암이 가득할 뿐. 급경사의 빗면에 꽂힌 성검 덕분에 간신히 '벌레의 구멍' 아래로 떨어지지 않고 살아남은 모양이었다.

아마도 아마트 산 정상의 분화구 '벌레의 구멍' 부근이다.

하늘이 몹시도 맑게 개어 있었다. 사투를 벌였던 '몽환성'의 모습은 사라졌고, 이미 몇 년이나 보이지 않았다고 하는 구름 한 점 없이 푸르른 하늘만 펼쳐져 있다.

'그렇다면.'

리히토가 해냈음을 의미한다.

"정말로……?"

중얼거리며 몸을 일으킨다. 몸을 뒤덮고 있던 자갈이 우수수 소리를 내며 아래로 떨어졌다.

"위험……."

"──으아아, 리히토! 거기 계십니까!"

하이달이 마술사의 지팡이를 한 손에 들고 경사면을 내려온다.

"무사합니까. 다친 데는 없으십니까!"

"으, 응……. 괜찮아."

"정말 다행입니다. 참으로 장하십니다!"

그는 눈을 붉히고 있었다. 그리고 훌쩍훌쩍 울먹이는 얼굴로 (저 얼굴 자체는 낯이 익었다.) 손을 뻗어서 리히토의 몸을 굳게 끌어안았다.

"……그럼, 하이달. 마신은 정말로."

"예. 봉인되었습니다. 리히토, 당신 덕분입니다!"

말만 들어서는 아직 실감이 나지 않았다. 그럼에도 경사면의 위쪽으로부터 하기리 노사를 비롯하여 라나가 내려오는 모습이 눈에 들어오면서 가슴속 깊숙한 곳이 뜨거워졌다.

"나, 이겼구나……."

"그래요."

"해냈어……."

"그럼요, 해냈습니다."

그 대신 이슈안 트롤이 죽는 모습을 가만히 지켜봐야만 했지만.

아아. 리히토는 눈을 감고, 곧이어 마음속 깊이 온힘을 다해 엉엉 울음을 터트렸다.

죽어 없어져 버린 파트너를 생각하며, 자신을 자책하며, 언제까지고 눈물이 마르지 않았다.

♋

하이달 웜은 유일하게 잃어버린 동료를 떠올리면 지금도 후회가 된다.

가장 뛰어난 검술을 지녔던 라나 에른이 부상당하는 바람에, 아이카와 리히토가 대역으로 성검을 받아 마지막 일격을 가하는 역할을 맡게 되었다.

당시 리히토는 열 한살. 아직 어리고 경험도 부족한 리히토를 위해서 만전을 기해 서포트를 해 주었지만 그래도 위험은 닥쳐들었다.

–저대로는 안 돼. 도와줘야 돼!

–이슈안! 안 됩니다!

–말리지 마! 내가 간다!

리히토를 도와야 한다며 뛰쳐나갔던, 같은 나이의 이슈안 트롤을 끝내 붙잡지 못했다. 그대로 행방을 놓쳐 버렸고 마신 봉인으로 인한 몽환성 붕괴가 겹쳤다.

하이달은 아차 하는 순간에 라나와 하기리에게 붙잡혀서 몽환성을 이탈하는 게 고작이었다.

'그랬지요. 반대쪽 화구에서 리히토를 찾아냈을 때는 다행이라고 생각했었습니다만……'

하지만 리히토 본인의 입으로부터 이슈안이 '벌레의 구멍'으로 떨어졌다는 말을 듣고 말았다.

그는 떨어져 가는 이슈안을 마지막까지 목격했다고 한다. 성검에 붙들린 채로 꼼짝도 하지 못하고.

마신은 봉인되었고, 왕도로 귀환한 하이달과 동료들은 환대받았다. 그때 왕에게서 하사받은 '오영웅'의 칭호에는 죽은 이슈안도 포함되어 있었다. 지금도 민중은 그녀를 포함한 다섯 명을 영웅으로 기리고 있다.

왕도의 대로를 가득 메운, 헤아리지 못할 만큼 많은 민중과 꽃보라를 기억한다. 한편 월타미아 국왕에게 메달과 보상금을 받으면서도 어딘가 텅 비어 버린 것 같은 리히토가 있었다. 어떤 말도 들리지 않는 듯 보였다. 점차 미소를 되찾았고, 하이달의 도움으로 원래 세계로 돌아갔다. 하지만 정말 그래도 되었던 걸까.

아이카와 리히토는 마음 약하지만 상냥한 소년이었다.

가혹한 여행은 그를 용사로 성장시켰지만 그때 입은 마음의 상처는 메워지지 않은 것이 아닐까.

—됐어, 하이달. 고개 들어. 마신은 내가 마무리 짓고 올 테니까.

미소 짓는 모습이 몰라보게 능숙해진 소년의 마음은 아직까지도 망가진 그대로인지도 모른다. 그런 걱정이 들어 견딜 수가 없었다.

"리히토……."

너무나도 묻고 싶었다.

당신의 여행은 순조롭습니까?

당신은 지금 무엇을 바라고 있습니까?

어디에 마음을 두고 계십니까?

♋

흘러넘치는 피가 멎으며, 점차 지면으로 흡수되어 간다.

그런 변화를 리히토는 눈도 깜빡이지 않고 지켜봤다.

이슈안 트롤── 그녀와 꼭 닮은 '무언가'가 완전히 움직임을 멈추어 가는 모습을.

"하이달의 집 앞에서 네가 나타났을 때는 숨이 멎는 줄 알았어. 왜냐면 너는 그때 분명 죽었으니까."

그렇다. 구멍으로 빨려들어가서 두 번 다시 나타나지 않았다. 이 눈으로 분명히 목격했다.

그 순간, '무언가'의 발끝이 움찔 움직였다.

이어서 엎드려 누워 있던 몸이 천천히 뒤집어진다. 선혈에 물든 몸으로 그것은 희미하게 웃었다.

"헤에……. 그러면 어째서 이런 연극을 계속한 거지?"

"너를 감시하기 위해서……. 아니, 뻔한 변명은 관두자. 단지 살아 있기를 바랐을 뿐이야. 달리 뭐가 있겠어."

"영웅님께서 하실 말씀이 아닌 것 같은데."

"그럴지도. 실격이야. 예전부터 그랬어."

리히토는 부정하지 않고 대답했다.

약하고 겁쟁이인 데다가 분명한 현실을 받아들이지도 못했다.

사실은 '벌레의 구멍' 중간에 매달려서 무사했다. 애당초 내가 잘못 본 거다. 이런 헛된 꿈을 그때부터 얼마나 오랫동안 봐 왔던가.

꿈을 꾸다가 놀라서 깨어나고 아무것도 변하지 않은 현실에 통곡했다.

후회가 언제나 리히토의 몸을 태웠고, 추억은 리히토 자신을 줄곧 책망했다. 지쳤던 거다. 고통을 견뎌 왔던 거다. 6년이나.

그러던 차에 리히토를 후회로부터 해방시켜 주는 듯한 '현실'이 나타났으니 매달려 보고도 싶어지지 않겠는가.

"……헛된 꿈이라 해도, 이슈안과 함께 있으면 즐거웠어……."

"더더욱 알 수가 없군. 그렇다면 마지막까지 꿈속에서 허우적거리면 되지 않았나. 뭣하면 다시 생각해 봐도 좋아. 이 몸과 사고 회로는 말이지, 이슈안 트롤이라는 소녀가 순조롭게 성장했을 때 지녔을 모습과 똑같아. 그녀의 미래상으로서도 대단히 순도 높은 모습이라고. 나라면 그렇게 만들 수 있어. 네가 사랑한 사람은 열일곱의 이슈안 트롤이고, 네게 들려준 말, 웃음 짓는 얼굴, 이 전부가 한 점 거짓 없이 그녀 스스로 생각하고 선택한 결과야. 그녀는 자신의 의사로 너를 사랑했어. 이 점은 안심해도 좋아."

"바로 그 이슈안이 가르쳐 줬어. 꿈을 위해서 세계를 망가트릴 순 없다고."

눈자위가 떨린다.

"균열은…… 결국 균열이니까."

그렇다. 의문은 언제나 있었다.

하이달의 조사대 수준에서 마신의 부활을 막 감지해 냈을 뿐인데 어째서 가는 곳마다 전부 그토록 많은 마수와 마주쳤단 말인가.

그것이 보통이었다면 세계는 좀 더 혼란스럽지 않았을까.

다시 말해서, 모든 것은 우연 따위가 아니다. 아마도 눈앞에 있는 소녀야말로 마수를 만들어 내는 '균열' 그 자체였다. 마신의 봉인이 약해진 틈으로 빠져나온, 마신의 일부라고 해도 과언이 아닐 것이다.

또다시 봉인을 하기 위해서 찾아들 것이 분명한 리히토의 자책감과 후회를 노리고 파고들어서 목적을 이루지 못하게 만들기 위해 몸소 찾아왔다──.

리히토의 대답을 듣는 사이에 소녀의 비뚤어진 미소가 더욱더 기괴한 형태로 일그러졌다.

"하하. 그런가."

말한 순간이었다. 귀청이 떨어질 정도의 폭음과 함께 경이적인 양의 사기가 흩뿌려졌다.

"아하하하하하! 재미있군. 실로 재미있어."

리히토가 머리를 흔들고 얼굴을 들어 올렸을 때에는 소녀의 모습을 한 마신이 높이 뛰어오르고 있었다.

성검에 꿰뚫린 상처는 그대로, 사람이라 여겨지지 않는 도약력으로 뛰어올라 후방으로 착지한다.

"제멋대로 허우적거리더니 제멋대로 빠져나갔다! 이것도 또한 인간이란 말인가. 어찌도 불합리한가. 어찌도 부조리한가. 나는 또 한 가지를 배웠도다, 이름 없는 자여!"

리히토는 마신을 주시하며 '파마의 성검'을 겨눈다.

"망설인 이유는 아직 더 있어. 너야말로 어째서 여기까지 나와 함께 왔지? 죽일 기회라면 얼마든지 있었을 텐데."

"듣고 싶거든 덤벼 보거라."

"알았어. 너를 봉인하겠어. 마신 아르고스—— 두 번 다시 부활할 수 없도록."

"재미있군!"

성검의 보주가 빛나며 소리를 울린다. 리히토는 일직선으로 달렸다.

이슈안의 모습을 한 마신을 향해서 절대적인 파마의 검을 찔러 넣는다——.

"……!"

순간 검날이 상대의 위팔에 박혔고, 다음 순간에는 튕겨나가고 말았다.

'막혔다고!?'

마신이 움직인다. 힘이 실리지 않은, 춤을 추듯 자연스러운 동작이었다. 훤히 드러난 리히토의 몸체에 마신의 주먹이 꽂혀 들었다.

충격에 숨이 멈춘다. 후방으로 날려가 바위에 처박혔다.

한쪽 무릎을 꿇은 채 간신히 버텨 냈지만 입에서는 피가 흘러나왔다.

마신은 태연하게 이쪽을 내려다보고 있다.

'어떻게 된 거지? 성검이…… 듣질 않아?'

영문을 모르겠다. 리히토를 바라보는 상대의 입가가 치켜 올라간다. 이쪽을 똑똑히 보면서 비웃었다.

"역시 조금 전 질문에 대답해 주도록 하지. 이봐, 리히토. 나는 말이야, 너무나도 분했어. 겨우겨우 이 땅에 부활했는데 모두가 달려들어서 나를 봉인해 버렸잖은가. 도대체 무엇을 잘못했다고? 내게 무엇이 부족했을까? 나는 배우기로 했다. 너 또한 관찰하기로 했다. 6년 전 나를 봉인한 성검의 주인, 용사 리히토 아이카와. 너를 죽이지 않고 일거수일투족을 빠짐없이 지켜보기로 한 거다."

이슈안을 구성하고 있었던 얼굴이 서서히 무너져 내렸다.

등이 부풀어 오르며 두 배로 볼록해지더니, 그다음은 오른손. 왼손. 오른 다리에 왼 다리. 마지막은 몸체. 그리고 얼굴.

육체의 모든 부위가 거대화된다. 기괴한 유아의 형태와도 가까운 모습으로 변화했다.

"너의 사고. 너의 검법. 곁에서 줄곧, 줄곧, 줄곧! 너무나도 재미있었어. 그리고 더 이상 두렵지 않게 되었어. 유감이로군. 아하하하하."

마치 갓난아이가 말을 배우고, 성장하면서 눈에 보이는 전부를 탐욕스럽게 흡수하는 것처럼.

"진화하고 있다네, 우리들은."

이슈안이었을 때 했던 말을 마신이 또다시 되풀이했다.

리히토는 어금니를 악물었다.

마신이 비대해진 양손을 벌린다. 손가락 끝에서 공간이 일그러지더니, 그곳으로부터 대량의 마수가 나타났다.

기괴한 포효를 지르며 일제히 리히토를 향해 덤벼든다.

'몸은 회복되고 있어——. 할 수 있다.'

리히토는 검을 들고 일어나 요격했다. 하나둘, 차례차례 마수를 베어 넘긴다.

"나는 배웠다. 전보다 강하게 진화했다. 그런데 이상하군."

베고 움직인다. 베고 또 움직인다.

끊임없이 마수가 흘러나오고 있지만 그래도 앞으로.

"너는 약해졌다. 다섯 명에서 단 한 명이 되고 말았다."

"우오오오오오오!"

옆으로 휘두른 성검이 마수를 한꺼번에 양단한다.

맹독을 품은 사기가 전신을 뒤덮고, 시야가 전부 마수로 물들어도 리히토는 계속해서 검을 휘둘렀다. 이제는 그것만이 리히토를 움직이게 만드는 존재 이유였기 때문이다.

'설령 이대로 몸이 멈춘다 해도.'

'그 순간까지 발버둥 치겠어.'

'마지막의 마지막까지.'

'보고 있니?'

'이슈안……'

미안.

아마트 산 정상의 지면을 가득 메울 기세로 불어난 마수가 리히토의 주변으로 밀어닥친다. 전보다 마신과의 거리가 벌어지고 말았다. 서둘러야지. 빨리 손을 써야 해, 마수를 처치해야 돼.

——깡!

날카로운 소리가 울리며 검의 끄트머리가 날아가 버렸다.

'검이.'

예리한 뿔을 지닌 마수를 상대할 때였다.

'……부러졌다. ……성검이.'

이제는 온몸의 색도 구분되지 않을 만큼 피로가 쌓인 뒤의 일이었다.

칼끝 20센티미터를 잃어버렸다. 하지만 의지할 무기는 이것뿐이다.

알고 있었다. 리히토가 동요한 시간은 길지 않았다. 닳아 떨어진 마음으로 진흙탕 같은 몸을 움직여서 다시 눈앞의 마수를 물리치러 나아간다.

싸우고, 싸우고, 좀 더, 좀 더, 좀 더, 좀 더——.

하지만 그 순간, 맹독을 품은 사기로 가득한 마수 무리를 새하얀 광선이 꿰뚫고 지나갔다.

"뭣이라!?"

마신이 경악해서 소리를 높인다.

리히토는 어깨를 들썩이면서 고개를 들었다.


""""이 목소리는 신의 뜻이니라.""""

""""이 뜻은 신의 목소리이니라.""""

""""멸하라. 멸하라. 멸하라.""""


땅을 울리는 외침이 산꼭대기의 바람에 실려 전해졌다.

그것은 수많은 인간에 의해 제창되는, 여신 파나티아에게 바치는 기도의 노래였다.

오른쪽에서, 왼쪽에서, 뒤쪽에서.

예전의 하기리 노사를 떠올리게 하는 승복 차림의 남성들이 집단을 이뤄서 나타났다.

'저건.'

틀림없이—— 화이트 사원의 수행승들이다.

""" "이 목소리는 신의 뜻이니라, 신의 목소리이니라." """

""" "하나의 마음으로 의지하리라." """

""" "멸하라. 멸하라. 멸하라." """


저들의 선두에는 거대한 철제 포대가 들려 있다. 승려들의 기도에 맞춰서 커다란 포구가 빛을 발하며 뇌전을 띤 은구슬을 사출, 마수가 밀집된 지역에 작렬했다.

"뭐냐. 저, 저건 무엇이냐, 리히토! 내게 가르쳐 다오!"

마신은 본 적도 없는 장치의 등장에 혼란스러워하고 있다.

리히토는 물론 말해 줄 생각이 없었다. 아마도 '이슈안'이었을 때에도 보지 못했으리라. 저것은 화이트 사원에서 츠구노를 필두로 한 수행승들이 비밀리에 개발한 대마수용 병기다.

하기리의 사후, 그저 손 놓고 지켜보기만 하진 않았다고 츠구노가 말했었다. 상상 이상의 위력이다.

"어~이. 스님들! 저쪽을 보십쇼, 저쪽! 저기 리토가 있습니다! 틀림없습니다!"

게다가 포대 아래에 있는 남자. 저자는 승려가 아니라 할데 마을의 주정뱅이 사냥꾼 어빈이다. 전 월타미아의 탈영병.

마수의 틈바구니에 있는 리히토와 눈을 마주치자 어빈이 크게 손을 흔들었다.

"조금만 기다려라! 지금 바로 구해 줄 테니까! 아니, 구해 주는 건 내가 아니라 스님들이지만!"

어빈의 보고를 웃지도 않으며 듣고 있는 츠구노.

그는 새삼스럽게 리히토를 바라보며 고개를 끄덕였다.

"이상이오, 리히토 공! 우리 화이트의 승병, 부족한 힘이나마 노사의 유지를 받들어 귀공을 조력하기 위해 당도하였소! 마음껏 실력을 펼치시오!"

오오! 수행승들의 목소리가 겹쳤다. 산꼭대기를 뒤흔들 정도의 기세였다.

"가랏!"

무리를 이룬 마수 군단을 향해서 공격을 개시한다.

"리히토! 대답해라!"

공방이 시작된 가운데, 마신만이 어린아이처럼 역정을 부렸다.

실제로, 그녀는 어린아이일 것이다. 아직 어리고, 철이 없고, 알고 있는 지식도 적다. 태어난 지 얼마 되지 않은 어린 영혼이었다. 그리고 리히토를 비롯한 인간은 그보다 아주 조금만 연상이었다.

——6년 전부터 오늘 이날까지, 세계는 좋든 나쁘든 계속되어 왔다. 확실히 시간은 흘렀고 그때처럼 다섯 명이 함께하는 영웅은 이제 없을지도 모른다. 이곳에 온 자는 리히토 한 명뿐인지도 모른다.

그럼에도 불구하고 이어진 것이 있다. 이어받은 것이 있다. 이런 식으로.

살아가는 거다. 설령 어떤 형태가 되었을지라도.

"……아르고스. 너희들이 진화하는 것처럼 우리들도 바뀌는 거야. 몇 번을 바뀌든 반드시 그 위를 향해 기어 나와 주겠어. 단언해 주지."

성검의 보주가 이러고 있는 동안에도 줄곧 빛나고 있었다. 그 빛이

자루를 지나 검날로 모여들어서, 마치 부러진 칼날을 복구하려는 듯이 일렁거렸다.

따뜻한 색을 띤 빛이었다.

'라나.'

이것이 라나가 말했던 성검의 '목소리'인가?

리히토는 또다시 마신을 향해 달렸다. 주변의 마수가 승려들에 의해 억눌려 있는 지금, 부러진 성검을 치켜들었다.

"나한테 성검은 듣지 않는다……!"

"──닿아라!"

손에 쥔 검이 자신의 목소리에 응답하듯이 진동했다. 칼자루의 보주가 뜨거울 정도로 빛나며, 부러진 검날의 자리는 채우던 빛이 진짜 칼날로 실체화한다. 보다 기다랗고 일곱 가지 색을 지닌 도검── 완전한 성검의 형태로.

"어째서. 어째서어째서. 어째서어어어어어!"

마신이 절규했다.

리히토의 검이 비대화한 마신의 몸을 양단한다. 그 중심에 있는 핵도 한꺼번에 파괴한다.

"모두 엎드려!"

충격이 왔다.

마신의 핵이 소실됨과 동시에 육체가 급속도로 오그라든다. 균열로부터 불려 나온 마수의 몸도 그 안으로 빨려 들어간다. 승려를 비롯하여 리히토는 휘말리지 않기 위해 지면에 엎드려 필사적으로 버텼다.

보이는 모든 것이 하얗게 하얗게 물들어 간다──.

——그리고.

퍼뜩 정신을 차리고 보니 그 자리에 있는 것은 사람의 형태를 지닌 자들뿐.

마신 아르고스도, 그가 사역하는 마수도, 아마트 산의 정상에서 완전히 사라져 있었다.

처음으로 소리 내어 말한 자는 누구였을까.

"……사라졌다."

누군가가 작은 목소리로 말했다.

그렇게 잠시 시간이 흐르고, 옆에 있는 자가 주먹을 들어 올린다. 계속해서 몇 사람이, 이번에는 누군가가 환희에 찬 목소리를 내지른다. 손을 맞잡고 기뻐한다.

"해냈다! 이겼다!"

드디어 해냈어, 해냈다. 그러한 반응이 연쇄적으로 기세를 불리며 폭발적으로 퍼져 나간다.

"우리들의 승리다!"

"이겼다!"

"——리히토 공!"

환성이 울려 퍼지는 가운데 승려 츠구노가 이쪽으로 달려온다. 기쁜 얼굴이었다.

그래서 리히토는 가볍게 손을 올려 보이고 나서 그들로부터 등을 돌렸다.

누구도 눈에 들어오지 않는 산의 경사면을 힘껏 밟으며 혼자서 걸어 나간다.

한 걸음, 한 걸음.

지금이라면 용납되리라. 이렇게 몇 걸음을 걷는 동안만이라면 용납되리라.

슬픔도, 저주도.

분명 지금 이 순간에는.

'제기랄.'

마신 아로고스는 또다시 패배했다. 인류는 승리했다. 세계는 구원받았다. 하지만 이슈안 트롤은 이미 없다.

아무리 바라고 바라도 잃어버리고 말았다———.


"제기라아아아아아알!"


머릿속에 그녀의 미소 띤 얼굴이 떠오른다. 그것은 환상이라고 스스로의 의지로 뭉개고 지우면서도 괴롭고 괴로워 견딜 수가 없다.

죽음을 바라지 않았다, 전혀. 그대로 울고 웃는 그녀와 살고 싶었다.

설령 가만히 내버려 두면 세계가 붕괴하는 허상이라고 하여도, 그럼에도 그녀를 사랑한 마음은 진실이었다.

츠구노와 승려들에게 이런 모습을 내비칠 순 없었다. 그래서 지금만 이렇게 잠시, 눌러 삼켜야 했다. 겉으로 드러내선 안 된다. 짓눌러야 했다.

'괴로워.'

'하지만.'

눌러 삼키고.

'괴로워.'

눌러 삼키고, 눌러 삼키고.

스스로 살을 갈랐던 감촉이 되살아나고 추억에 마음이 저미며 비명을 지르더라도. 그럼에도.

멋대로 맺히는 눈물을 꾹 참고 하늘을 올려다본── 그때 리히토는 불가사의한 광경을 목격했다.

"하⋯⋯⋯⋯?"

산꼭대기보다 아득히 높은 하늘에서 무언가 검은 것이 떨어지는 광경을.

리히토는 황급히 두 눈을 비볐다. 그럼에도 역시 잘못 본 것이 아니었다.

저것은⋯⋯.

'사람!?'

단번에 정신이 들었다.

게다가 낙하지점은 '벌레의 구멍' 안쪽이다. 그대로 두면 절대로 무사하지 못한다.

리히토는 성검을 고쳐 쥐면서 화구의 경사면을 달려 올라갔다. 칼자루의 보주가 호응하듯이 빛난다. 리히토의 몸이 비상하는 바람에 감싸였다. 중력이 반감되었을 때 경사면을 걷어찼다. 그대로 단번에 날아오른다.

'역시 사람이야.'

하늘에서 떨어져 내려오는 그 사람은 온몸이 희미하게 빛나고 있었다. 마치 빛의 고치에 감싸인 것처럼 보였다.

그야말로 모험가가 착용할 법한 장비는 온통 지저분하고 너덜너덜하다. 리히토는 거의 돌진하듯이 그 몸을 붙잡아 안고서 화구의 반대편으로 날아가 착지했다.

모래투성이 바닥에 내려놓은 리히토는 뒤늦게 자신의 눈을 의심했다.

"……이거……."

이슈안이다.

이슈안 트롤이다.

게다가 얼마 전까지 함께 여행했었던 그녀의 모습과도 다르다. 좀더 예전. 6년 전 마지막 전투 때 착용했던 장비가 틀림없었다. 그때 리히토가 아무리 손을 뻗어도 붙잡지 못했던.

그리고 얼굴과 몸은 6년분만큼 분명히 성장한 것처럼 보인다. 지금의 이슈안에 가깝다.

'어떻게 된 거지……?'

영문을 알지 못하고 그녀의 앞에서 골몰히 생각에 잠겨 있는데,

"……으음."

리히토의 앞에서 바로 그 이슈안이 몸을 꿈틀거렸다. 리히토는 깜짝 놀라 굳어 버렸다.

"……너, 누구야……?"

가늘게 눈을 뜨고 물어 온다.

리히토는 머뭇머뭇 대답했다.

"나는…… 리히토야……."

"리히토……. 뭐? 거짓말!"

이슈안이 벌떡 일어났다.

"거짓말 아니야. 네가 구멍으로 떨어지고 나서 아마 6년이 지났어."

"6년……. 에에엥?"

"정말, 깜짝 놀랄지도 모르겠지만."

이슈안은 몹시 놀라 당황하면서 자신의 몸을 살펴보기 시작했다. 아주 꼭 끼게 되어 버린 의복과 그 안쪽에서 부풀어 오른 소녀의 가슴 따위를 확인하고는 얼빠진 소리를 흘린다.

마지막에는 자신의 가슴께를 꽉 누른 채 얼굴을 찡그리며 울먹이고 말았다.

"어떻게 된 거지……? 나, 왜 이렇게 된 거야."

그건 이쪽이 할 말이다. 정말이지, 어떻게 된 일인가 신에게 따져묻고 싶다.

분명히 바닥 없는 구멍으로 떨어졌었던 파트너가 6년이 지나고 나서 하늘로부터 떨어져 내려온 거다. 그런 바보 같은 꿈같은 일이 일어날 리가 없다――.

'아니.'

잠깐만.

――여신 파나티아는 창조의 신. 하지만 동시에 윤회의 신이라고도 불리고 있소이다.

――절약의 명인이시오. 한정된 재료로 세계를 보다 넓게 만들어

내셨소.

그 순간, 하기리의 목소리가 머릿속으로 똑똑히 떠올랐다. 이 세계의 구조를 바위 위에서 가르쳐 주었을 때의 일이다.

어쩌면, 하고 생각했다.

이 세계는 처음부터 용량 부족의 한계를 지니고 있었다고 일컬어진다. 파나티아가 용량 이상으로 거대한 세계를 만들어 버렸기 때문이다. 그런 까닭으로 영원무궁한 존재는 있을 수 없고, 어딘가에서는 반드시 파탄, 혹은 반동이 일어난다고 하기리도 말했었다.

그렇다고 한다면.

구멍도 역시 '영원히 떨어지는 바닥 없는 구멍' 따위는 존재하지 않을지도 모른다.

퀘스트 드래곤의 맵 또한 장벽이나 무한한 공간을 준비하는 대신 동서남북을 도넛 형태로 이어 놓지 않았는가. 지금 일처럼 하늘과 땅이 고리 모양으로 연결되어 있어도 이상할 것이 없다.

6년 걸릴 정도로 거대한 고리라 하여도.

"……하하……."

한숨 섞인 웃음이 흘러나온다.

"판타지 만세……. 대단하다……."

"무슨 소리야, 너. 뭣 좀 알겠으면 설명을 해 봐!"

문제는, 그렇게 간단한 구조였다면 자신 말고도 알아챈 사람이나 살아난 사람이 있어야 하지 않느냐는 점이었다.

리히토가 도출한 대답은 하나뿐이었다.

리히토는 이슈안의 앞에 쪼그려 앉았다.

"이슈안."

"응?"

"분명히 말이야, 이슈안의 아버지랑 어머니가 지켜 주신 거야."

"……우리 부모님이?"

"맞아. 그거 덕분이야."

이슈안이 오른손에 착용한 팔찌. 지금은 아무런 빛도 발하지 않지만 상공에서는 줄곧 점멸하고 있었다.

이것은 '그리움의 수호'라는 물품으로, 이슈안의 돌아가신 부모님이 남겨 준 매직 아이템이었다. 착용자가 죽음에 이르는 위기를 높은 확률로 회피시켜 준다고 전해진다.

가치를 보자면 마신전에 투입할 수 있을 만한 최강의 방어구다. 한때는 빌려주겠다고 했었지만 리히토가 거절했다. 그것이 생사를 갈랐으리라.

아마도 평범한 사람이나 동물은 이토록 긴 시간에 걸쳐서 낙하하지 못했을 것이다. 그 전에 소멸되든가 숨이 끊어져 버렸겠지. 하지만 이슈안은 달랐다. 그녀가 착용한 강력한 방어구 덕분에 그토록 긴 시간 동안 계속된 낙하를 견뎌 냈다. 줄곧 생명이 끊어지는 것을 회피시켜 주었으리라.

"우리 엄마랑 아빠가……."

"응. 분명히 그럴 거야."

이슈안은 고개를 갸우뚱거리며 빛을 잃어버린 자신의 팔찌를 바라보고 있었다. 하지만 가까이에서 쏟아지는 리히토의 시선을 눈치채고는 부끄러워하면서 얼굴을 붉혔다.

"······왜 그래? 이슈안."

"아, 아무것도."

그녀는 고개를 홱 돌리고 눈을 피했다.

"······얼굴이 전혀 다르니까 낯설어서 깜짝 놀랐을 뿐이야."

"그런가. 그렇구나. 미안해."

정말로 사기였다.

"아~ 진짜~! 영문을 모르겠네!"

짜증을 부리는 그 모습마저도 리히토는 기쁘고 사랑스러워서 견딜 수가 없었다. 변명할 여지가 없을 정도로.

"이슈안, 있잖아."

"또 뭔데?"

돌아보는 그녀를 있는 힘껏 껴안는다.

"읍~! 읍~!"

"어서 와, 이슈안 트롤! 기다렸어!"


지금껏 계속, 이 말을 해 주고 싶어서 견딜 수가 없었다.

【0】
NEW
LIFE

월타미아 왕국의 필두 마술사, 하이달 웜의 저택은 왕도 내의 상업 지역 근처에 위치한다.

현재 그 저택 안에서는 메이드와 집사들이 야단법석 발을 구르고 있었다.

"——찾았어?"

"아니요, 없으시네요."

"그럴 수가……."

"앗, 죄송해요. 리히토 님. 마침 잘 오셨어요. 이슈안 님 못 보셨나요?"

"네? 없어요?"

"그러게 말이에요. 어쩌죠. 이제 곧 선생님도 오시는데."

"근처에 있지 않을까요?"

"그러면 다행이지만요——."

"제가 잠깐 보고 올게요."

——그런 식으로 몇 마디를 나누고 리히토는 저택 안을 찾아다니는 역할을 자진해서 떠맡았다.

마신 아르고스를 다시 봉인하고 귀환해서, 리히토와 이슈안 두 사람은 나란히 하이달의 저택에 몸을 의탁하게 되었다.

리히토는 마치 고양이 새끼를 찾는 것처럼 적당한 곳에서 이름을 불러 보거나 눈에 들어온 방과 정원을 둘러보며 돌아다녔다. 문을 열고 창문을 열고 또다시 복도로 돌아왔지만 찾지 못했다.

"이슈안! 어디 있어!"

대답이 없다.

난감해진 리히토는 주머니에서 전가의 보도, 게맛살—— 아니, 금화를 하나 꺼내서 시험 삼아 아무도 없는 복도 한가운데로 집어 던졌다.

1초, 2초, 3초. 일단 반응은 없음.

'……당연한가. 바보 같아. 무슨 어린애도 아니고……'

그 당시에도 이슈안은 높은 수준의 도적이었다. 자신의 얕은 수작에 한숨을 쉬고, 던졌던 금화를 주우러 간다.

그때 뒤쪽에서 살금살금 걸어가는 기척이 났다.

리히토는 뒤쪽을 눈으로 확인하는 동시에 가지고 있던 금화를 하나 더 꺼내서 후방을 향해 냅다 던졌다.

"아야!"

보지 않고 던져서 자신은 없었는데 맞힌 모양이었다.

한편 리히토의 시야에는 복도를 가로질러 창문을 향해 걸어가는 고양이의 모습이 비치고 있다.

고양이는 야옹 울고서 창틀에 놓인 먹이를 먹기 시작했다. 요컨대 이건 미끼다.

"아프잖아. 무슨 짓이야, 리히토."

"……이슈안."

또다시 앞으로 돌아서자 복도에 떨어진 금화 앞에서 이마를 부여잡고 있는 이슈안 트롤의 모습이 나타났다.

"조금 한심하지 않아? 떨어진 동전을 보고 나오다니."

"설마 주우러 오진 않겠지 하면서도 허를 찔러서 나올 거라고 생각하겠지만, 사실은 나오지 않을 거라고 생각하는 상대의 허를 다시 찌르는 척하고서 한 번 더 허의 허를."

"자기 꾀에 넘어간다는 게 이런 걸 두고 하는 말이겠지……."

"뭣이라?"

저러는 이슈안은 언동을 고려하지 않는다면 늠름한 영애라 해도 과언이 아닌 모습을 하고 있다.

발견했을 때에는 부스스했던 금발을 빗질해서 감색 리본으로 묶었고 옷은 값비싼 여성용 승마복. 여기에 드레스까지 입으면 완벽하다고 예절 교사가 호언장담할 정도다.

애당초 본인의 격렬한 저항에 의해 그 야망은 결코 이루어지지 못했지만.

"다들 찾고 있어. 선생님 오신다면서?"

"그 녀석은 잔소리가 많아서 싫어."

"걱정하는 거야, 이슈안을."

"그건 알겠지만."

현재 이슈안 트롤은 6년이라는 시차를 메우기 위해서 특훈 중이다.

하이달의 도움으로 수많은 가정교사를 붙여 지식과 말투, 행동거지에 이르기까지 지도받고 있기에 가끔씩 이렇게 폭발한다. 구체적으로는 수업에서 도망치는 식으로.

이슈안을 진찰한 의사의 의견을 빌리자면, 지금 그녀의 정신세계는 역시 열일곱이 아니라 열한 살 그대로라는 듯하다. 다만 한편으로는 열한 살답지 않은 통찰력과 이해력을 갖추고 있어서 대단히 '불균형'하다고 했다.

어째서 낙하의 주기가 6년이었는지, 그때 나타났던 것이 정말로 한 바퀴째였는지는 의견이 분분한 상태다.

여하튼 매직 아이템의 놀라운 수호로 6년간 낙하를 계속한 것이 심신의 발달에 어떤 영향을 미쳤는가에 대해서는 아무도 알지 못한다. 어림잡아 시험해 볼 수밖에 없었다.

"……힘들지? 미안해."

그녀와 눈길을 맞추고 사과하자, 이슈안은 "별로" 하고 외면했다.

"너한테 사과받는 게 더 싫어."

저런 불퉁함도 오기도 어릴 적 그때를 떠올리게 만드는 한편, 바로 얼마 전까지 함께했던 그녀와 조금도 다르지 않았기에 리히토는 기쁜 마음이 들기도 했고 울고 싶어지기도 했다. 그 소중함에 가슴 벅찬 감동을 느끼면서.

"이 몸께선 말이야, 나는 말이야, 구하고 싶어서 너를 구한 거야. 이번에도 그래. 네가 훌쩍훌쩍 우는 소리가 들려서 나와 준 거라고. 그게 다야. 다른 뜻은 아무것도 없어."

"응응……. 그런 마음가짐으로 빨리 자라 줘……."

가만히 중얼거린다.

이슈안은 이상한 듯이 바라보며 고개를 갸우뚱했다. 리히토는 웃었다.

하지만 말이야, 이슈안 트롤. 너는 아마 모르겠지만 말이야.

네가 구원한 세계에 네가 있어.
내가 구원한 세계에서 웃고 있어.

그것이야말로 다시없는 기적이야. 나는 알아——.

**[1권 끝]**

# 작가 후기


이 이야기를 쓰기까지 도라에몽에 등장하는 데키스기(出木杉) 군의 이름을 데키스기(出来杉) 군이라고만 믿고 있었습니다. 어쩐지 한 번에 한자 변환이 되지 않더라니…….

아무튼 간에 인사드리겠습니다. 타케오카 하즈키입니다. 판타지입니다만 데키스기군과 대단히 관계가 있는 이야기입니다.

초등학생 남자아이가 이세계를 모험해서 세계를 구원한다!

이런 이야기는 아동 도서와 어린이를 대상으로 하는 애니메이션에서 곧잘 보여 주는 왕도에 가까운 스토리일지도 모르겠습니다만, 『파나티아 이담』에서는 일부러 '그 이후'에 초점을 맞춰서 집필해 봤습니다.

모험의 무대는 여행이 마지막으로부터 6년 뒤. 반바지 차림의 초등학생은 교복 차림의 고교생이 되었고 키가 자랐을 뿐 아니라 변성기도 지났습니다. 그렇게 다시 방문한 이세계는 기억 속에 있는 모습과 크게 달라져 있을지도 모릅니다. 새로운 적에 새로운 임무. 일찍이 함께 싸웠던 파트너가 기가 막힌 미소녀로 성장했다는, 이런 해프닝이 일어날지도요. ……후후후.

이번에는 캐릭터부터 이야기의 결말까지 단숨에 완성시켰기에 이제 와서 캐릭터를 바꿔야겠다고 생각하진 않습니다만, 데키스기가 아니라 스네오와 자이안 타입으로 성격을 꼬아 놓은 리히토 버전도 한 번

보고 싶은 기분입니다. 아마도 마신이 상당히 시달리겠죠…….

　마지막으로 감사 인사를.

　우선은 일러스트레이터 루나 님! 정말로 맡아 주셔서 감사드립니다. 세세한 부분까지 꼼꼼하게 그려 주셔서, 저자는 행복을 음미하고 있답니다. 이어서 새로운 담당인 S님. 다른 건으로 이야기를 나누다가 갑자기 새로운 플롯을 들이밀어서 죄송합니다. 앞으로도 잘 부탁드립니다. 그 밖에 이 책을 출간하는 데 관계한 모든 분들께. 정말 감사합니다.

　속편은 오래 기다리시지 않도록 보내 드릴 예정입니다. 데키스기 군용사 리히토의 두 번째 여행을 계속해서 즐겨 주시길.

　그럼 저는 이만!

# 역자 후기

안녕하세요. 지나가던 역자입니다.

본문을 아직 읽지 않으셨다면 역자 후기는 나중에 읽으시기를 권합니다.

역자로서 저는 물론 어떤 의뢰를 주시든 기쁘게 번역합니다만, 독자로서는 로맨스와 환상 소설을 특히 즐겨 읽는 편입니다. 그런데 최근 수년간, 환생 트럭 따위를 타고 온갖 치트 능력을 지닌 채 원래 세계의 과거로 돌아가더니 커닝 페이퍼를 훔쳐보면서 시대를 예견하는 현자 행세를 하는 주인공이 유난히 늘어난 듯한 기분이 듭니다.

어째서 저런 주인공이 늘어났을까요? 다시 말해서 어째서 저런 주인공을 바라는 독자분들이 이토록 늘어났을까요? 글쎄요, 역시 현실의 인생살이가 팍팍해서겠지요. 하지만 현실에서 사람은 결코 다시 태어날 수 없습니다. 어느 종교의 교리에 윤회나 환생 같은 개념이 있지만 개념일 뿐 실재가 되지 못합니다. 과연 얼마나 많은 사람들이 내세의 존재를 믿는지요. 하물며 치트 능력이라니 언감생심입니다. 모두들 알고 있습니다. 그래서 환상입니다.

자, 우리의 모범생 용사는 초등학생 때 이미 이세계 파나티아 구원이라는 업적을 달성했습니다. 그리고 지금 다시 이세계로 소환된 리히토는 이른바 치트 캐릭터가 되었습니다. 마법은 쓰지 못해도 마수의 사기(邪氣)에 면역력을 타고났으며 오영웅으로 칭송받는 용사입니다. 하지만 리히토는 1권 내내 번민했습니다. 고뇌했습니다. 주저했습니다. 마지막 그때까지 아무것도 하지 못했습니다.

그랬던 리히토에게, 갑자기 누군가가 떨어집니다. 하늘에서 뚝 떨어집니다. 밑도 끝도 없이 그냥 뚝 떨어집니다. 물론 작중 장치나 암시가 아예 없진 않았습니다. 하지만 제게는 그저 뚝 떨어지는 것으로 보였습니다. 마지막의 마지막에 이르러서 갑자기 뚝 떨어지는 것으로만 여겨졌습니다.


무슨 말을 하고 싶은지 사실 저도 잘 모르겠습니다. 그저 제 자신과 독자분들께 한마디를 전하고 싶습니다. 누군가가 떨어지기를 기원합니다. 전혀 예상하지 못했던 천만뜻밖의 누군가가 갑자기 뚝 떨어지기를 기원합니다. 미처 알지 못했던 사건, 사람, 그리고 인연이 사실은 서로 이어져 있었음을 발견하기를 기원합니다. 마침내 그날을 맞이한다면 무척 기쁘리라 생각합니다. 적어도 환생 트럭을 갈망하던 나날보다는 기쁘리라고 생각합니다.

어떻습니까. 본 작품을 읽은 독자님이 혹시 길을 지나가시다가 깜빡 맨홀로 떨어진다면 그건 길조입니다. 이제부터는 최고의 길조입니다. 으하하.


그러면 2권에서 다시 찾아뵙겠습니다!

# NOVEL V

## 2015년 5월 신간 이벤트 안내

### 이벤트 하나. 「응모자 전원 증정!」 해피머니 이벤트

*V노블 5월 신작 2종 Start!를 기념하여 응모자 전원 증정 이벤트를 실시합니다.*

- **응모 조건**: 「섹시해요! 여간부님」과
「파나티아 이담」을 모두 구매하신 분
(이벤트2와 중복 응모 가능)
- **응모 방법**: V노블 자켓 모서리의
'이미지프레임 쿠폰'을 잘라 독자엽서에 붙여
V노블 편집부로 부침.
- **응모자 선물 증정**: 신작 2종 구매자 전원에게
해피머니 상품권 2000원 증정!
- **응모 기한**: 2015년 6월 25일 (발송일 기준)
- **증정 일시**: 응모 엽서 정리 후 7월 1일 이후부터
발송합니다.
- **신간만 유효** 구간의 쿠폰은 무효입니다.

### 이벤트 둘. 사이버프론트코리아 & V노블 합동 이벤트!

추첨을 통해 「신차차원게임 넵튠 Re;Birth3 V CENTURY」
패키지 & 넵튠 Re;Birth3 초대형 포스터 증정!!

- **응모 조건**: 「초차원게임 넵튠 하이스쿨
5권」을 구매하신 분
(이벤트1과 중복 응모 가능)
- **응모 방법**: V노블 자켓 모서리의
'이미지프레임 쿠폰'을 잘라 독자엽서에 붙여
V노블 편집부로 부침.
- **응모자 선물 증정**: 추첨을 통해 선정된 다섯 분에게
「초차원 게임 넵튠 Re;Birth3 V CENTURY」의 게임
패키지(5명)와 초대형포스터(30명)를 증정합니다.
- **응모 기한**: 2015년 6월 25일 (발송일 기준)
- **증정 일시**: 응모 엽서 정리 후 7월 1일 이후부터 발송합니다.
- **신간만 유효** 구간의 쿠폰은 무효입니다.

# NOVEL V

## 2015년 5월 신간 안내

## 영웅의 판도라 파나티아 이담

글 타케오카 하즈키 / 그림 Luna / 번역 김성래
46판 / 288p / 7,000원
초판 특전 이슈안 책갈피 + OPP 북커버

초등학교 5학년 여름방학.
아이카와 리히토는 세계를 구했다.
소중한 무언가를 잃어버리는 대신.

그리고 고등학교 2학년이 된 지금.
리히토는 다시 파나케이아로 간다.
이번에야말로 '진짜' 세계를 구하기 위해.

한 번 구했던 세계의 진짜 구원을 위해,
다시 용사가 되기로 결심한 소년의
이세계 영웅 리버스 판타지!

## 초차원게임 넵튠 하이스쿨 5권

글 오카즈 / 그림 츠나코 & 우리모 / 번역 채다인
46판 / 224p / 7,000원
초판 특전 일러스트 포토 + OPP 북커버

지금까지 무수한 악행을 저질러 온 〈흑막〉 등장!
천계를 무대로 최후의 배틀이 시작된다.

과연 천계는 구원받을 수 있을까?
지상계는 구제될 것인가??
그리고 넵튠은 무사히 진급할 수 있을 것인가???

「초차원게임 넵튠 하이스쿨」 퍼스트 시즌,
드디어 대망의 완……결!?

## NOVEL V

### 나는 린

글 제뉴인 / 그림 모리치카 / 번역 김성래
46판 / 308p / 7,000원
초판 특전 캐릭터 카드 + OPP 북커버

고교 야구팀의 촉망받는 투수로서 고시엔을 목표로
달리다가 어느 날 갑자기 평범한 여고생이 되어버린
세노에 가즈히로.

불합리하게 막혀버린 야구의 길이지만, 여기에
굴하지 않고 노도카, 사키, 토코, 오무라 등
멋진 친구들과 함께 왁자지껄한 나날을 보내며,
야구소녀(?)의 길을 걷는다.

2015년 봄, V노블이 선보이는
상쾌한 청춘 + 야구 + 러브코미디!

### 마리얼레트리 해군 밥 짓는 이야기

글 오소리 / 그림 유나물
46판 / 404p / 7,400원
초판 특전 캐릭터 카드 + 레시피 카드 + OPP 북커버

해적에게 사로잡혀 상어 이빨 닦기 vs 새우 잡기의
선택을 강요받은 무진함의 유일한 생존자 이원일.

먹을 게 없어서 눈물이나 삼키며 주린 배를 움켜쥐던
중 기적처럼 내려온 동아줄은 바로 모든 승조원이
여성인 비밀결사 광명학회 보급함, '잿빛 10월'이었다.
가까스로 살아남은 원일은 잿빛 10월의 의무장으로
임시 복무를 시작하는데…….

과연 우리의 주인공은 연방의 흉악한 어뢰와 잿빛
10월의 총탄 사이에서 Nice Boat를 피할 수 있을까?

# 파나티아 이담 ❶ - 영웅의 판도라

초판 1쇄 발행  2015년 5월 30일

**저자** 타케오카 하즈키

**발행인** 원종우
**발행처** (주)이미지프레임

**주소** (427-060) 경기도 과천시 용마2로 3, 1층
**영업부** 02-3667-2653 **편집부** 02-3667-2654 **팩스** 02-3667-2655
**메일** admin@vnovel.kr **웹** vnovel.kr

**ISBN** 978-89-6052-435-4 02830 **(세트)** 978-89-6052-434-7

パナティーア異譚1 英雄のパンドラ
©2013 Hazuki Takeoka
All Rights Reserved.
First published in Japan in 2013 by KADOKAWA CORPORATION ENTERBRAIN
Korean translation rights arranged with KADOKAWA CORPORATION ENTERBRAIN